名家散文
自选集

散文就是同亲人谈心

我与橘皮的往事

梁晓声/著

民主与建设出版社

我与橘皮的往事

我的父母

1949年9月22日，我出生在哈尔滨市安平街一个人家众多的大院里，我的家是一间半低矮的苏式房屋。邻院是苏联侨民的教堂，经常举行各种宗教仪式，我从小听惯了教堂的钟声。

父亲目不识丁，祖父也目不识丁。原籍山东省荣成温泉寨村。上溯十八代乃至二十八代三十八代，尽是文盲，尽是穷苦农民。

父亲十几岁时，因生活所迫，随村人"闯关东"来到了哈尔滨。

他是我们家族史上的第一个工人，建筑工人。他转折了我们这一梁姓家族的成分。我在小说《父亲》中，用两万余纪实性的文字，为他这一个中国的农民出身的"工人阶级"立了一篇小传。从转折的意义讲，他是我们家族史上的一座丰碑。

父亲对我走上文学道路从未施加过任何有益的影响，不仅因为他是文盲，也因为从1956年起，我7岁的时候，他便离开哈尔滨市建设大西北去了。从此每隔两三年他才回家与我们团聚一次，我下乡以后，与父亲团聚一次更不易了。在我的记忆中，父亲是反对我们几个孩子看"闲书"的。见我们捧着一本什么小说看，他就生气。看"闲书"是他这位父亲无法忍受的"坏毛病"。父亲常因母亲给我们钱买"闲书"而对母亲大发其火。家里穷，父亲一个人挣钱养家糊口，也真难为他。每一分钱都是他用汗水换来的。父亲的工资仅够勉强维持一个市民家庭最低水平的生活。

母亲也是文盲。外祖父去读过几年私塾，是东北某农村解放前农民称为"识文断字"的人，故而同是文盲，母亲与父亲不大一样。父亲是个崇尚力气的文盲，母亲是个崇尚文化的文盲。崇尚相左，对我们几个孩子寄托的希望也便截然对立。父亲希望我们将来都能靠力气吃饭，母亲希望我们将来都能成为靠文化自立于社会的人。父亲的教育方式是严厉的训斥和惩罚，父亲是将"过日子"的每一样大大小小的东西都看得很贵重的。母亲的教育方式堪称真正的教育，她注重人格、品德、礼貌和学习方面。值得庆幸的是，父亲常年在大西北，我们从小接受的是母亲的教育。母亲的教育至今仍对我为人处世深有影响。

母亲从外祖父那里知道许多书中的人物和故事，而且听过一些旧戏，乐于将书中或戏中的人物和故事讲给我们。母亲年轻时记忆强，什么戏剧什么故事，只要听过一遍，就能详细记住。有些戏中的台词唱段，几乎能只字不差地复述。母亲善于讲故事，讲时带有很浓的个人感情色彩。我从五六岁开始，就从母亲口中听到过"包公传""济公传""杨家将""岳家将""侠女十三妹"的故事。母亲是个很善良的女人，善良的女人大多喜欢悲剧。母亲尤其愿意尤其善于讲悲剧故事"秦香莲""风波亭""杨业碰碑""赵氏孤儿""陈州放粮""王宝钏困守寒窑""三勘蝴蝶梦""钓金龟""牛郎织女""天仙配""水漫金山寺""劈山救母""杜十娘怒沉百宝箱"……母亲边讲边落泪，我们边听边落泪。

我于今在创作中追求悲剧情节、悲剧色彩，不能自已地在字里行间流溢浓重的主观感情色彩，可能正是由于小时候听母亲带着她浓重的主观感情色彩讲了许多悲剧故事的结果。我认为，文学对于一个作家儿童时代的心灵所形成的直接或间接的影响，对一个作家在某一时期或某一阶段的创作风格起着"先天"的、潜意识的作用。

母亲在我们小时候给我们讲故事，当然绝非想要把我们都培养成为作家；而仅靠听故事一个儿童也不可能直接走上文学道路。

我们所住的那个大院，人家多，孩子也多。我们穷，因为穷而在那个大院中受着种种歧视。父亲远在大西北，因为家中没有一个男人而受着种种欺辱。我们是那个市民大院中的人下人。母亲用故事将我们吸引在而不是囚禁在家中，免得我们在大院里受欺辱或惹是生非，同时用故事排遣她自己内心深处的种种愁苦。

这样的情形至今仍常常浮现在我眼前：电灯垂得很低，母亲一边在灯下给我们缝补衣服，一边用凄婉的语调讲着她那些凄婉的故事。我们几个孩子，趴在被窝里，露出脑袋，瞪大眼睛凝神谛听，讲到可悲处，母亲与我们唏嘘一片。

如果谁认为一个人没有导师就不可能走上文学道路的话，那么我的回答是——我的第一位导师，是母亲。我始终认为这是我的幸运。

如果我认为我的母亲是我文学上的第一位导师不过分，那么也可以说我的这位小学语文老师是我文学上的第二位导师。假若在我的生活中没有过她们，我今天也许不会成为作家。

我的小学

我永远忘不了这样一件事：某年冬天，市里要来一个卫生检查团到我们学校检查卫生，班主任老师吩咐两名同学把守在教室门外，个人卫生不合格的学生，不准进入教室。我是不许进入教室的几个学生之一。我和两名把守在教室门外的学生吵了起来，结果他们从教员室请来了班主任老师。

班主任老师上下打量着我，冷起脸问："你为什么今天还要穿这么脏的衣服来上学？"

我说："我的衣服昨天刚刚洗过。"

"洗过了还这么脏？"老师指点着我衣襟上的污迹。

我说："那是油点子，洗不掉的。"

老师生气了："回家去换一件衣服。"

我说："我就这一件上学的衣服。"

我说的是实话。

老师认为我顶撞了她，更加生气了，又看我的双手，说："回家叫你妈把你两手的皴用砖头蹭干净了再来上学！"接着像扒乱草堆一样乱扒我的头发，"瞧你这满头虮子，像撒了一脑袋大米！叫人恶心！回家去吧！这几天别来上学了，检查过后再来上学！"

我的双手，上学前用肥皂反复洗过，用砖头蹭也未必能蹭干净。而手的生皲，不是我所愿意的。我每天要洗菜，淘米，刷锅，刷碗。家里的破屋子四处透风，连水缸在屋内都结冰，我的手上怎么不生皲？不卫生是很羞耻的，这我也懂，但卫生需要起码的"为了活着"的条件，这一点我的班主任老师便不懂了。阴暗的，夏天潮湿冬天寒冷的，像地窖一样的一间小屋，破炕上每晚拥挤着大小五口人，四壁和天棚每天起码要掉下三斤土，炉子每天起码要向狭窄的空间飞扬四两灰尘……母亲每天早起晚归去干临时工，根本没有精力照料我们几个孩子，如果我的衣服居然还干干净净，手上没皲头上没有虮子，那倒真是咄咄怪事了！我当时没看过《西行漫记》，否则一定会顶撞一句："毛主席当年在延安住窑洞时还当着斯诺的面捉虮子呢！"

我认为，对于身为教师者，最不应该的，便是以贫富来区别对待学生。我的班主任老师嫌贫爱富。我的同学中的区长、公社书记、工厂厂长、医院院长们的儿女，他们都并非品学兼优的好学生，有的甚至经常上课吃零食、打架，班主任老师却从未严肃地批评过他们一次。

对班主任老师尖酸刻薄的训斥，我只有含侮忍辱而已。

我两眼涌出泪水，转身就走。

这一幕却被语文老师看到了。

她说："梁绍生，你别走，跟我来。"扯住我的一只手，将我带到教员室。她让我放下书包，坐在一把椅子上，又说："你的头发也够长了，该理一理了，我给你理吧！"说着就离开了办公室。学校后勤科有一套理发工具，是专为男教师们互相理发用的。我知道她准是取那套理发工具去了。

可是我心里却不想再继续上学了。因为穷，太穷，我在学校里感到一点尊严也没有。而一个孩子需要尊严，正像需要母爱一样。我是全班唯一的一个免费生。免费对一个小学生来说是精神上的压力和心理上的负担。"你是免费生，你对得起党吗？"哪怕无意识地犯了算不得什么错误的错误，我也会遭到班主任老师这一类冷言冷语的训斥。我早听够了！

语文老师走出教员室，我便拿起书包逃离了学校。我一直跑出校园，跑着回家。"梁绍生，你别跑，别跑呀！小心被汽车撞了呀！"我听到了语文老师的呼喊。她追出了校园，在人行道上跑着追我。我还是跑，她紧追。"梁绍生，你别跑了，你要把老师累坏呀！"我终于不忍心地站住了。她跑到我跟前，已气喘吁吁。她说："你不想上学啦？"我说："是的。"她说："你才小学四年级，学这点文化将来够干什么用？"我说："我宁肯和我爸爸一样将来靠力气吃饭，也不在学校里忍受委屈了！"她说："你这种想法是错误的。小学四年级的文化，将来也当不了一个好工人！"我说："那我就当一个不好的工人！"她说："那你将来就会恨你的母校，恨母校所有的老师，尤其会恨我。因为我没能规劝你继续上学！"我说："我不会恨您的。"她说："那我自己也不会原谅我自己！"我满心间自卑、委屈、羞耻和不平，哇的一声哭了。她抚摸着我的头，低声说；"别哭，跟老师回学校吧，啊？我知道你们家里生活很穷困，这不是你的过错，没有什么值得自卑和羞耻的。你要使同学们看得起你，每一位老师都喜爱你，今后就得努力学习才是啊！"

我只好顺从地跟她回到了学校。

如今想起这件事，我仍觉后怕。没有我这位小学语文老师，依着我从父亲的秉性中继承下来的那种九头牛拉不动的倔犟劲儿，很可能连我母亲也奈何不得我，当真从小学四年级就弃学了。那么今天我既不可能成为作家，也必然像我的那位小学语文老师说的那样——当不了一个好工人。

一位会讲故事的母亲和从小的穷困生活，是造成我这样一个作家的先决因素。狄更斯说过——穷困对于一般人是种不幸，但对于作家也许是种幸运。的确，对我来说，穷困并不仅仅意味着童年生活的不遂人愿。它促使我早熟，促使我从童年起就开始怀疑生活，思考生活，认识生活，介入生活。虽然我曾千百次地诅咒过穷困，因穷困感到过极大的自卑和羞耻。

我发现自己也具有讲故事的"才能"，是在小学二年级。认识字了，语文课本成了我最早阅读的书籍，新课本发下来未过多久，我就先自通读一遍了。当时课文中的生字，标有拼音，读起来并不难。

一天，我坐在教室外的楼梯台阶上正聚精会神地看语文课本，教语文课的女老师走上楼，好奇地问："你在看什么书？"我立刻站起，规规矩矩地回答："语文课本。"老师又问："哪一课？"我说："下堂您要讲的新课——小山羊看家。""这篇课文你觉得有意思吗？""有意思。""看过几遍了？""两遍。""能讲下来吗？"我犹豫了一下，回答："能。"上课后，老师把我叫起，对同学们说："这一堂讲第六课——小山羊看家。下面请梁绍生同学先把这一篇课文讲述给我们听。"

我的名字本叫梁绍生，梁晓声是我在"文革"中自己改的名字。文革中兴起过一阵改名的时髦风，我在一张辞去班级"勤务员"职务的声明中首次署了现在的名字——梁晓声。

我被老师叫起后，开始有些发慌，半天不敢开口。老师鼓励我："别紧张，能讲述到哪里，就讲述到哪里。"我在老师的鼓励下，终于开口讲了："山羊妈妈有四个孩子，一天，山羊的妈妈要离开家……"

当我讲完后，老师说："你讲得很好，坐下吧！"看得出，老师心里很高兴。

全班同学都很惊异，对我十分羡慕。

一个穷困人家的孩子，他没有任何值得自我炫耀的地方，当他的某一方面"才能"当众得以显示，并且被羡慕，并且受到夸奖，他心里自然充满骄傲。

以后，语文老师每讲新课，总是提前几天告诉我，嘱我认真阅读，到讲那一堂新课时，照例先把我叫起，让我首先讲述给同学们听。

我们的语文老师，是一位主张教学方法灵活的老师。她需要我这样一名学生，喜爱我这样一名学生。因为我的存在，使她在我们这个班讲的语文课生动活泼了许多。而我也同样需要这样一位老师，因为是她给予了我在全班同学面前显示自己讲故事"才能"的机会。而这样的机会当时对我是重要的，使我幼小的意识中也有一种骄傲存在着，满足着我匮乏的虚荣心。后来，老师的这一语文教学方法，在全校推广了开来，引起区和市教育局领导同志的兴趣，先后到我们班听过课。从小学二年级至小学六年级，我和我的语文老师一直配合得很默契。她喜爱我，我尊敬她。小学毕业后，我还回母校看望过她几次。"文革"开始，她因是市的教育标兵，受到了批斗。记得有一次我回母校去看她，她刚刚被批斗完，握着扫帚扫校园，剃了"鬼头"，脸上的墨迹也不许她洗去。

我见她那样子，很难过，流泪了。

她问："梁绍生，你还认为我是一个好老师吗？"

我回答："是的，您在我心中永远是一位好老师。"

她惨然地苦笑了，说："有你这样一个学生，有你这样一句话，我挨批挨斗也心甘情愿了！走吧，以后别再来看老师了，记住老师曾多么喜爱你就行！"

那是最后一次见到她。

不久，她跳楼自杀了。

她不但是我的小学语文老师，还是我小学母校的少先队辅导员老师。她在同学们中组织起了全市小学校的第一个"故事小组"和第一个"小记者委员会"。我小学时不是个好学生，经常逃学，不参加校外学习小组，除了语文成绩较好，算术、音乐、体育都仅是个"中等"生，直到五年级才入队。还是在我这位语文老师的多次力争下有幸戴上了红领巾，也是在我这位语文老师的力争下才成为"故事小组"和"小记者委员会"的成员。对此我的班主任老师很有意见，认为她所偏爱的是一个坏学生。我逃学并非因为我不爱学习。那时母亲天不亮就上班去了，哥哥已上中学，是校团委副书记兼学生会主席，也跟母亲一样，早晨离家，晚上才归，全日制，就苦了我。家里还有两个弟弟一个妹妹，我得给他们做饭吃，收拾屋子和担水，他们还常常哭着哀求我在家陪他们。将6岁、4岁、2岁的小弟小妹撇在家里，我常常于心不忍，便逃学，不参加校外学习小组。班主任老师从来也没有到我家进行过家访，因而不体谅我也就情有可原，认为我是一个坏学生更理所当然。班主任老师不喜欢我，还因为穿在我身上的衣服一向很不体面，不是过于肥大就是过于短小，不仅破，而且脏，衣襟几乎天天带着锅底灰和做饭时弄上的油污。在小学没有一个和我要好过的同学。

语文老师是我小学时期在学校里的唯一的一个朋友。我至今不忘她，永远都难忘。不仅因为她是我小学时期唯一关心过我喜爱过我的一位老师，不仅因为她给予了我唯一的竖立起自豪感的机会和方式，还因她将我向文学的道路上推进了一步——由听故事到讲故事。语文老师牵着我的手，重新把我带回了学校，重新带到教员室，让我重新坐在那把椅子上，开始给我理发。语文教员室里的几位老师百思不得其解地望着她。一位男老师对她说："你何苦呢？你又不是他的班主任。曲老师因为这个学生都对你有意见了，你一点不知道？"她笑笑，什么也未回答。她一会儿用剪刀剪，一会儿用推子推，将我的头发剪剪推推摆弄了半天，总算"大功告成"。她歉意地说："老师没理过发，手太笨，使不好推子也使不好剪刀，大冬天的给你理了个小平头，你可别生老师的气呀！"

教员室没面镜子。我用手一摸，平倒是很平，头发却短得不能再短了。哪里是"小平头"，分明是被剃了一个不彻底的秃头。虮子肯定不存在了，我的自尊心也被剪掉剃平。

我并未生她的气。随后她又拿起她的脸盆，领我到锅炉房，接了半盆冷水再接半盆热水，兑成一盆温水，给我洗头，洗了三遍。只有母亲才如此认真地给我洗过头。我的眼泪一滴滴落在脸盆里。她给我洗好头，再次把我领回教员室，脱下自己的毛坎肩，套在我身上，遮住了我衣服前襟那片无法洗掉的污迹。她身材娇小，毛坎肩是绿色的，套在我身上尽管不伦不类，却并不显得肥大。教员室里的另外几位老师，瞅着我和她，一个个摇头不止，忍俊不禁。她说："走吧，现在我可以送你回到你们班级去了！"她带我走进我们班级的教室后，同学们顿时哄笑起来。大冬天的，我竟剃了个秃头，棉衣外还罩了件绿坎肩，模样肯定是太古怪太滑稽了！

她生气了，严厉地喝问我的同学们："你们笑什么？有什么可笑的？哄笑一个同学迫不得已的作法是可耻的行为！如果我是你们的班主任，谁再敢哄笑我就把谁赶出教室！"

这话她一定是随口而出的，绝不会有任何针对我的班主任老师的意思。我看到班主任老师的脸一下子拉长。班主任老师也对同学们呵斥："不许笑！这又不是耍猴！"班主任老师的话，更加使我感到被当众侮辱，而且我听出来了，班主任老师的话中，分明包含着针对语文老师的不满成分。语文老师听没听出来，我无法知道。我未看出她脸上的表情有什么变化。她对班主任老师说："曲老师，就让梁绍生上课吧！"班主任老师拖长语调回答："你对他这么尽心尽意，我还有什么话可说？"市教育局卫生检查团到我们班检查卫生时，没因为我们班有我这样一个剃了秃头，棉袄外套件绿色毛坎肩的学生而贴在我们教室门上一面黄旗或黑旗。他们只是觉得我滑稽古怪，惹他们发笑而已……

从那时起直至我小学毕业，我们班主任老师和语文老师的关系一直不融洽。我知道这一点，我们班级的所有同学也都知道这一点，而这一点似乎完全是由于我这个学生导致的。几年来，我在一位关心我的老师和一位讨厌我的老师之间，处处谨小慎微，循规蹈矩，力不胜任地扮演一架天平上的小砝码的角色。扮演这种角色，对于一个小学生的心理，无异于扭曲，对我以后的性格形成不良影响，使我如今不可救药地成了一个忧郁型的人。

我心中暗暗铭记语文老师对我的教诲，学习努力起来，成绩渐好。

班主任老师却不知为什么对我愈发冷漠无情了。

四年级上学期期末考试，我的语文和算术破天荒地拿了

"双百"，而且《中国少年报》选登了我的一篇作文，市广播电台"红领巾"节目也广播了我的一篇作文，还有一篇作文用油墨抄写在儿童电影院的宣传栏上。同学对我刮目相待了，许多老师也对我和蔼可亲了。

校长在全校师生大会上表扬了我的语文老师，充分肯定了在我这个一度被视为坏学生的转变和进步过程中，她所付出的种种心血，号召全校老师向她那样对每一个学生树立起高度的责任感。

受到表扬有时对一个人不是好事。

在她没有受到校长的表扬之前，许多师生都公认，我的"转变和进步"，与她对我的教育是分不开的。而在她受到校长的表扬之后，某些老师竟认为她是一个"机会主义者"了。"文革"期间，有一张攻击她的大字报，赫赫醒目的标题即是——"看机会主义者××是怎样在教育战线进行投机和沽名钓誉的！"

而我们班的几乎所有同学，都不知掌握了什么证据，断定我那三篇给自己带来荣誉的作文，是语文老师替我写的。于是流言传播，闹得全校沸沸扬扬。

四年级二班的梁绍生，是个逃学精，老师替他写作文，《少年报》上登，真该用屁崩！……一些男同学，还编了这样的顺口溜，在我上学和放学的路上，包围着我讥骂。班主任老师亲眼目睹过我被凌辱的情形，没制止。

　　班主任老师对我冷漠无情到视而不见的地步。她教算术。在她讲课时，连扫也不扫我一眼了。她提问或者叫同学在黑板上解答算术题时，无论我将手举得多高，都无法引起她的注意。

　　一天，在她的课堂上，同学们做题，她坐在讲课桌前批改作业本。教室里静悄悄的。"梁绍生！"她突然大声叫我的名字。我吓了一跳，立刻怯怯地站了起来。全体同学都停了笔。"到前边来！"班主任老师的语调中隐含着一股火气。我惴惴不安地走到讲桌前。"作业为什么没写完？""写完了。""当面撒谎！你明明没写完！""我写完了，中间空了一页。"我的作业本中夹着印废了的一页，破了许多小洞，我写作业时随手翻过去了，写完作业后却忘了扯下来。我低声下气地向她承认是我的过错。她不说什么，翻过那一页，下一页竟仍是空页。我万没想到我写作业时翻得匆忙，会连空两页。她拍了一下桌子："撒谎！撒谎！当面撒谎！你明明是没有完成作业！"我默默地翻过了第二页空页，作业本上展现出了我接着做完了的作业。她的脸倏地红了："你为什么连空两页？！想要捉弄我一下是不是？！"

　　我垂下头，讷讷地回答："不是。"

　　她又拍了一下桌子："不是？！我看你就是这个用意！你别以为你现在是个出了名的学生了，还有一位在学校里红得发紫的老师护着你，托着你，拼命往高处抬举你，我就不敢批评你了！我是你的班主任，你的小学鉴定还得我写呢！"

我被彻底激怒了！我不能容忍任何人在我面前侮辱我的语文老师！我爱她！她是全校唯一使我感到亲近的人！我觉得她像我的母亲一样，我内心里是视她为我的第二个母亲的！

我突然抓起了讲台桌上的红墨水瓶。班主任以为我要打在她脸上，吃惊地远远躲开我，喝道："梁绍生，你要干什么？！"我并不想将墨水瓶打在她脸上，我只是想让她知道，我是一个人，在忍无可忍的情况下我是会愤怒的！我将墨水瓶使劲摔到墙上。墨水瓶粉碎了，雪白的教室墙壁上出现了一片"血"迹！我接着又将粉笔盒摔到了地上。一盒粉笔尽断，四处滚去。教室里长久的一阵鸦雀无声，直至下课铃响。那天放学后，我在学校大门外守候着语文老师回家。她走出学校时，我叫了她一声。她奇怪地问："你怎么不回家？在这里干什么？"我垂下头去，低声说："我要跟您走一段路。"她沉思地瞧了我片刻，一笑，说："好吧，我们一块儿走。"我们便默默地向前走。她忽然问："你有什么事要告诉我吧？"我说："老师，我想转学。"她站住，看着我，又问："为什么？"我说："我不喜欢我们班级！在我们班级我没有朋友，曲老师讨厌我！要不请求您把我调到您当班主任的四班吧！"我说着想哭。"那怎么行？不行！"她语气非常坚决，"以后你再也不许提这样的请求！"我也非常坚决地说："那我就只有转学了！"眼泪涌出了眼眶。

她说："我不许你转学。"我觉得她不理解我，心中很委屈，想跑掉。

她一把扯住我，说："别跑。你感到孤独是不是？老师也常常感到孤独啊！你的孤独是穷困带来的，老师的孤独……是另外的原因带来的。你转到其他学校也许照样会感到孤独的。我们一个孤独的老师和一个孤独的学生不是更应该在一所学校里吗？转学后你肯定会想念老师，老师也肯定会想念你的。孤独对一个人不见得是坏事……这一点你以后会明白的。再说你如果想有朋友，你就应该主动去接近同学们，而不应该对所有的同学都充满敌意，怀疑所有的同学心里都想欺负你……"

我的小学语文老师她已成泉下之人近20年了。我只有在这篇纪实性的文字中，表达我对她虔诚的怀念。

教育的社会使命之一，就是应首先在学校中扫除嫌贫谄富媚权的心态！

而嫌贫谄富，在我们这个国家，在我们这个国家的小学、中学乃至大学，在21世纪的今天，依然不乏其例。

因为我小学毕业后，接着进入了中学，而后又进入过大学，所以我有理由这么认为。

我诅咒这种现象！鄙视这种现象！

我的中学

我的中学时代是我真正开始接受文学作品熏陶的时代。比较起来，我中学以后所读的文学作品，还抵不上我从1963年至1968年下乡前这5年内所读过的文学作品多。

在小学五六年级，我已读过了许多长篇小说。我读的第一本中国长篇小说是《战斗的青春》；读的第一本外国长篇小说是《钢铁是怎样炼成的》。

而在中学我开始知道了托尔斯泰、巴尔扎克、雨果、车尔尼雪夫斯基、陀思妥耶夫斯基、高尔基等外国伟大作家的名字，并开始喜爱上了他们的作品。

我在我的短篇小说《这是一片神奇的土地》中有几处引用了希腊传说中的典故，某些评论家们颇有异议，认为超出了一个中学生的阅读范围。我承认我在引用时，有自我炫耀的心理作怪。但说"超出"了一个中学生的阅读范围，证明这样的评论家根本不了解中学生，起码不了解60年代的中学生。

我的中学母校是哈尔滨市第二十九中学，一所普通的中学。在我的同学中，读长篇小说根本不是什么新鲜事。不分男女同学，大多数都开始喜欢读长篇小说了。古今中外，凡是能弄到手的都读。一个同学借到或者买到一本好小说，首先会在几个亲密的同学之间传看。传看的圈子往往无法限制，有时扩大到几乎全班。

外国一位著名的作家和一位著名的评论家之间曾经有过下面的有趣而明智的谈话：

作家：最近我结识了一位很有天才的评论家。

评论家：最近我结识了一位很有天才的作家。

作家：他叫什么名字？

评论家：青年。你结识的那位有天才的评论家叫什么名字？

作家：他的名字也叫青年。

青年永远是文学的最真挚的朋友，中学时代正是人的崭新的青年时代。他们通过拥抱文学拥抱生活，他们是最容易被文学作品感动的最广大的读者群。今天我们如果进行一次有意义的社会调查，结果肯定也是如此。

我在中学时代能够读到不少真正的文学作品，还应当感激我的母亲。母亲那时已从铁路上被解雇下来，又在一个加工棉胶鞋鞋帮的条件低劣的小工厂参加工作，每月可挣三十几元钱贴补家庭生活。

我们渴望读书。只要是为了买书，母亲给我们钱时从未犹豫过。母亲没有钱，就向邻居借。

家中没有书架，也没有摆书架的地方。母亲为我们腾出一只旧木箱，我们买的书，包上书皮儿，看过后存放在箱子里。

最先获得买书特权的，是我的哥哥。

哥哥也酷爱文学。我对文学的兴趣，一方面是母亲以讲故事的方式不自觉地培养的结果，另一方面是受哥哥的熏染。

我之所以走上文学道路，哥哥起的作用，不亚于母亲和我的小学语文老师的作用。

60年代的教学，比今天更体现对学生素养的普遍重视。哥哥高中读的已不是"语文"课本，而是"文学"课本。

哥哥的"文学"课本，便成了我常常阅读的"文学"书籍。有一次哥哥上"文学"课竟找不到课本了，因为我头一天晚上从哥哥的书包里翻出来看没有放回去。

一册高中生的"文学"课本，其文学内容之丰富，绝不比目前的一本什么文学刊物差，甚至要比目前的某些文学刊物的内容更丰富，水平更优秀。收入高中"文学"课本中的，大抵是古今中外优秀文学作品的章节。古今中外的诗歌、散文、小说、杂文，无所偏废。

"岳飞枪挑小梁王"，"鲁提辖拳打镇关西"，"杜十娘怒沉百宝箱"，鲁迅、郁达夫、茅盾、叶圣陶的小说，郭沫若的词，闻一多、拜伦、雪莱、裴多菲的诗，马克·吐温的小说，欧·亨利的小说……货真价实的一册综合性文学刊物。

那时的高中"文学"课多么好！

我相信，60年代的高中生可能有不愿上代数课的，有不愿上物理课、化学课、政治课的，但如果谁不愿上"文学"课则太难理解了！

我到北大荒后，曾当过小学老师和中学老师，教过"语文"。70年代的中小学"语文"课本，让我这样的老师根本不愿拿起来，远不如"扫盲运动"中的工农课本。

当年，哥哥读过的"文学"课本，我都一册册保存起来，成了我的首批"文学"藏书。哥哥还很舍不得将它们给予我呢！

哥哥无形中取代了母亲家庭"故事员"的角色。每天晚上，他做完功课，便捧起"文学"课本，为我朗读，我们理解不了的，他就用心启发我们。

一个高中生朗读的"文学"，比一位没有文化的母亲讲的故事当然更是文学的"享受"。某些我曾听母亲讲过的故事，如"牛郎织女"、"天仙配"、"白蛇传"，由哥哥照着课本一句句朗读给我们听，产生的感受也大不相同。从母亲口中，我是听不到哥哥从高中"文学"课本读出来的那些文学词句的。我从母亲那里获得的是"口头文学"的熏陶，我从哥哥那里获得的才是真正的文学的熏陶。

感激60年代的高中"文学"教课本的编者们！

哥哥还经常从他的高中同学们手中将一些书借回家里来看。他和他的几名要好的男女同学还组成了一个"阅读小组"。哥哥的高中母校是哈尔滨一中，是重点学校。在他们这些重点学校的喜爱文学的高中生之间，阅读外国名著蔚然成风。他们那个"阅读小组"还有一张大家公用的哈尔滨图书馆的借书证。

哥哥每次借的书，我都请求他看完后迟还几天，让我也看完。哥哥一向满足我的愿望。

可以说我是从大量阅读外国作品开始真正接触文学的。我受哥哥的影响，非常崇拜苏俄文学，至今认为苏俄文学是世界上伟大的文学。当代苏联文学不但继承了俄罗斯文学传统，在借鉴西方现代派文学方面，也比我们捷足先登。当代苏联文学可以明显地看到现实主义和现代派文学的有机结合。苏联电影在这方面进行了更为成功的实践。

回顾我所走过的道路，连自己也能看出某些拙作受苏俄文学的潜移默化的影响，而在文字上则接近翻译体小说。后来才在创作实践中渐渐意识到自己中国民族文学语言的基本功很弱，才开始注重对中国小说的阅读，才开始在实践中补习中国传统小说这一课。

我除了看自己借到的书，看哥哥借到的书，小人书铺是中学时代的"极乐园"。

那时我们家已从安平街搬到光仁街住了。像一般的家庭主妇们新搬到一地，首先关心附近有几家商店一样，我首先寻找的是附近有没有小人书铺。令我感到庆幸的是，那一带的小人书铺真不少。

从我们家搬到光仁街后到我下乡前，我几乎将那一带小人书铺中我认为好的小人书看遍了。

我看小人书，怀着这样的心理：自己阅读长篇小说时头脑中想象出来的人物是否和小人书上画出来的人物形象一致。二者接近，我便高兴。二者相差甚远，我则重新细读某部长篇小说，想要弄明白个所以然。有些长篇小说，就是在这样的情况下读过两遍的。

谈到读长篇，我想到了《红旗谱》，我认为它是建国以来中国最优秀的长篇小说。由《红旗谱》我又想起两件事。

我买《红旗谱》，只有向母亲要钱。为了要钱才去母亲做活的那个条件低劣的街道小工厂找母亲。

那个街道小工厂，二百多平方米的四壁颓败的大屋子，低矮、阴暗，天棚倾斜，仿佛随时会塌下来。五六十个家庭妇女，一人坐在一台破旧的缝纫机旁，一双接一双不停歇地加工棉胶鞋鞋帮，到处堆着毡团。空间毡绒弥漫，所有女人都戴口罩。几扇窗子一半陷在地里，无法打开，空气不流通，闷得使人头晕。耳畔脚踏缝纫机的声音响成一片，女工们彼此说话，不得不摘下口罩，扯开嗓子。话一说完，就赶快将口罩戴上。她们一个个紧张得不直腰，不抬头，热得汗流浃背。

有几个身体肥胖的女人，竟只穿着件男人的背心。我站在门口，用目光四处寻找母亲，却认不出在这些女人中，哪一个是我的母亲。

负责给女工们递送毡团的老头问我找谁，我向他说出了母亲的名字。

我这才发现，最里边的角落，有一个瘦小的身躯，背对着我，像八百度的近视眼写字一样，头低垂向缝纫机，正做活。

我走过去，轻轻叫了一声："妈"

母亲没听见。

我又叫了一声。

母亲仍未听见。

"妈！"我喊起来。

母亲终于抬起了头。

母亲瘦削而憔悴的脸，被口罩遮住三分之二。口罩已湿了，一层毡绒附着上面，使它变成了毛茸茸的褐色。母亲的头发上衣服上也落满了毡绒，母亲整个人都变成了毛茸茸的褐色。这个角落更缺少光线，更暗。一只可能是一百度的灯泡，悬吊在缝纫机上方，向窒闷的空间继续散热，一股蒸蒸的热气顿时包围了我。缝纫机板上水淋淋的，是母亲滴落的汗。母亲的眼病常年不愈，红红的眼睑夹着黑白混浊的眼睛，目光呆滞地望着我，问："你到这里来干什么？找妈有事？"

"妈，给我两元钱……"我本不想再开口要钱。亲眼看到母亲是这样挣钱的，我心里难受极了。可不想说的话，说了，我追悔莫及。

"买什么？"

"买书……"

母亲不再多问，手伸入衣兜，掏出一卷毛票，默默点数，点够了两元钱递给我。

我犹豫地伸手接过。

离母亲最近的一个女人，停止做活，看着我问："买什么书啊？这么贵！"

我说："买一本长篇。"

"什么长篇短篇的！你瞧你妈一个月挣三十几元钱容易吗？你开口两元，你妈这两天的活白做了！"那女人将脸转向母亲，又说，"大姐你别给他钱！你是当妈的，又不是奴隶！供他穿，供他吃，供他上学，还供他花钱买闲书看吗？你也太顺他意了！他还能出息成个写书的人咋的？"

母亲淡然苦笑，说："我哪敢指望他能出息成个写书的人呢！我可不就是为了几个孩子才做活的么！这孩子和他哥一样，不想穿好的，不想吃好的，就爱看书！反正多看书对孩子总是有些教育的，算我这两天白做了呗！"说着，俯下身继续蹬缝纫机。

那女人独自叹道："唉，这老婆子，哪一天非为了儿女们累死缝纫机旁！……"

我心里内疚极了，一转身跑出去。

我没有用母亲给我那两元钱买《红旗谱》。

几天前母亲生了一场病，什么都不愿吃，只想吃山楂罐头，却没舍得花钱给自己买。

我就用那两元钱，几乎跑遍了道里区的大小食品商店，终于买到了一听山楂罐头，剩下的钱，一分也没花。母亲下班后，发现了放在桌上的山楂罐头，沉下脸问："谁买的？"我说："妈，我买的。用你给我那两元钱为你买的。"说着将剩下的钱从兜里掏出来也放在桌上。"谁叫你这么做的？"母亲生气了。我讷讷地说："谁也没叫我这么做，是我自己……妈，我今后再也不向你要钱买书了！……""你向妈要钱买书妈不给过你吗？""那你为什么还说这种话？一听罐头，妈吃不吃又能怎么样呢？还不如你买本书，将来也能保存给你弟弟们看……""我……妈，你别去做活了吧！……"我扑在母亲怀里，哭了。母亲变得格外慈爱。她抚摸着我的头发，许久又说："妈妈不去做活，靠你爸每月寄回家那点钱，日子没法过啊……"《红旗谱》这本书没买，我心里总觉得是一个很大愿望没实现。那时我已有了六七十本小人书，我便想到了出租小人书。我的同学中就有出租过小人书的。一天少可得两三毛钱，多可得四五毛钱，再买新书，以此法渐渐增多自己的小人书。

一个星期天，我将自己的全部小人书背着母亲用块旧塑料布包上，带着偷偷溜出家门，来到火车站。在站前广场，苏联红军烈士纪念碑下，铺开塑料布，摆好小人书。坐一旁期待。

火车站是租小人书的好地方。我的书摊前渐渐围了一圈人，大多是候车或转车的外地人。我不像我的那几个租过小人书的同学，先收钱。我不按小人书的页数决定收几分钱，厚薄一律二分。我预想周到，带了一截粉笔，画线为"界"。要求看书者们必须在"界"内，我自己在"界"外。这既有利于他们，也方便于我。他们可以坐在纪念碑台阶上，我盘腿坐在他们对面，精力集中地注意他们，防止谁贪小便宜将我的书揣入衣兜。看完了的，才许跨出"界"外，一手还书，一手交钱。我"管理"有方，"生意"竟很"兴隆"，心中无比喜悦。

"喂，起来，起来！"背后一个声音忽然对我吆喝，一只皮鞋同时踢我屁股。我站起来，转身一看，是位治安警察。"你们，把书都放下！"戴着白手套的手，朝那些看书的人指。人们纷纷站起，将书扔在塑料布上，扫兴离去。治安警察命令："把书包起来。"我情知不妙，一声不敢吭，赶紧用塑料布将书包起来，抱在怀里。那治安警察将它一把从我怀中夺过去，迈步就走。我扯住他的袖子嚷："你干什么呀你？""干什么？"他一甩胳膊挣脱我的手，"没收了！""你凭什么没收我的书呀？""凭什么？"他指指写有"治安"二字的袖标，"就凭这个！这里不许出租小人书你知道不知道？""我……我不知道，我今后再也不到这儿来出租小人书了！……"我央求他，快急哭了。"那么说你今后还要到别的地方去出租啦？""不，我不是那个意思，我今后哪儿也不去出租了，你还给我，还给我吧！……""一本不还！"那个治安警察真是冷酷，说罢大步朝站前派出所走去。我哇的一声哭了，我追上他，哭哭啼啼，由央求而哀求。他被我纠缠火了，厉声喝道："再跟着我，连你也扯到派出所去！"我害怕了，不敢继续哀求，眼睁睁看着他扬长而去……我失魂落魄地往家走。那种绝望的心情，犹如破了产的大富翁。

经过霓虹桥时，真想从桥上跳下去。

回到家里，我越想越伤心，又大哭了一场，哭得弟弟妹妹们莫名其妙。母亲为了多挣几元钱，星期日也不休息。哥哥问我为什么哭，我不说。哥哥以为我不过受了点别人的欺负，未理睬我，到学校参加什么活动去了。

母亲那天下班挺晚。母亲回到家里，见我躺在炕上，坐到炕边问我怎么了。

我因为我那六七十本小人书全部被没收一下子急病了。我失去了一个"世界"呀！我的心是已经迷上了这个"世界"的呀！我流着泪，用嘶哑的声音告诉母亲，我的小人书是怎样在火车站被一个治安警察没收的。母亲缓缓站起，无言地离开了我。我迷迷糊糊睡着了，梦中从那个治安警察手中夺回了我全部的小人书。我迷迷糊糊睡了两个多小时，由于嗓子焦灼才醒过来。窗外，天黑了，屋里拉亮了灯。

我一睁开眼睛，首先发现的，竟是我包小人书的那个塑料布包！我惊喜地爬起，匆匆忙忙地打开塑料布，内中包的果然是我的那些小人书！

外屋，传来嘭、嘭、嘭的响声，是母亲在用铁丝拍子拍打带回家里的毡团。母亲每天都必得带回家十几斤毡团，拍打松软了，以备第二天絮鞋帮用。

"妈！……"我用沙哑的声音叫母亲。母亲闻声走进屋里。我不禁喜笑颜开，问："妈，是你要回来的吧？"母亲"嗯"了一声，说："记着，今后不许你出租小人书！"说完，又到外屋去拍打毡团。我心中一时间对母亲充满了感激。母亲是连晚饭也没顾上吃一口便赶到火车站去的。母亲对那个治安警察说了多少好话，是否交了罚款，我没问过母亲，也永远地不知道了……三天后的中午，哥哥从外面回来，一进门就告诉我，要送我一样礼物，并叫我猜是什么。那一天是我的生日，生活穷困，无论母亲还是我们几个孩子，是从不过生日的。我以为哥哥骗我，不猜。哥哥神秘地从书包取出一本书："你看！"《红旗谱》！

对我来说，再也没有比它更使我高兴的生日礼物了！哥哥又从书包取出了两本书："还有呢！"我激动地夺过一看——《播火记》！《红旗谱》的两本下部！我当时还不知道《红旗谱》的下部已经出版。我放下这本，拿起那本，爱不释手。哥哥说："是妈叫我给你买的。妈给了我一张五元的钱，我手一松，就连同两本下部也给你买回来了。"我说："妈叫你给我买一本，你却给我买了三本，妈会责备你吧？"哥哥说："不会的。"我放下书，心情复杂地走出家门，走到胡同口母亲做活的条件低劣的街道小工厂。

我趴在低矮的窗上向里面张望，在那个角落，又看到了母亲瘦小的身影，背朝着我，俯在缝纫机前。缝纫机左边，是一大垛轧好的棉胶鞋鞋帮；右边，是一大堆拍打过的毡团。母亲整个人变成了毛茸茸的褐色。

我心里对母亲说："妈，我一定爱惜买的每一本书……"却没有想到只有将来当一位作家才算对得起母亲。至今我仍保持着格外爱惜书的习惯。小时候想买一本书需鼓足勇气才能够开口向母亲要钱，现在见了好书就非买不可。平日没时间逛书店，出差到外地，则将逛书店当成逛街市的主要内容。往往出差归来，外地的什么特产都没带回，带回一捆书，而大部分又是在北京的书店不难买到的。

买书其实莫如借书。借的书，要尽量挤时间早读完归还。买的书，却并不急于阅读了。虽然如此，依旧见了好书就非买不可。

由于我迷上了文学作品，学习成绩大受影响。我在中学时代，是个中等生。对物理、化学、地理、政治一点兴趣也提不起来，每次考试勉强对付及格。俄语初一上学期考试得过一次最高分——九十五，以后再没及格过。我喜欢上的是语文、历史、代数、几何课。代数、几何所以也能引起我的学习兴趣，因为像旋转魔方。公式定理是死的，解题却需要灵活性。我觉得解代数或几何题也如同写小说。一篇同样内容的小说，要达到内容和形式的高度完美统一，必定也有一种最佳的创作选择。一般的多种多样，最佳的可能仅仅只有一种。重审我自己的作品，平庸的，恰是创作之前没有进行认真选择角度的。所谓粗制滥造，原因概出于此。

初二下学期，我的学习成绩令母亲和哥哥替我忧郁了，不得不开始限制我读小说。我也唯恐考不上高中，遭人耻笑，就暂时中断了我与文学的"恋爱"。

"文革"风起云涌后，同一天内，我家附近那四个小人书铺，遭到"红卫兵"的彻底"扫荡"。

我记得很清楚，那一天我到通达街杂货店买咸菜，见杂货店隔壁的小人书铺前，一堆焚书余烬，冒着袅袅青烟。窗子碎了。租小人书的老人，泥胎似的呆坐屋里，我常去看小人书，他对我很熟悉。我们隔窗相望一眼，彼此无话可说。我心中对他充满同情。

"文革"对全社会也是一场"焚书"运动，却给我个人带来了占有更多读书的机会。我们那条小街住的大多是"下里巴人"，竟有四户收破烂的。院内一户，隔街对院一户，街头两户。

"文革"初期，他们每天都一手推车一手推车地载回来成捆成捆的书刊。我们院子里那户收破烂的户前屋内书刊铺地。收破烂的姓卢，我称他"卢叔"。他每天一推回书刊来，我是第一个拆捆挑拣的人。书在那场"文革"中成了起祸的根源。不知有多少人，忍痛将他们的藏书当废纸卖掉了。而我成了一个地地道道的"发国难财"的人。《怎么办》《猎人笔记》《白痴》《美国悲剧》《妇女乐园》《白鲸》《堂·吉诃德》……一些我原先连书名也没听说过的，或在书店里看到了想买而买不起的书，都是从"卢叔"收回来的书堆里寻找到的。寻找到一两本时，我打声招呼，就拿走了。寻找到五六本时，不好意思白拿走，象征性地交给"卢叔"一两毛钱，就算买下来。学校停课，我极少到学校去，在家里读那些读也读不完的书。同时担起了"家庭主妇"的种种责任。

最使我感到愉快的时刻，是冬天里，母亲下班前，我将"大子"淘下饭锅的时刻。那时刻，家中很安静，弟弟妹妹们各自趴在里屋炕上看小人书。我则可以手捧一本自己喜爱的文学作品，坐在小板凳上，守在炉前看锅。"子"粥起码两个小时才能熬熟，两个小时内可以认认真真地读几十页书。有时书中人物的命运引起我的沉思和联想，凝视着火光闪耀的炉口，不免出神入化。

1968年我下乡前，已经有满满的一木箱书，我下乡那一天，将那一木箱整理了一番，底下铺纸，上面盖纸，落了锁。

我把钥匙交给母亲替我保管，对母亲说："妈，别让任何人开我的书箱啊！这些书可能以后在中国再也不会出版了！"

母亲理解地回答："放心吧，就是家里失了火，我也叫你弟弟妹妹先把你的书箱搬出去！"

对较多数已经是作家的人来说，通往文学目标的道路用写满字迹的稿纸铺垫。这条道路不是百米赛跑，是漫长的"马拉松"，是必须一步步进行的竞走。这也是一条时时充满了自然淘汰现象的道路。缺少耐力，缺少信心，缺少不断进取精神的人，缺少在某一时期内自甘寂寞的勇气的人，即使"一举成名"，声名鹊起，也可能"昙花一现"。始终"竞走"在文学道路上的大抵是些"苦行僧"。

我与唐诗宋词

信笔写出以上一行字，我犹豫良久，打算改——因为我对于唐诗、宋词半点儿学识也没有，只是特别喜欢罢了。单看那一行字，倒像我是一位专门研究唐诗、宋词的专家学者似的。转而一想，左不过就是一篇回忆性小文章的题目，而且，也比较的能概括内容，那么不改也罢。

当年我下乡的地方，属于黑龙江边陲的瑷珲县，是中苏边境地带。如果我们知青要回城市探家，必经一个叫"西岗子"的小镇。那镇真是小极了，仅百余户人家，散布在公路两侧，包括一家小旅店、一家小饭馆、一家小杂货铺和理发铺及邮局。"西岗子"设有边境地区检查站，过往行人车辆都须凭"边境通行证"，知青也不例外。

有一年我探家回兵团，由于没搭上车，不得不在"西岗子"的旅店住了一夜。其实，说是旅店，哪儿像旅店呢！住客一间屋，大通铺；一门之隔就是店主一家，老少几口。据说那人家是解放初剿匪烈士的家属，当地政府体恤和关爱他们，允许他们开小旅店谋生。按今天的说法，是"家庭旅店"。

天黑后，我正要睡下，但听门那边有个男人大声喊："二××，瞎啦？你小弟又拉地上了，你没看见呀！快给他擦屁股，再把屎收拾了！……"

于是一个十二三岁的小女孩儿，跑到我们住客这边的屋里来，掀起一角炕席，抄起一本书转身跑回门那边去了……书使我的眼睛一亮。那个年代，对于爱看书的青年，书是珍稀之宝。

一会儿小女孩儿又回到门这边，掀起炕席欲将书放在原处。我问："什么书啊？"

她摇摇头说："不知道，我不认识字。"

我又问："你刚才拿书干什么去呢？"

她眨着眼说："我小弟拉屎了，我撕几页替他擦屁股呀！"她那模样，仿佛是在反问——书另外还能干什么用呢？我说："让我看看行吗？"她就默默地将书递给了我。我翻看了一下，见是一本《唐诗三百首》，前后已都撕得少了十几页。那个年代中国有些造纸厂的质量不过关，书页极薄，似乎也挺适合擦小孩屁股的。我又是惋惜又是央求地说："给我行不？"她立刻又摇头道："那可不行。"——见我舍不得还她，又说，"你当手纸用几页行。"我继续央求："我不当手纸用，我是要看的。给我吧！"她为难地说："这我不敢做主呀！我们这儿的小杂货店里经常断了手纸卖，要给了你，我们用什么当手纸呢？住客又用什么当手纸呢？……"

我猛地想到，我的背包里，有为一名知青伙伴从城市带回来的一捆成卷的手纸。便打开背包，取出一卷，商量地问："我用这一卷真正的手纸换行不了？"

她说："你包里那么多，你用两卷换吧！"于是我用两卷手纸换下了那一本残缺不全的《唐诗三百首》……第二天一早，我离开那小旅店时，女孩儿在门外叫住了我。"叔叔，我昨天晚上占你便宜了吧？"——不待我开口说什么，她将伸在棉袄衣襟里的一只小手抽了出来，手里竟拿着另一本书。她接着说："这一本书还没撕过呢，也给你吧！这样交换就公平了。我们家人从不占住客的便宜。"

我接过一看，见是《宋词三百首》。封面也破旧了，但毕竟还有封面，依稀可见一行小字是"中国传统文化丛书"。我深深地感动于小女孩儿的待人之诚，当即掏出一元钱给她，摸了她的头一下，迎着风雪大步朝公路走去……

回到连队，我与知青伙伴发生了一番激烈的争执——他认为那一本完整的《宋词三百首》理应归他，因为是用他的两卷手纸换的；我说才不是呢，用他的两卷手纸换的，是那本残缺不全的《唐诗三百首》，而实际情况是，完整的《宋词三百首》是我用一元钱买下的……

如今想来，当年的争执很可笑。究竟哪一本算是用两卷手纸换的，哪一本算是用一元钱买下的，又怎么争执得清呢？

然而一个事实是——那一本残缺不全的《唐诗三百首》和那一本完整的《宋词三百首》，伴我们度过了多少寂寞的日子，对我们曾很空虚过的心灵，起到了抚慰的作用……

当年，我竟也心血来潮写起古体诗词来：

轻风戏青草，黄蜂觅黄花。春水一潭静，田蛙几声呱。

如今，《唐诗三百首》和《宋词三百首》已成我的枕边书。都是精装版本，内有优美插图。如今，捧读这两本书中的一本，每倏然地忆起西岗子，忆起那小女孩，忆起当年之事……

我与橘皮的往事

多少年过去了，那张清瘦而严厉的、戴六百度黑边近视镜的女人的脸，仍时时浮现在我眼前，她就是我小学四年级的班主任老师。想起她，也就使我想起了一些关于橘皮的往事……

其实，校办工厂并非是今天的新事物。当年我的小学母校就有校办工厂，不过规模很小罢了。专从民间收集橘皮，烘干了，碾成粉，送到药厂去，所得加工费，用以补充学校的教学经费。

有一天，轮到我和我们班的几名同学，去那小厂房里义务劳动。一名同学问指派我们干活的师傅，橘皮究竟可以治哪几种病？师傅就告诉我们，可以治什么病，尤其对平喘和减缓支气管炎有良效。

我听了暗暗记在心里。我的母亲，每年冬季都为支气管炎所苦，经常喘作一团，憋红了脸，透不过气来。可是家里穷，母亲舍不得花钱买药，就那么一冬季又一冬季地忍受着，一冬季比一冬季气喘得厉害。看着母亲喘作一团，憋红了脸透不过气来的痛苦样子，我和弟弟妹妹每每心里难受得想哭。我暗想，一麻袋又一麻袋，这么多这么多橘皮，我何不替母亲带回家一点儿呢？……

当天，我往兜里偷偷揣了几片干橘皮。

以后，每次义务劳动，我都往兜里偷偷揣几片干橘皮。

母亲喝了一阵子干橘皮泡的水，剧烈喘息的时候，分明地减少了，起码我觉着是那样。我内心里的高兴，真是没法儿形容。母亲自然问过我——从哪儿弄的干橘皮？我撒谎，骗母亲，说是校办工厂的师傅送给的。母亲就抚摸我的头，用微笑表达她对她的一个儿子的孝心所感受到的那一份儿欣慰。那乃是穷孩子们的母亲们普遍的最由衷的也是最大的欣慰啊！……

不料想，由于一名同学的告发，我成了一个小偷，一个贼。先是在全班同学眼里成了一个小偷，一个贼，后来是在全校同学眼里成了一个小偷，一个贼。

那是特殊的年代。哪怕小到一块橡皮，半截铅笔，只要一旦和"偷"字连起来，也足以构成一个孩子从此无法刷洗掉的耻辱，也足以使一个孩子从此永无自尊可言。每每的，在大人们互相攻讦之时，你会听到这样的话——"你自小就是贼！"——那贼的罪名，却往往仅由于一块橡皮，半截铅笔。那贼的罪名，甚至足以使一个人背负终生。即使往后别人忘了，不再提起了，在他或她内心里，也是铭刻下了。这一种刻痕，往往扭曲了一个人的一生，改变了一个人的一生，毁灭了一个人的一生……

在学校的操场上，我被迫当众承认自己偷了几次橘皮，当众承认自己是贼。当众，便是当着全校同学的面啊！……

于是我在班级里，不再是任何一个同学的同学，而是一个贼。于是我在学校里，仿佛已经不再是一名学生；而仅仅是，无可争议地是一个贼，一个小偷了。

我觉得，连我上课举手回答问题，老师似乎都佯装不见，目光故意从我身上一扫而过。我不再有学友了。我处于可怕的孤立之中。我不敢对母亲讲我在学校的遭遇和处境，怕母亲为我而悲伤……当时我的班主任老师，也就是那一位清瘦而严厉的、戴六百度近视镜的中年女教师，正休产假。她重新给我们上第一堂课的时候，就觉察出了我的异常处境。放学后她把我叫到了僻静处，而不是教员室里，问我究竟做了什么不光彩的事。我哇地哭了……第二天，她在上课之前说："首先我要讲讲梁绍生（我当年的本名）和橘皮的事。他不是小偷，不是贼。是我嘱咐他在义务劳动时，别忘了为老师带一点儿橘皮。老师需要橘皮掺进别的中药治病。你们再认为他是小偷，是贼，那么也把老师看成是小偷，是贼吧！……"

第三天，当全校同学做课间操时，大喇叭里传出了她的声音。说的是她在课堂上所说的那番话……从此我又是同学的同学，学校的学生，而不再是小偷不再是贼了。从此我不想死了……我的班主任老师，她以前对我从不曾偏爱过，以后也不曾。在她眼里，以前和以后，我都只不过是她的四十几名学生中的一个，最普通的最寻常的一个……

但是，从此，在我心目中，她不再是一位普通的老师了。尽管依然像以前那么严厉，依然戴六百度的近视镜……

在"文革"中，那时我已是中学生了，没给任何一位老师贴过大字报。我常想，这也许和我永远忘不了我的小学班主任老师有某种关系。没有她，我不太可能成为作家。也许我的人生轨迹将彻底地被扭曲、改变，也许我真的会变成一个贼，以我的堕落报复社会。也许，我早已自杀了……

以后我受过许多险恶的伤害，但她使我永远相信，生活中不只有坏人，像她那样的好人是确实存在的……因此我应永远保持对生活的真诚热爱！

读的烙印

真的不知该给正开始写的这一篇文字取怎样的题。

自幼喜读，因某些书中的人或事，记住了那些书名，甚至还会终生记住它们的作者。然而也有这种情况，书名和作者是彻底地忘记了，无论怎么想也想不起来了。但书中人或事，却长久地印在头脑中了。仿佛头脑是简，书中人或事是刻在大脑这种简上的。仿佛即使我死了，肉体完全地腐烂掉了，物质的大脑混入泥土了，依然会有什么异乎寻常的东西存在于泥土中，雨水一冲，便会显现出来似的。又仿佛，即使我的尸体按照现今常规的方式火化掉，在我的颅骨的白森森的骸片上，定有类似几行文字的深深的刻痕清晰可见。告诉别人在我这个死者的大脑中，确乎的曾至死还保留过某种难以被岁月铲平的、与记忆有关的密码……

其实呢，那些自书中复考入大脑的人和事，并不多么的惊心动魄，也根本没有什么曲折的因而特别引人入胜的情节。它们简单得像小学课文一样，普通得像自来水。并且，都是我少年时的记忆。

这记忆啊，它怎么一直纠缠不休呢？怎么像初恋似的难忘呢？我曾企图思考出一种能自己对自己说得通的解释。然而我的思考从未有过使自己满意的结果。正如初恋之始终是理性分析不清的。所以呢，我想，还是让我用我的文字将它们写出来吧！我更愿我火化后的颅骨的骸片像白陶皿的碎片一样，而不愿它有使人觉得奇怪的痕迹……

一

在乡村的医院里，有一位父亲要死了。但他顽强地坚持着不死，其坚持好比夕阳之不甘坠落。在自然界它体现在一小时内，相对于那位父亲，它将延长至十余小时。

生命在那一种情况下执拗又脆弱。护士明白这一点。医生更明白这一点。那位父亲死不瞑目的原因不是由于身后的财产。他是果农，除了自家屋后院子里刚刚结了青果的几十棵果树，他再无任何财产。除了他的儿子，他在这个世界上也再无任何亲人。他坚持着不死是希望临死前再见一眼他的儿子。他也没什么重要之事叮嘱他的儿子。他只不过就是希望临死前再见一眼他的儿子，再握一握儿子的手……事实上他当时已不能说出话来。他一会儿清醒，一会儿昏迷。两阵昏迷之间的清醒时刻越来越短……但他的儿子远在俄亥俄州。医院已经替他发出了电报——打长途电话未寻找到那儿子，电报就一定会及时送达那儿子的手中吗？即使及时送达了，估计他也只能买到第二天的机票了。下了飞机后，他要再乘四个多小时的长途汽车才能来到他父亲身旁……

而他的父亲真的竟能坚持那么久吗？濒死的生命坚持不死的现象，令人肃然也令人怜悯。而且，那么的令人无奈……

夕阳是终于放弃它的坚持了，坠落不见了。

令人联想到晏殊的诗句——"无限年光有限身"，"夕阳西下几时回"。但是那位父亲仍在顽强地与死亡对峙着。那一种对峙注定了绝无获胜的机会，因而没有本能以外的任何意义……黄昏的余晖映入病房，像橘色的纱，罩在病床上，罩在那位父亲的身上、脸上……病房里寂静悄悄的。最适合人咽最后一口气的那一种寂静……那位父亲只剩下几口气了。他喉间呼呼作喘，胸脯高起深伏，极其舍不得地运用他的每一口气。每一口气对他都是无比宝贵的。呼吸也仅仅是呼出着生命之气。那是看了令人非常难过的"节省"。分明的，他已处在弥留之际。他闭着眼睛，徒劳地做最后的坚持。他看去昏迷着，实则特别清醒，那清醒是生命在大脑领域的回光返照。门轻轻地开了。有人走入了病房。脚步声一直走到了他的病床边。那是他在绝望中一直不肯稍微放松的企盼。除了儿子，还会是谁呢？这时脆弱的生命做出了奇迹般的反应——他突然伸出一只手向床边抓去。而且，那么的巧，他抓住了中年男医生的手……"儿子！……"他竟说出了话，那是他留在人世的最后一句话。一滴老泪从他眼角挤了出来……他已无力睁开双眼最后看他的"儿子"一眼了……他的手将医生的手抓得那么紧，那么紧……年轻的女护士是和医生一道进入病房的。濒死者始料不及的反应使她呆愣住。而她自己紧接着做出的反应是——跨前一步，打算拨开濒死者的手，使医生的手获得"解放"。但医生以目光及时制止了她。

医生缓缓俯下身，在那位父亲的额上吻了一下。接着又将嘴凑向那位父亲的耳，低声说："亲爱的父亲，是的，是我，您的儿子。"医生直起腰，又以目光示意护士替他搬过去一把椅子。在年轻女护士的注视之下，医生坐在椅子上了。那样，濒死者的手和医生的手，就可以放在床边了。医生并且将自己的另一只手，轻轻捂在当他是"儿子"的那位父亲的手上。他示意护士离去。三十几年后，当护士回忆这件事时，她写的一段话是："我觉得我不是走出病房的，而是像空气一样飘出去的，唯恐哪怕是最轻微的脚步声，也会使那位临死的老人突然睁开双眼。我觉得仿佛是上帝将我的身体托离了地面……"

至今这段话仍印在我的颅骨内面，像释迦牟尼入禅的身影印在山洞的石壁上。夜晚从病房里收回了黄昏橘色的余晖。年轻的女护士从病房外望见医生的坐姿那么的端正，一动不动。她知道，那一天是医生结婚十周年纪念日，他亲爱的妻子正等待着他回家共同庆贺一番。黎明了——医生还坐在病床边……旭日的阳光普照入病房了——医生仍坐在病床边……因为他觉得握住他手的那只手，并没变冷变硬……到了下午，那只手才变冷变硬。而医生几乎坐了二十个小时……他的手臂早已麻木了，他的双腿早已僵了，他已不能从椅子上站起来了，是被别人搀扶起来的……院长感动地说："我认为你是很虔诚的基督徒。"而医生平淡地回答："我不是基督徒，不是上帝要求我的。是我自己要求我的。"

三十几年以后，当年年轻的护士变成了一位老护士，在她退休那一天，人们用"天使般的心"赞美她那颗充满着爱的护士的心时，她讲了以上一件使她终生难忘的事……

最后她也以平淡的语调说："我也不是基督徒。有时我们自己的心要求我们做的，比上帝用他的信条要求我们做得更情愿。仁爱是人间的事，而我们有幸是人。所以我们比上帝更需要仁爱，也应比上帝更肯给予。"

没有掌声。因为人们都在思考她讲的事，和她说的话，忘了鼓掌……在我们人间，使我们忘了鼓掌的事已少了；而我们大鼓其掌时真的都是那么由衷的吗？

二

此事发生在国外一座大城市的一家小首饰店里。冬季的傍晚，店外雪花飘舞。三名售货员都是女性。确切地说，是三位年轻的姑娘。其中最年轻的一位才十八九岁。已经到可以下班的时间了，另外两位姑娘与最年轻的姑娘打过招呼后，一起离开了小店。现在，小首饰店里，只有最年轻的那位姑娘一人了。正是西方诸国经济连锁大萧条的灰色时代，失业的人比以往任何一年都多，到处可见忧郁的沮丧的面孔。银行门可罗雀。超市冷清。领取救济金的人们却从夜里就开始排队了。不管哪里，只要一贴出招聘广告，即使仅招聘一人，也会形成聚众不散的局面。

姑娘是在几天前获得这一份工作的。她感到无比的幸运。甚至可以说感到幸福，虽然工资是那么的低微。她轻轻哼着歌，不时望一眼墙上的钟。再过半小时，店主就会来的。她向店主汇报了一天的营业情况，也可以下班了。

姑娘很勤快，不想无所事事地等着。于是她扫地，擦柜台。这不见得会受到店主的夸奖。她也不指望受到夸奖。她勤快是由于她心情好。心情好是由于感到幸运和幸福。

忽然，门吱呀一声开了，迈进来一个中年男人。他一肩雪花。头上没戴帽子。雪花在他头上形成了一顶白帽子。姑娘立刻热情地说："先生您好！"男人点了一下头。姑娘犹豫刹那，掏出手绢，替他抚去头上的、肩上的雪花。接着她走到柜台后边，准备为这一位顾客服务。其实她可以对他说："先生，已过下班时间了，请明天来吧。"但她没这么说。经济萧条的时代，光临首饰店的人太少了。生意惨淡。她希望能替老板多卖出一件首饰。虽然才上了几天班，她却养成了一种职业习惯，那就是判断一个人的身份，估计顾客可能对什么价格的首饰感兴趣。

她发现男人竖起着的大衣领的领边磨损得已暴露出呢纹了。而且，她看出那件大衣是一件过时货。当然，她也看出那男人的脸刚刮过，两颊泛青。

他的表情多么的阴沉啊！他企图靠斯文的举止掩饰他糟糕的心境，然而他分明的不是现实生活中的好演员。姑娘判断他是一个钱夹里没有多少钱的人。于是她引他凑向陈列着廉价首饰的柜台，向他一一介绍价格，可配怎样的衣着。而他似乎对那些首饰不屑一顾。他转向了陈列着价格较贵的首饰的柜台，要求姑娘不停地拿给他看。有一会儿他同时比较着两件首饰，仿佛就会做出最后的选择。他几乎将那一柜台里的首饰全看遍了，却说一件都不买了。姑娘自然是很失望的。男人斯文而又抱歉地说："小姐，麻烦了您这么半天，实在对不起。"

姑娘微笑着说："先生，没什么。有机会为您服务我是很高兴的。"当那男人转身向外走时，姑娘漫不经心地瞥了一眼柜台。漫不经心的一瞥使她顿时大惊失色——价格最贵的一枚戒指不见了！那是一家小首饰店，当然也不可能有贵到价值几千几万的戒指。然而姑娘还是呆住了，仿佛被冻僵了一样。那一时刻她脸色苍白，心跳似乎停止了，血液也似乎不流通了……而男人已经推开了店门，一只脚已迈到了门外……"先生！……"姑娘听出了她自己的声音有多么颤抖。男人的另一只脚，就没向门外迈。男人也仿佛被冻僵在那儿了。姑娘又说："先生，我能请求您先别离开吗？"男人已迈出店门的脚竟收回来了……他缓缓地，缓缓地转过了身……他低声说："小姐，我还有很急迫的事等着我去办。"分明的，他随时准备扬长而去……姑娘绕出柜台，走到门口，有意无意地将他挡在了门口……男人的目光冷森起来……姑娘说："先生，我只请求您听我几句话……"男人点了点头。姑娘说："先生，您也许会知道我找到这一份工作有多么的不容易！我的父亲失业了。我的哥哥也失业了。因为家里没钱养两个大男人，我的母亲带着我生病的弟弟回乡下去了。我的工资虽然低微，但我的父亲我的哥哥和我自己，正是靠了我的工资才每天能吃上几小块面包。如果我失去了这份工作，那么我们完了。除非我做妓女……"

姑娘说的每一句话都是实话。姑娘说不下去了。流泪了。

无声地哭了……男人低声说："小姐，我不明白您的话。"姑娘又说："先生，刚才给您看过的一枚戒指现在不见了。如果找不到它，我不但将失去工作，还肯定会被传到法院去的。而如果我不能向法官解释明白，我不是要坐牢的吗？先生，我现在绝望极了，害怕极了。我请求您帮着我找！我相信在您的帮助之下，我才会找到它……"姑娘说的每一句话都是由衷的话。男人的目光不再冷森。他犹豫片刻，又点了点头。于是他从门口退开，帮着姑娘找。两个人分头这儿找那儿找，没找到。男人说："小姐，我真的不能再帮您找了。我必须离开了。小姐您瞧，柜台前的这道地板缝多宽呀！我敢断定那枚戒指一定是掉在地板缝里了。您独自再找找吧！听我的话，千万不要失去信心！……"男人一说完就冲出门外去了……姑娘愣了一会儿，走到地板缝前俯身细瞧——戒指卡在地板缝间……而男人走前蹲在那儿系过鞋带……第二天，人们相互传告——夜里有一名中年男子抢银行未遂……几天后，当罪犯被押往监狱时，他的目光在道边围观的人群中望见了那姑娘……她走上前对他说："先生，我要告诉您我找到那枚戒指了，因而我是多么地感激您啊！……"并且，她送给了罪犯一个小面包圈儿。她又说："我只能送得起这么小的一个小面包圈儿。"罪犯流泪了。当囚车继续向前行驶。姑娘追随着囚车，真诚地说："先生，听我的话，千万不要失去信心！……"那是他对姑娘说过的话。他——罪犯，点了点头……

三

这是秋季的一个雨夜。雨时大时小，从天黑下来后一直未停，想必整夜不会停的了。在城市某一个区的消防队值班室里，一名年老的消防队员和一名年轻的消防队员正下棋。棋盘旁边是电话机，是二人各自的咖啡杯。他们的值班任务是——有火灾报警电话打来，立即拉响报警器。年老的消防队员再过些日子就要退休了；年轻的消防队员才参加工作没多久。他们第一次共同值班。老消防队员举起一枚棋子犹豫不决之际，电话铃骤响……年轻的消防队员反应迅速地一把抓起了电话……"救救我……我的头磕在壁炉角上了，流着很多血……我快死了，救救我……"话筒那端传来一位老女人微弱的声音。那是一台扩音电话。年轻的消防队员愣了愣，爱莫能助地回答："可是夫人，您不该拨这个电话号码。这里是消防队值班室……"话筒那一端却再也没有任何声音传来。年轻的消防队员一脸不安，缓缓地，缓缓地放下了电话。他们的目光刚一重新落在棋盘上，便不约而同地又望向电话机了。接着他们的目光注视在一起了……老消防队员说："如果我没听错，她告诉我们她流了很多血……"年轻的消防队员点了一下头："是的。""她还告诉我们，她快死了。"

"是的。"

"她在向我们求救。""是的。""可我们……在下棋……""不……我怎么还会有心思下棋呢？""我们总该做点儿什么应该做的事对不对？""对……可我，真的不知道该做什么……"老消防队员嘟哝："总该做点儿什么的……"他们就都不说话了。都在想究竟该做点儿什么。他们首先给急救中心挂了电话，但因为不清楚确切的住址，急救

中心的回答是非常令他们遗憾的……他们也给警方挂了电话，同样的原因，警方的回答也非常令他们失望……该做的事已经做了，连老消防队员也不知道该继续做什么了……他说："我们为救一个人的命已经做了两件事，但并不意味着我们救了一个向我们求救过的人。"年轻的消防队员说："我也这么想。""她肯定还在流血不止。""肯定的。""如果没有人实际上去救她，她真的会死的。""真的会死的……"年轻的消防队员说完，忽然拍了一下自己的前额："嘿，我们干吗不查问一下电话局？那样，我们至少可以知道她住在哪一条街区！……"老消防队员赶紧抓起了电话……一分钟后，他们知道求救者住在哪一条街了……两分钟后，他们从地图上找到了那一条街。它在另一市区。他们又将弄清的情况通告急救中心或警方……但是一方暂无急救车可以前往，一方的线路占线，

连拨不通……

老消防队员灵机一动，向另一市区的消防队值班室拨去了电话，希望派出消防车救一位老女人的命……他遭到了拒绝。

拒绝的理由简单又正当：派消防车救人？荒唐之事！在没有火灾也未经特批的情况下出动消防车，既不但严重违犯消防队的纪律条例，也严重违犯城市管理法啊！他们一筹莫展了……老消防队员发呆地望了一会儿挂在墙上的地图，主意已定地说："那么，为了救一个人的命，就让我来违犯纪律和违法吧！……"

他起身拉响了报警器。年轻的消防队员说："不能让你在退休前受什么处罚。报警器是我拉响的，一切后果由我来承担。"老消防队员说："你还是一名见习队员，怎么能牵连你呢？报警器明明是我拉响的嘛！"而院子里已经嘈杂起来，一些留宿待命的消防队员匆匆地穿着消防服……当老消防队员说明拉报警器的原因后，院子里一片肃静。老消防队员说："认为我们不是在胡闹的人，就请跟我们去吧！……"他说完走向一辆消防车，年轻的消防队员紧随其后。没有谁返身回到宿舍去。也没有谁说什么问什么。都分头踏上了两辆消防车……雨又下大了。马路上的车辆皆缓慢行驶……两辆消防车一路鸣笛，争分夺秒地从本市区开往另一市区……它们很快就驶在那一条街道上了。那是一条很长的街道。正是周末，人们睡的晚。几乎家家户户的窗子都明亮着。求救者究竟倒在哪一幢楼的哪一间屋子里呢？断定本街上并没有火灾发生的市民，因消防车的到来滋扰了这里的宁静而愤怒。有人推开窗子大骂消防队员们……年轻的消防队员站立在消防车的踏板上，手持话筒做着必要的解释。

　　许多大人和孩子从自家的窗子后面，观望到了大雨浇着他和别的消防队员们的情形……"市民们，请你们配合我们，关上你们各家所有房间的电灯！……"年轻的消防队员反复要求着……一扇明亮的窗子黑了……又一扇明亮的窗子黑了……再也无人大骂了……在这一座城市，在这一条街道，在这一个夜晚，在瓢泼大雨中，两辆消防车如夜海上的巡逻舰，缓缓地一左一右地并驶着……迎头的各种车辆纷纷倒退……除了司机，每一名消防队员都站立在消防车两旁的踏板上，目光密切地关注着街道两侧的楼房，包括那位老消防队员……雨，是下得更大了……街道两旁的楼房的窗全都黑暗了，只有两行路灯亮着了……那一条街道那一时刻那么的寂静……"看！……"一名消防队员激动地大叫起来……他们终于发现了唯一一户人家亮着的窗……一位七十余岁的老妇人被消防车送往了医院……医生说，再晚十分钟，她的生命就会因失血过多不保了。两名消防队员自然没受处罚。市长亲自向他们颁发了荣誉证书，称赞他们是本市"最可爱的市民"，其他消防队员也受到了市长的表扬。那位老妇人后来成为该市年龄最大也最积极的慈善活动志愿者……

大约是在初一时，我从隔壁邻居卢叔收的废报刊堆里翻到了一册港版的《读者文摘》，其中的这一则纪实文章令我的心一阵阵感动。但是当年我不敢向任何人说出我所受的感动——因为事情发生在美国。

当年我少年的心又感动又困惑——因为美国大兵正在越南用现代武器杀人放火。人性如泉，流在干净的地方带走不干净的东西；流在不干净的地方它自身也污浊。后来就"文革"了。"文革"中我更多次地联想到这一则纪实……

四

以下一则"故事"是以第一人称叙述的，那么让我也尊重"原版"，以第一人称叙述……

"我"是一位已毕业两年了的文科女大学生。"我"两年内几十次应聘，仅几次被试用过。更多次应聘谈话未结束就遭到了干脆的或客气的拒绝。即使那几次被试用，也很快被以各种理由打发走了……

这使"我"产生了巨大的人生挫败感。刚刚踏入社会啊！"我"甚至产生过自杀的念头。"我"找不到工作的主要原因不是有什么品行劣迹，也不是能力天生很差——大学毕业前夕"我"被车剐倒过一次，留下了难以治愈的后遗症——心情一紧张，两耳便失聪。"我"是一个诚实的人。每次应聘，"我"都声明这一点。而结果往往是——招聘主管者们欣赏"我"的诚实，但却不肯降格以用。"我"虽然对此充分理解，可无法减轻人生忧愁。"我"仍不改初衷，每次应聘，还是一如既往地声明在先，也就一如既往地一次次希望落空……在"我"沮丧至极的日子里，很令"我"喜出望外的，"我"被一家报馆试用了！

那是因为她的诚实起了作用。

也因为她诚实不改且不悔的经历引起了同情和尊敬。与"我"面谈的是一位部门主任。他对"我"说："你是受过高等教育的，社会应该留给你这么诚实的人适合你的一种工作，否则，就谁也没有资格要求你热爱社会了。"部门主任的话也令"我"大为感动。"我"的具体工作是资料管理。这一份工作获得不易，"我"异常珍惜，而且，也渐渐喜欢这一份工作了。"我"的心情从没有过的好，每天笑口常开。当然，双耳失聪的后遗症现象一次也没发生过……同事们不但接受了"我"这一名资料管理员，甚至开始称赞"我"良好的工作表现了。试用期一天天地过去着，不久，"我"将被正式签约录用了。这是"我"梦寐以求的呀！"我"不再觉得自己是一个不幸的人，反而觉得自己是一个十分幸运的人了。

某一天，那一天是试用期满的前三天——报馆同事上下忙碌，为争取对一新闻事件的最先报道，人人放弃了午休。到资料馆查询相关资料的人接二连三……

受紧张气氛影响，"我"最担心之事发生了，"我"双耳失聪了！这使我陷于不知所措之境。也使同事们陷于不知所措之境。笔谈代替了话语。时间对于新闻意味着什么不言自明，何况有多家媒体在与该报抢发同一条新闻！……结果该报在新闻战中败北了。对于该报，几乎意味着是一支足球队在一次稳操胜券的比赛中惨遭淘汰……客观地说，如此结果，并非完全是由"我"一人造成的。但"我"确实难逃干系啊！"我"觉得多么地对不起报社对不起同事们呀！

"我"内疚极了。

同时，多么地害怕三天后被冷淡地打发走呢！"我"向所有当天到过资料室的人表示真诚的歉意；"我"向部门主任当面承认"错误"，尽管她不是因为工作态度而失职……一切人似乎都谅解了"我"。在"我"看来，似乎而已。"我"敏感异常得觉得，人们谅解自己是假的，是装模作样的。

总之是表面的。仅仅为了证明自己的宽宏大量罢了……"我"猜想，其实报社上上下下，都巴不得自己三天后没脸再来上班……但，那"我"不是又失业了吗？"我"还能幸运地再找到一份工作吗？第二次幸运的机会究竟在哪儿呀？"我"已根本不相信它的存在了。……奇怪的是——三天后并没谁找"我"谈话，通知我被解聘了；当然也没谁来让"我"签订正式录用的合同。"我"太珍惜获得不易的工作了！"我"决定放弃自尊，没人通知就照常上班。一切人见了"我"，依旧和"我"友好地点头，或打招呼。但"我"觉得人们的友好已经变质了，微笑着点头已是虚伪的了。分明的，人们对"我"的态度，与以前是那么的不一样了，变得极不自然了，仿佛竭力要将自己的虚伪成功地掩饰起来似的……以前，每到周末，人们都会热情地邀请"我"参加报社一向的"派对"娱乐活动。现在，两个周末过去了，"我"都没受到邀请——如果这还不是歧视，那什么才算歧视呢？

"我"由内疚由难过而生气了——倒莫如干脆打发"我"走！为什么要以如此虚伪的方式逼"我"自己离开呢？这不是既想达到目的又企图得到善待试用者的美名吗？

"我"对当时决定试用自己的那一位部门主任，以及自己曾特别尊敬的报社同事们暗生嫌恶了。

都言虚伪是当代人之人性的通病，"我"算是深有体会了！第三个周末，下班后，人们又都匆匆地结伴走了。"派对"娱乐活动室就在顶层，人们当然是去尽情娱乐了呀！只有"我"独自一人留在资料室发呆，继而落泪。回家吗？明天还照常来上班吗？或者明天自己主动要求结清工资，然后将报社上上下下骂一通，扬长而去？"我"做出了最后的决定。一经决定，"我"又想，干吗还要等到明天呢？干吗不今天晚上就到顶层去，突然出现，趁人们皆愣之际，大骂人们的虚伪。趁人们被骂得呆若木鸡，转身便走有何不可？难道虚伪是不该被骂的吗？！不就是三个星期的工资吗？为了自己替自己出一口气，不要就是了呀！于是"我"抹去泪，霍然站起，直奔电梯……"我"一脚将娱乐活动室的门踢开了——人们对"我"的出现备感意外，确实地，都呆若木鸡；而"我"对眼前的情形也同样地备感意外，也同样地一时呆若木鸡……"我"看到一位哑语教师，在教全报社的人哑语，包括主编和社长也在内……

部门主任走上前以温和的语调说："大家都明白你目前这一份工作对你是多么的重要。每个人都愿帮你保住你的工作。三个周末以来都是这样。我曾经对你说过——社会应该留给你这么诚实的人，一份适合你的工作。我的话当时也是代表报社代表大家的。对你，我们大家都没有改变态度……"

"我"环视同事们，大家都对"我"友善地微笑着……还是那些熟悉了的面孔，还是那些见惯了的微笑……却不再使"我"产生虚伪之感了。还是那种关怀的目光，从老的和年轻的眼中望着"我"，似乎竟都包含着歉意，似乎每个人都在以目光默默地对"我"说："原谅我们以前未想到用这样的方式帮助你……"

曾使我感到幸运和幸福的一切内容，原来都没有变质。非但都没有变质，而且美好地温馨地连成一片令"我"感动不已的，看不见却真真实实地存在着的事实了……

"我"的泪水顿时夺眶而出。"我"站在门口，低着头，双手捂脸，孩子似的哭着哭着……眼泪因被关怀而流……也因对同事们的误解而流……那一时刻"我"又感动又羞愧，于是人们渐渐聚向"我"的身旁……

五

还是冬季，还是雪花漫舞的傍晚，还是在人口不多的小城，事情还是与一家小小的首饰店有关……

它是比前边讲到的那家首饰店更小了。前边讲的那家首饰店，在经济大萧条的时代，起码还雇得起三位姑娘。这一家小首饰店的主人，却是谁都雇不起的……

他是三十二三岁的青年，未婚青年。他的家只剩他一个人了，父母早已过世了，姐姐远嫁到外地去了。小首饰店是父母传给他继承的。它算不上是一宗值得守护的财富，但是对他很重要，他靠它维生。

　　大萧条继续着。他的小首饰店是越来越冷清了，他的经营是越来越惨淡了。那是圣诞节的傍晚。他寂寞地坐在柜台后看书，巴望有人光临他的小首饰店。已经五六天没人迈入他的小首饰店了。他既巴望着，也不多么地期待。在圣诞节的傍晚他坐在他的小首饰店里，纯粹是由于习惯。反正回到家里也是他一个人，也是一样的孤独和寂寞。几年以来的圣诞节或别的什么节日，他都是在他的小首饰店里度过的……

　　万一有人……他只不过心存着一点点侥幸罢了。如果不是经济大萧条的时代，节日里尤其是圣诞节，光临他的小首饰店的人还是不少的。因为他店里的首饰大部分是特别廉价的，是适合底层的人们一向选择了作为礼物的。

　　经济大萧条的时代是注定要剥夺人们某种资格的。首先剥夺的是底层人在节日里相互赠礼的资格。对于底层人，这一资格在经济大萧条的时代成了奢侈之事……

　　青年的目光，不时离开书页望向窗外，并长长地忧郁地叹上一口气……居然有人光临他的小首饰店了！光临者是一位少女，看上去只有十一二岁。一条旧的灰色的长围巾，严严实实地围住了她的头，只露出正面的小脸儿。少女的脸儿冻得通红。手也是。只有老太婆才围她那种灰色的围巾。肯定的，在她临出家门时，疼爱她的母亲或祖母将自己的围巾给她围上了——青年这么想。他放下书，起身说："小姐，圣诞快乐！希望我能使你满意，您也能使我满意。"青年是高个子。少女仰起脸望着他，庄重地回答："先生，也祝您圣诞快乐！我想，我们一定都会满意的。"她穿一件打了多处补丁的旧大衣。她回答时，一只手朝她一边的大衣兜拍了一下。仿佛她是阔佬，那只大衣兜里揣着满满一袋金币似的。青年的目光隔着柜台端详她，看见她穿一双靴腰很高的毡靴。毡靴也是旧的，显然比她的脚要大得多。而大衣原先分明很长，是大姑娘们穿的无疑。谁替她将大衣的下摆剪去了，并且按照她的身材改缝过了吗？也是她的母亲或祖母吗？

他得出了结论——少女来自一个贫寒家庭。

她使他联想到了《卖火柴的小女孩》。而他刚才捧读的，正是一本安徒生的童话集。

青年忽然觉得自己对这少女特别地怜爱起来，觉得她脸上的表情那会儿纯洁得近乎圣洁。他决定，如果她想买的只不过是一只耳环，那么他将送给她。或仅象征性地收几枚小币……

少女为了看得仔细，上身伏于柜台，脸几乎贴着玻璃了——她近视。

青年猜到了这一点，一边用抹布擦柜台的玻璃，一边温情地瞧着少女。其实柜台的玻璃很干净，可以说一尘不染。他还要擦，是因为觉得自己总该为小女孩做些什么才对。

"先生，请把这串项链取出来。"

少女终于抬起头指着说。

"怎么……"

他不禁犹豫。

"我要买下它。"

少女的语气那么自信，仿佛她大衣兜里的钱，足以买下他店里的任何一件首饰。

"可是……"

青年一时不知自己想说的话究竟该如何说才好。

"可是这串项链很贵？"

少女的目光盯在他脸上。

他点了点头。

那串项链是他小首饰店里最贵的。它是他的压店之宝。另外所有首饰的价格加起来，也抵不上那一串项链的价格。当然，富人们对它肯定是不屑一顾的，而穷人们却只有欣赏而已，所以它陈列在柜台里多年也没卖出去。有它，青年才觉得自己毕竟是一家小首饰店的店主。他经常这么想——倘若哪一天他要结婚了，它还没卖出去，那么他就不卖它了。他要在婚礼上亲手将它戴在自己新娘的颈上……

现在，他对自己说，他必须认真地对待面前的女孩了。

她感兴趣的可是他的压店之宝呀！不料少女说："我买得起它。"少女说罢，从大衣兜里费劲地掏出一只小布袋儿。小布袋儿看去沉甸甸的，仿佛装的真是一袋金币。

少女解开小布袋儿，往柜台上兜底儿一倒，于是柜台上出现了一堆硬币。但不是金灿灿的金币，而是一堆收入低微的工人们在小酒馆里喝酒时，表示大方当小费的小币……

有几枚小币从柜台上滚落到了地上，少女弯腰——捡起它们。由于她穿着高腰的毡靴，弯下腰很不容易。姿势像表演杂技似的。还有几枚小币滚到了柜台底下，她干脆趴在地上，将手臂伸到柜台底下去捡……

她重新站在他面前时，脸涨得通红。她将捡起的那几枚小币也放在柜台上，一双大眼睛默默地庄严地望着青年，仿佛在问："我用这么多钱还买不下你的项链吗？"

青年的脸也涨得通红，他不由得躲闪她的目光。他想说的话更不知该如何说才好了。全部小币，不足以买下那串项链的一颗，不，半颗珠子。他沉吟了半天才吞吞吐吐地说："小姐，其实这串项链并不怎么好。我……我愿向您推荐一只别致的耳环……"少女摇头道："不。我不要买什么耳环，我要买这串项链……""小姐，您的年龄，其实还没到非戴项链不可的年龄……""先生，这我明白。我是要买了它当做圣诞礼物送给我的姐姐，给她一个惊喜……""可是小姐，一般是姐姐送妹妹圣诞礼物的……""可是先生，您不知道我有多爱我的姐姐啊！我可爱她了！我无论送给她多么贵重的礼物，都不能表达我对她的爱……"于是少女娓娓地讲述起她的姐姐来……她很小的时候，父母就去世了，是她的姐姐将她抚养大的。她从三四岁起就体弱多病，没有姐姐像慈母照顾自己心爱的孩子一样照顾她，她也许早就死了。姐姐为了她一直未嫁。姐姐为了抚养她，什么受人歧视的下等工作都做过了，就差没当侍酒女郎了。但为了给她治病，已卖过两次血了……青年的表情渐渐肃穆。女孩儿的话使他想起了他的姐姐。然而他的姐姐对他却一点儿都不好。出嫁后还回来与他争夺这小首饰店的继承权。那一年他才19岁呀！他的姐姐伤透了他的心……"先生，您明白我的想法了吗？"女孩儿噙着泪问。他低声回答："小姐，我完全理解。""那么，请数一下我的钱吧。我相信您会把多余的钱如数退给我的……"青年望着那堆小币愣了良久，竟默默地、郑重其事地开始数……"小姐，这是您多余的钱，请收好。"他居然还退给了少女几枚小币，连自己也不知自己在干什么。他又默默地、郑重其事地将项链放入它的盒子里，认认真真地包装好。"小姐，现在，它归你了。""先生，谢谢。""尊敬的小姐，外面路滑，请走好。"他绕出柜台，替她开门，仿佛她是慷慨的贵妇，已使他大赚了一笔似的。望着少女的背影在夜幕中走出很远，他才关上他的店门。失去了压店之宝，他顿觉他的小店变得空空荡荡不存一物似的。他散漫的目光落在书上，不禁地在心里这么说："安徒生先生啊，都是由于你的童话我才变得如此的傻。可我已经是大人了呀！……"那一时刻，圣诞之夜的第一遍钟声响了……第二天，小首饰店关门。青年到外地打工去了，带着他爱读的《安徒生童话集》……三年后，他又回到了小城。圣诞夜，他又坐在他的小首饰店里，静静地读另一本安徒生的童话集……

教堂敲响了入夜的第一遍钟声时，店门开了——进来的是三年前那一位少女，和她的姐姐，一位容貌端秀的二十四五岁的女郎……女郎说："先生，三年来我和妹妹经常盼着您回到这座小城，像盼我们的亲人一样。现在，我们终于可以将项链还给您了……"长大了3岁的少女说："先生，那我也还是要感谢您。因为您的项链使我的姐姐更加明白，她对我是像母亲一样重要的……"青年顿时热泪盈眶。他和那女郎如果不相爱，不是就很奇怪了吗？……以上五则，皆真人真事，起码在我的记忆中是的。从少年至青年至中年时代，他们曾像维生素保健人的身体一样营养过我的心。第四则的阅读时间稍近些，大约在70年代末。那时我快30岁了。"文革"结束才两三年，中国的伤痕一部分一部分地裸露给世人看了。它在最痛苦也在最普遍最令我们中国人羞耻的方面，乃是以许许多多同胞的命运的伤痕来体现的，也是我以少年的和青年的眼在"文革"中司空见惯的。"文革"即使没能彻底摧毁我对人性善的坚定不移的信仰，也使我在极大程度上开始怀疑人性善之合乎人作为人的法则。事实上经历了"文革"的我，竟有些感觉人性善之脆弱，之暧昧，之不怎么可靠了。我已经就快变成一个冷眼看世界的青年了，并且不得不准备硬了心肠体会我所生逢的中国时代了。

幸而"文革"结束了。

否则我不敢自信我生为人恪守的某些原则，无论在任何情况下都不会放弃；不敢自信我绝不会向那一时代妥协；甚至不敢自信我绝不会与那一时代沆瀣一气，同流合污……

具体对我而言，我常想，"文革"之结束，未必不也是对我之人性质量的及时拯救，在它随时有可能变质的阶段……所以，当我读到人性内容的记录那么朴素，那么温馨的文字时，我之感动尤深。我想，一个人可以从某一天开始一种新的人生，世间也是可以从某一年开始新的整合吧？于是我又重新祭起了对人性善的坚定不移的信仰；于是我又以特别理想主义的心去感受时代，以特别理想的眼去看社会了……

这一种状态一直延续了十余年。十余年内，我的写作基本上是理想主义色彩鲜明的。偶有愤世嫉俗性的文字发表，那也往往是由于我认为时代和社会的理想化程度不合我一己的好恶……

然而，步入中年以后，我坦率承认，我对以上几则"故事"的真实性越来越怀疑了。

可它们明明是真实的啊！

它们明明坚定过我对人性善的信仰啊！

它们明明营养过我的心啊！

我知道，不但时代变了，我自己的理念架构也在浑然不觉间发生了重组。我清楚这一点。

我不再是一个理想主义者了。

并且，可能永远也不再会是了。

这使我经常暗自悲哀。

我的人生经验告诉我——人在少年和青年时期若不曾对人世特别的理想主义过，那么以后一辈子都将活得极为现实。

少年和青年时期理想主义过没什么不好，一辈子都活得极为现实的人生体会也不见得多么良好；反过来说也行。那就是——一辈子都活得极为现实的人生不算什么遗憾，少年和青年时期理想主义过也不见得是一件值得欣慰的事……

以上几则"故事"，依我想来，在当今中国之现实中，几乎都没有了"可操作"性。谁若在类似的情况下，像它们的当事人那么去思维去做，不知结果会怎样？恐怕会是自食恶果而且被人冷嘲曰自作自受的吧？

我也不会那么去思维那么去做的了。

故我将它们追述出来，绝无倡导的意思，只不过是一种摆脱记忆粘连的方式罢了。

再有什么动机，那就是提供朴素的、温馨的人性和人道内容的体会了。

体会体会反正也不损失我们什么……

复旦与我

我曾写过一篇散文，题目是《感激》。

在这一篇散文中，我以感激之心讲到了当年复旦中文系的老师们对我的关爱。在当年特殊的时代背景下，对我，他们的关爱还体现为一种不言而喻的、真情系之的保护。非是时下之人言，老师们对学生们的关爱所能包含的。在当年，那一份具有保护性质的关爱，铭记在一名学生内心里，任什么时候回忆起来都是凝重的。

我还讲到了另一位并非中文系的老师。

那么他是复旦哪一个系的老师呢？

事隔三十余年，我却怎么也不能确切地回忆起来了。

我所记住的只是1974年，他受复旦大学之命在黑龙江招生。中文系创作专业的两个名额也在他的工作范围以内。据说那一年复旦大学总共从黑龙江生产建设兵团招收了二十几名知识青年，他肩负着对复旦大学五六个专业的责任感。而创作专业的两个名额中的一个，万分幸运地落在了我的头上。

　　事情大致是这样的——为了替中文系创作专业招到一名将来或能从事文学创作的学生，他在兵团总部翻阅了所有知青文学创作作品集。当年，兵团总部每隔两年举办一次文学创作学习班，创作成果编为诗歌、散文、小说、报告文学、通讯报道与时政评论六类集子。1974年，兵团已经培养起了一支不止百人的知青文学创作队伍，分散在各师、各团，直至各基层连队。我是他们中的一个，在基层连队抬木头。兵团总部编辑的六类集子中，仅小说集中收录过我的一篇短篇《向导》。那是我唯一被编入集子中的一篇，它曾发表在《团战士报》上。

　　《向导》的内容是这样的：一个班的知青在一名老职工的率领下进山伐木。那老职工在知青们看来，性格孤僻而专断——这一片林子不许伐，那一片林子也坚决不许伐，总之已经成材而又很容易伐到的树，一棵也不许伐。于是在这一名老"向导"的率领之下，知青离连队越来越远，直至天黑，才勉强凑够了一爬犁伐木，都是歪歪扭扭、拉回连队也难以劈为烧材的那一类。而且，他为了保护一名知青的生命，自己还被倒树砸伤了。即使他在危险关头那么舍己为人，知青们的内心里却没对他起什么敬意，反而认为那是他自食恶果。伐木拉到了连队，指责纷起。许多人都质问："这是拉回了一爬犁什么木头？劈起来多不容易？你怎么当的向导？"——而他却用手一指让众人看：远处的山林，已被伐得东秃一片，西秃一片。他说："这才几年工夫？别只图今天我们省事儿，给后人留下的却是一座座秃山！那要被后代子孙骂的……"

这样的一篇短篇小说在当年是比较特别的。主题的"环保"思想鲜明。而当年中国人的词典里根本没有"环保"一词。我自己的头脑里也没有。只不过所见之滥伐现象，使我这一名知青不由得心疼罢了。

而这一篇仅三千字的短篇小说，却引起了复旦大学招生老师的共鸣，于是他要见一见名叫梁晓声的知识青年。于是他乘了十二个小时的列车从佳木斯到哈尔滨，再转乘八九个小时的列车从哈尔滨到北安，那是那一条铁路的终端，往前已无铁路了，改乘十来个小时的长途汽车到黑河，第二天上午从黑河到了我所在的团。如此这般的路途最快也需要三天。

而第四天的上午，知识青年梁晓声正在连队抬大木，团部通知他，招待所里有位客人想见他。

当我听说对方是复旦大学的老师，内心一点儿也没有惊喜的非分之想。认为那只不过是招生工作中的一个过场，按今天的说法是作秀。而且，说来惭愧，当年的我这一名哈尔滨知青，竟没听说过复旦这一所著名的大学。一名北方青年，当年对南方有一所什么样的大学，一向不会发生兴趣的。但有人和我谈文学，我很高兴。

我们竟谈了近一个半小时。

我对于"文革"中的"文艺"现象"大放厥词",倍觉宣泄。

他从自己的包里取出一本当年的"革命文学"的"样板书"《牛田洋》,问我看过没有?有什么读后感?

我竟说:"那样的书翻一分钟就应该放下,不是任何意义上的文学作品!"

而那一本书中,整页整页地用黑体字印了几十段"最高指示"。

如果他头脑中有着当年流行的"左",则我后来根本不可能成为复旦的一名学子。倘他行前再向团里留下对我的坏印象,比如"梁晓声这一名知青的思想大有问题",那么我其后的日子更加不好过了。

我记得清清楚楚,我们分手时,他说的是"你跟我说过的那些话。

不要再跟别人说了,那将会对你不利"。这是关爱。在当年,也是保护性的。后来我知道,他确实去见了团里的领导,当面表达了这么一种态度——如果复旦大学决定招收该名知青,那么名额不可以被替换。没有这一位老师的认真,当年我根本不可能成为复旦学子。我入学几年后,就因为转氨酶超标,被隔离在卫生所的二楼。他曾站在卫生所平台下仰视着我,安慰了我半个多小时。三个月后我转到虹桥医院,他又到卫生所去送我……至今想来，点点滴滴，倍觉温馨。进而想到——从前的大学生（他似乎是1962年留校的）与现在的大学生是那么不同。虽然我已不认得他是哪一个系哪一个专业的老师了，但却肯定地知道他非是中文系的老师。而当年在我们一团的招待所里，他这一位并非中文系的老师，和我谈到了古今中外那么多作家和作品。这是耐人寻味的。

　　大千世界，芸芸众生。人皆一命，是谓生日。但有人是幸运的，能获二次诞辰。大学者，脱胎换骨之界也。"母校"说法，其意深焉。复旦乃百年名校，高深学府；所育桃李，遍美人间。是复旦当年认认真真地给予了我一种人生的幸运。她所派出的那一位招生老师身上所体现出的认真，我认为，当是复旦之传统精神的一方面吧！我感激，亦心向复旦之精神也。故我这一篇粗陋的回忆文字的题目是《复旦与我》，而不是反过来，更非下笔轻妄。我很想在复旦百年校庆之典，见到1974年前往黑龙江生产建设兵团招生的那一位老师。

从复旦到北影

一

1974年9月27日，下午两三点钟，哈尔滨至上海的一趟火车进站。一个其貌不扬的年轻人被人流裹着，步子虚浮地出了上海站。

上海很热，三十四度左右。这年轻人穿件咔叽布的、旧的、在洗染店染过的、黑色而又变灰了的学生制服。一条崭新的、裤线笔直的"的卡"裤子，蓝色的，太长，折起一寸有余。一双半新的网球鞋。头戴一顶崭新单帽。

他左手拎皮革旅行包，右手拎网兜，里面兜着一个新脸盆、牙具什么的。

他避开人流，有些发懵，不知该往哪儿去。

他像东北农村某人民公社的小文书一类。更具体说，像《艳阳天》中的"马立本"。

连"马立本"那点土潇洒也没有，模样迟钝。

虽然"文革"时期，讲究穿着的上海人还是比全国其他大城市的人们明显地穿得雅致。他有些自惭其"土"。他从来也没有见过满大街的女人尽数裸胳膊裸腿的情形。他感到有些害羞，竟不知目光应朝什么地方看才算个正经的年轻人。

从他眼面前走过的女人们，却并不注意他。偶有一两个女人看他一眼，完全是觉得他有些"憨大"。他便更自惭，更害羞。没有一个男人像他似的头上戴着顶崭新的单帽。撑帽纸板还保留在帽子里，未丢掉是为了帽脸儿显得更陡，给自己增添点精神。

他不由得将帽子摘了下来，塞进手提兜里。可是想到自己一个多月前剃秃头，头发生出还不足半寸，一定更傻里傻气，又取出帽子重新戴上。撑帽纸板折坏了，只好扔了。单帽失去了它，不如原先那么像样。

有几分沮丧。他是我。如果上海的年轻人们知道我随身带着一份复旦大学的"工农兵学员"入学通知书，他们肯定会非常羡慕甚至可能嫉妒我这个"东北土老帽"的。那年头"工农兵学员"正吃香，复旦又是国内名牌大学。我家祖坟大冒红烟紫气！我向一个清扫工问去复旦怎样乘车。他上下打量我一阵，反问："新入学的工农兵学员？"我不无自豪地点头。

又问："从哪儿来？"

我回答："北大荒。"

再问："北大荒当地人？"

答："哈尔滨知青。"

他说："我女儿也在北大荒，一师三团。"

我说："我在二团。"

他询问兵团知青的近况。我很乐意地回答了他提出的种种问题。我的上海知青朋友很多，上海话早已听惯。他对我颇产生了一点好感，末了说："复旦大学的接站车停在离这儿不远的地方，我带你去。"……我能进入复旦，自己完全没想到。

1973年初，我从黑龙江生产建设兵团总司令部所在地佳木斯市回到我们一师二团。我是到兵团总部去参加文学创作学习班的。我是团宣传股报道员，兵团业余文学创作员。

回到团部刚几天，政治部主任带我到木材加工厂"蹲点"，总结"政治思想工作"经验。木材加工厂是团后勤处直属连队，在团部附近，离团机关区只五六分钟的路。木材加工厂有一个鹤岗知识青年，抬大木时摔断了腿，被送到师部医院住院。腿好后，他从医院给连队领导写了一封信，要求回鹤岗市探一次家。连队领导没批准。他私自回到了鹤岗。他的母亲给连队领导写了一封信，其中有句质问的话："我的儿子千里迢迢去到边疆，在劳动中摔断了腿，我自己也在生病，难道你们当连队领导的，竟没有批准我儿子探一次家的善心吗？"可想而知，这封信使连队领导恼怒到什么程度。他一个星期后回到连队的当天，团支部召开会议，对他进行批评教育，并讨论对他的处分。"讨论"不过是一种形式，处分已在他回到连队之前就确定了——开除团籍。

我以团政治部工作组成员之一的身份，参加了这次基层连队的团组织特殊会议。会前我了解到，连队领导已找过一些团员骨干个别谈话，"指示"他们在讨论处分时起到"应起的作用"。团支部书记、一位哈尔滨姑娘，对连长和指导员的"指示"当然心领神会，毫无异议，"坚决照办"了。这种做法，本应被列为破坏团组织原则的做法。甚至可以说是"小动作"，是不光明正大的。也是对每个团员意志施加的压力。更不利于一个基层连队的政治思想工作。

在那个鹤岗知青痛哭流涕地反复承认错误，做了检讨之后，在经过一阵沉默之后，在由团支部书记宣布给予他开除团籍的组织处分之后，在那几个连长、指导员找他们个别谈过话的团员骨干同时举起手之后，在其他团员们十分犹豫的时候，我忍耐不住了，开口发言了。我的性格不允许我在那一时刻保持沉默。而当我对什么事情不赞同的时候，我的言词往往是尖酸刻薄的。我当时说了些什么，无须赘述。总之，团支部书记兼副指导员显得非常尴尬和难堪，几乎是愤愤然地吩咐一个团员："去把连长和指导员找来！"

连长来了。指导员也来了。两位连队领导的"坐镇"局面，使气氛格外严峻。这种严峻的气氛，将我推到了被迫"迎战"的地位。而人一旦被推到这种地位，哪怕是一个沉着练达的人，有时也会变得一反常态，激昂慷慨起来的。我天生永远不可能成为一个沉着练达的人。我的气质中有种易于冲动、易于激昂慷慨的不良基因。而我一旦冲动起来，岂止"激昂慷慨"而已，简直可以说"目中无人"，"气冲霄汉"！尤其当我深信正义是在我一方时，我是颇有点不怕天不怕地的。

我当时又说了些什么，连我自己如今也记不清了。有一点却记得很清楚，连长没坐多一会儿，就一言未发，面色青白地怫然而去。指导员比连长涵养好，默默地吸了两支烟，也站起身走了。他虽然表面上不动声色，但离开前狠狠踩灭烟蒂的动作，也够令人"触目惊心"的。如果不是因为我的工作组成员的身份，他当时绝不会表现得那么有涵养。团支部书记也要起身走，我把她叫住了，对她说："团组织会还没开完呢，你不能走！"她只好留下，眼泪汪汪的，几乎快哭了。

多数团员知青，对于出现了这样一种他们万万料想不到的、"剑拔弩张"的局面，既感到震惊，也暗暗感到钦佩。我无形中成了代表他们被压制的意见的人。他们主张继续表决。表决的结果——给那个鹤岗知青警告处分。这等于对木材加工厂连长和指导员威信的一次严重打击。剖析起来，我的"仗义执言"，倒并非主要是受所谓"正义感"的驱使。还有更为主要的，当时连我自己也根本不可能意识到的心理因素起强烈作用。这种心理，就是身为一个知识青年，经常受到种种抑制性的不正当的"管束"，人格被"领导意志"随心所欲地扭曲，情绪被外界力量无端地粗暴地施加骚扰，寻找机会想得以发泄，表示反抗的心理。不过在什么机会下，以什么事件为导火索，以什么方式发泄和反抗，因人而异罢了。这件事，我在我的小说《这是一片神奇的土地》中，作为"情节"移植到女主人公李晓燕身上了。

我以我认为恰当的方式发泄了。我的心里感到了一种发泄后的满足，感到了一种类乎"大获全胜"的痛快。一种从未有过的痛快。然而，"大获全胜"的不是我，也不可能是我。我不过扮演了一次"堂·吉诃德"式的惨败者的角色而已。我已说过，从木材加工厂到团部只需五六分钟。刚表决完，还没散会，我就被叫去接电话。政治部主任从团部打来的。"放下电话，立刻跑步到我的办公室！"政治部主任在电话中用异常严厉的语调命令。

我没跑步，但走得很快。走进政治部主任办公室，木材加工厂连长和指导员坐在办公室里，都幸灾乐祸地瞧着我，都是一副皮笑肉不笑的神气。

"从今天起，不，从现在起，你不再是工作组成员了！你必须在木材加工厂团支部会议上作深刻检查！"主任对我拍桌子瞪眼睛。"没什么可检查的！"我恼火透了。"你太放肆了！"主任气得脸色紫红。我顶撞道："作为一个人，我有权放肆一次！"主任腮帮子抽搐，说不出话。"小梁，你何必发这么大火呢！有话好好讲嘛！"木材加工厂连长和指导员虚伪地劝说我。我狠狠瞪了他们一眼，走出了主任办公室。政治部主任对我没有半点好印象。他给我的印象更不怎么样。我从连队调到宣传股两个多月后，我们连的文书，一位小巧玲珑的"安琪儿"般的牡丹江姑娘，也调到了团部组织股。她报到的当天，吃晚饭的时候，我和她肩并肩向机关食堂走。政治部主任吃罢了晚饭，迎着我们俩往回走。相距三十步远，我就发现他的五官往一块儿挤，在脸上挤出了一堆笑。尽管我不爱看他那种笑，但却认为他是在对我笑。

自从我调到宣传股后，他只对我简短地说过几句例行公事的话，还从没对我笑过。主任对我笑，而且是第一次，仅仅出于礼貌，我想我也应对主任笑。我心里那么想，表情上也就相应地做出了一种笑模笑样。笑得不怎么自然，也不怎么由衷。相距二十步远，主任脸上那堆笑更加可掬了。相距十步远，我才看出，主任脸上那堆笑，并非为我，而是呈献给我身旁那位"安琪儿"般的她的。目光，是聚焦的。整整齐齐的两束，投射向一个焦点——她的脸。连点儿余光，也没赏赐给我。我那笑模笑样，算是白做出了。像一个蹩脚的"二传手"，移传不到位。

我撇下她，识趣地独自走了。从那一天起，我就认定政治部主任不是个好东西。事实证明，我对人的看法还有准头。他终于因为道德败坏，被开除了军籍、党籍，撤销了一切干部职务，"发配"到我的老连队，成了名副其实的"二劳改"。

这个"不是好东西"的人，在当时，还没有充分的证据被公认为"坏东西"，因此也就还完全操纵着我这个小小报道员的命运。不久，团机关开始"精简机构"。政治部所属干部、组织、宣传三个股要精简掉二十二分之一。我是一。宣传股长觉得有些对不住我，安慰我："你到机械连吧，能学点技术。以后，找个机会，我再把你抽上来。"我没到机械连去。我那时年少气盛。一种对政治部主任，对木材加工厂连长和指导员的挑战情绪，促使我要求到木材加工厂去。这样的要求当然不会遭到拒绝。

在木材加工厂的连部里，连长坐在椅子上，撩起眼皮看了我一眼，慢条斯理地说："你自愿来到木材加工厂，我当然很欢迎。在哪里跌倒，在哪里爬起来嘛！可我们这儿没轻活啊！"

他分明对我落到这种地步很高兴。我问："什么活最累？"他说："抬大木。"我说："我抬大木。"他说："好啊！"他站起来，从办公柜里取出一双帆布手套、一副垫肩，放在桌子上，悠悠然走出去了……我永远感激当年木材加工厂抬木班的知青伙伴们，他们对我的爱护之情，胜似兄弟。他们认为我是被"贬"到木材加工厂的。他们觉得有义务爱护我。最初三个月内，我的肩膀几乎没挨过"蘑菇头"——抬大木的杠棒。只是用卡钩搬搬木头。三个月后，在我的要求下，他们才开始轮流与我搭对抬木头。我的脚步起初总是踏不上号子，大原木前扭后晃，左右摇摆，"耍龙"不止。好几个人由于和我搭对子扭伤了腰，却没有一个人对我说过一句抱怨的话。

我永远感激他们。

永远不会忘记他们的姓名和绰号。他们的音容笑貌，至今仍常常浮现眼前。在北京的几个，虽然都已成了家，各自被家庭和工作所累，来往不多了。但每到春节，总是要互相看望看望的。

他们性格各异，都很豪爽，很正直。也许这一点与特殊的体力劳动分不开。八个人，哼起号子，抬千斤重木，是不可能不齐心的。一声"弟兄们，起呀……"将人和人拉近了。四个月后，招生名额下到连里了。

我成为三名被推荐者之一，名列第二。

但那一年出了个张铁生，我没走成。政治部主任也不甘心让我去上大学。他亲自将我的名字划掉了。

第二年，木材加工厂只分到两个名额：一个大学名额，一个中专名额。大学名额是哈尔滨师范学院。中专名额是鹤岗市邮电学校。

那时我已借调到黑龙江出版社文艺编辑室，为期一年。对上大学不感什么兴趣了。唯希望一年后兴许会被留在出版社，做一名编辑。因为他们对我好，有这个意思。

但连队的知青伙伴们替我报了名。推荐的结果，我名列第三。伙伴们还颇为我遗憾。我从哈尔滨回木材加工厂"探家"，推荐工作刚刚结束。

被推荐到鹤岗市邮电学校的，是一名鹤岗知青，木材加工厂的卫生员。他处了个女朋友，是我们哈尔滨姑娘，菜班班长。

推荐结束的当天晚上，菜班班长约卫生员"会晤"。她对他说："你千万不要去上什么邮电学校吧！鹤岗不过是个小小煤城，回去当邮递员图的什么呢？卫生员在我们这里很吃香，人人求得着，难道你舍得丢掉听诊器吗？"卫生员犹豫起来。

菜班班长进而含情脉脉地说："反正我是无论如何也不让你走的！

你一走，我们的爱情就完结了！我怕你回到鹤岗，会爱上别的姑娘！"

卫生员信誓旦旦，言道人虽离开，心是永远不变的。菜班班长哭了，又说："就算你不会变心，将来两地生活，多么不幸福啊！"

卫生员终于被说服，为了爱情，做出"牺牲"，放弃名额。

菜班班长却瞒着卫生员，去找后勤处长，说她的男朋友希望能由她顶替这个名额，恳求后勤处长成全他们的愿望。

木材加工厂归后勤处领导。后勤处长经常到木材加工厂走走，对菜班班长这个哈尔滨姑娘印象不错，爽快答应。

一个鹤岗市邮电学校的名额，谁顶替谁都不至于引起什么风波。何况又是女朋友顶替男朋友。更何况后勤处长亲自出面说情。招生办认为反正不算原则问题，同意了。这岂能瞒得过卫生员？

卫生员知道后，未免生气，质问女朋友，怎么可以"偷梁换柱"呢？

菜班班长说："我是太想上学，太想离开兵团了。只要能离开兵团，到任何一个小城市去都行！为了我们的爱情，你就彻底做出牺牲吧！我绝不会对你变心的！其实呢，两地生活，也有两地生活的好处。不经常在一起，思念会加深爱情的……"云云。

卫生员对这样的话颇不受用。他真爱她。上了一次当，就不怎么肯轻信她。于是找到招生办吵闹。

招生办觉得他们无事生非，很恼火，对他们说："拉倒吧！你们都扎根边疆吧！"

结果，他们两个上鹤岗市邮电学校的资格都被取消。感情却未破裂，似乎断了想法反而更相爱了。

连里呢，认为别白瞎一个名额啊！指导员就去招生办交涉，又将这个名额要回来了。要回来，是为了让另一个女知青走。指导员和那个女知青的关系有点非正常。

连里的知青们不同意，说应该让我走。因为我是经过推荐的。而且名列第三。名列第二的没资格了，当然该名列第三的走。

我呢，其实又不想去上什么邮电学校。分配去向是预先明告的——鹤岗市邮电部门。我一想到以后将穿着一身绿衣服，在小小的煤城鹤岗的某一邮电所里整天拿着一颗邮章不停地盖东盖西，或者骑辆自行车叮铃铃地驶街穿巷，觉得并不美好。

伙伴们说服我。他们讲人挪活树挪死。他们讲你想留在黑龙江出版社没那么容易。从兵团调走一个知青关卡多着呢！你身体这么不好，再回到木材加工厂抬大木，非把你累垮了不可！他们讲团里的干部们不喜欢你，连里的干部们也不待见你，不走留恋的又是什么呢？

那个当初因为我替他说了一句公道话才保留了团籍的鹤岗知青对我说："我爸爸是《鹤岗日报》的副主编，你千万别错过这机会！将来我让我爸爸想办法将你调到《鹤岗日报》当记者！"

我不忍辜负他们的好心。而且对能否留在黑龙江出版社当一名编辑，毫无把握，就做出了我一生中很重大的一次决定——去当一名鹤岗市公民。我对抬大木这重体力活也确实有些怵了。那一时期我吃不下饭，浑身无力，走路双腿发软，不要说抬大木上高跳板了。有一次险些在三节跳板上被压趴下。果真如此，我的小命也早就报销在大木之下了。我自己不知道，那时我已患了急性无黄疸型肝炎。肝功能损伤严重。

我的名字报到团招生办的第二天，我正硬撑着和伙伴们抬大木，连长走来了，对我说复旦的一名老师要见见我，叫我立刻到招待所去。

"负担？什么负担？"我有些疑惑。惭愧得很，直到那一天，我还不知道中国有所著名的大学是复旦大学。只知道清华、北大、哈工大、哈军工。如果我"大串联"时到过上海，肯定会知道的。但我没到过。平素也未从上海知青口中听过"复旦"二字。一个初中毕业生，又怎么会知道全国的每一所名牌大学呢？

连长显然也糊里糊涂，说："你去了就知道了。"

我就去到了招待所，见到的是复旦的一位四十余岁的男老师。如果我没记错，他姓陈。政治经济系的。

　　他对我很热情，问我都读过哪些文学书籍，我就回答他读过了什么什么。

　　又问我最喜欢哪些著作。

　　我说："《牛虻》、《钢铁是怎样炼成的》、《红与黑》、《红字》……"

　　"在这几本书中，最感动你的是哪本书？"

　　我想了想，说："《红与黑》。"

　　"为什么？"

　　我语塞了。我看《红与黑》，是在初中一年级。记得读完这本书，我痛哭了一场。我最同情的倒不是于连，而是德·瑞那夫人。她对于连的爱，在我看来太令人伤心太不幸了。我想我要是于连，可能会朝自己的太阳穴开一枪，绝不忍去伤害那么样热烈那么样痴情地爱过自己的女人。而且看过《红与黑》后，我常常设想另一种结局——于连越狱逃走，带着德·瑞那夫人双双逃到一个孤岛或大森林里去，有情人终成眷属，生下一个女儿，白头到老……我就把这些想法讲了。

　　他很认真地听。

　　最后我说："第一次被深深地感动和第一次恋爱一样，是难忘的。"

　　他看我一眼，忽然想到了什么，问："你有女朋友？"我摇头说："没有。"

他还问："真的？"

我说："为什么要骗你呢？"

他说："好，很好。"

我当时并不明白他为什么认为我没有女朋友"好"，而且"很好"。

但能有这么一位大学老师很认真地听一个知青谈文学，我觉得格外高兴，不再感到拘束，又谈起了别的作品。记得我还谈到了《纳赛·吉约》。这是一个短篇，小学五年级看的。篇名中肯定有两个字我记错了或颠倒了。而且是不是梅里美的作品，也搞不太清楚了。内容是：一个富家子弟与一个孤儿院长大的美丽女工相爱，但又没有娶她为妻的意思。她无法摆脱对他的爱情，跳楼自杀，未死，摔断了一条腿。被一个专做慈善事情的年轻的伯爵夫人所怜悯，送到医院里，天天给她读圣经，教导她为自己"罪恶"的爱情忏悔。富家子弟深感内疚，决心娶女工为妻。但他的监护人，也是他的小姨反对这种爱情。认为一个富家子弟爱一个女工是有失贵族体面的爱情。那小姨就是那伯爵夫人，她亦爱上了自己的侄子。结局是：那女工凄凉地死在医院里，伯爵夫人阻挡了她的情人与她的每一次见面。伯爵夫人要女工临死前向上帝忏悔。

她说："我爱过。"

她说："是我，我爱过。"

她就死了。

二

一年后，年轻的寡居的伯爵夫人与自己的侄子结成夫妻。小说的名字我虽然记错了，但是那女工临死前说的话，铭刻在我记忆中。

我还记得对这篇小说的介绍中这样写道："作品一发表，贵族阶层大哗，对作家进行愤怒的围剿。贵妇淑女们，谩骂作家是一只可憎的忘恩负义的猴子，'一旦攀上高枝，便向人间作态'……"

陈老师自始至终听得很真。他又问我看过哪些中国文学作品。我老老实实地回答我都看过了什么什么。他沉思了一会儿，忽然问："看过《牛田洋》么？"我说："看过。语录引用得太多，不是小说。"他不再问什么。我便告辞了。抬大木的伙伴们围住我，问我复旦的老师找我什么事儿，问了些什么，我怎样回答的。我复述了一遍，他们就一个个直拍大腿，说我是个大傻蛋，不该对复旦的老师卖弄，大谈什么西方文学。尤其不该贬低《牛田洋》，那是"革命样板文学"。他们认为我如果回答得高明，兴许能入复旦。

我想哪有这等好事落在我头上？我上鹤岗市邮电学校，已是板上钉钉了。报以一笑而已。第二天，那复旦的老师到师里去了。隔了三天，他从师里回到了我们团，又把我找到招待所，一见面就对我说："你的档案，我从团里带到师里了，如今已从师里寄往复旦大学了。如果复旦复审合格，你就是复旦大学中文系创作专业的学生了！"

我呆住了。半天讲不出话。他又说："关于《牛田洋》的那些话，你如果真入了复旦，是不能再说的。复旦很复杂，言行要谨慎。不要希望目前情况之下能在大学学到很多，自己多看些书吧！多看书，对一个人今后总是有益处的。"

事后我才知道，那一次招生，整个东北地区只有两个复旦大学的名额，都分在了黑龙江省。黑龙江省又都分在了兵团。其中一个名额又分在了我们二团。陈老师住在招待所里，偶读《兵团战士报》，发现了我的一篇小散文，便到宣传股，将我几年来发表的小散文、小诗、小小说一类，统统找到，认真读了。还给黑龙江出版社去了一封信，了解我在那里的表现。然后亲自与团招生办交涉，将我的名字同复旦大学连在了一起。

是机遇吗？不是机遇又是什么呢？

从此我在许多事情上都非常相信机遇了。如果木材加工厂的知青们对我不好，不连续两年推荐我，便没有这机遇。如果黑龙江出版社文艺编辑室的那些老编辑们给我写封很坏的而不是很好的鉴定，便也没这机遇。如果陈老师不是偶然在招待所中翻看《兵团战士报》，仍没这机遇。如果不是陈老师是另外一位老师来招生呢？更没这机遇。

我的机遇是许许多多人给予我的。我甚至认为包括木材加工厂的卫生员和菜班班长。这次机遇是我生活道路上的一次重大转折。机遇决定了多少人的命运啊！生活中，有多少人，仅仅因为没有机遇，便默默无闻。而一旦有了机遇，谁又能断定走在大马路上的一个什么人，不会在一番什么事业中取得什么成功呢？当时我们兵团创作员中，不少人在写作上都比我强得多。那次机遇却偏偏落在我头上。对他们真是不公正。对我真是太幸运。我是兵团创作员中最早离开北大荒去上大学的一个。让我在这篇记述性文字中，对当年木材加工厂的我的知青伙伴们，对黑龙江出版社文艺编辑室在文学上给予我许多指引的老编辑们，对复旦大学的陈老师，再次表达我永远感激吧！也让我感激机遇吧！这冥冥之中的仿佛法力无边的主宰。而且让我说，人啊，都为别人更多地创造机遇吧！如果人人如此，我们每个人的机遇也便在其中了。某些人苦苦追求某一事业而不成功，有时实在不是因为缺少才华，而是缺少机遇。进而言之，是缺少为他或她创造机遇的一些人们。我们为他人创造机遇，更多的时候并不损失我们自己的什么利益。何乐而不为呢？仅仅因为"我不能，你便也别想"这样一种心理，断送了别人可能一辈子只有一次的机遇，那是多么该诅咒的行为！这样的行为在我们的生活中太多了。少一点，生活将会变得多么美好！

有一部电影中的一个情节，令我感动至深，永难忘记。

年轻的肖邦初到巴黎，无人赏识他的音乐天才。他偶识了乔治·桑——这也是机遇。乔治·桑引他进入自己的沙龙的第一天，邀请了许多音乐界名流，告诉他们，大音乐家李斯特将为他们演奏钢琴曲。但有一个条件，需熄烛听之。黑暗中，钢琴声将所有的人都陶醉了。琴声止，掌声起。乔治·桑挽着李斯特持烛走至钢琴旁。这时人们才发现，演奏者原来并非李斯特，而是一个陌生的年轻人。持在法国女作家手中的蜡烛，照亮了未来的大音乐家的脸。

李斯特说："这位年轻人演奏得好极了！我非常羡佩他的音乐天才！"

也许是虚构。但是真美好！美好的乔治·桑！美好的李斯特！当时眼望着银幕，我流泪了，从此喜爱乔治·桑的作品，喜爱李斯特的乐曲，尤胜喜爱别的作品和别的乐曲。乔治·桑与肖邦的爱情，对我来说，也成为容不得什么人的什么文字非议的爱情了……在接到复旦大学的录取通知书前的半个月，我每天仍抬木头。身体愈加不行，撑着。以此感谢心中要感激的一切。一天，竟晕倒了……

我到复旦那天，两腿浮肿，鞋袜难脱。以为是在火车上坐的。并不是，是急性肝病的症状。

当天晚上，专业已报到的同学们，聚在一起开"认识会"。天南地北，各自拿出带来的好吃的东西，堆了一桌子。我只剩下几个小苹果，不好意思拿出来，也不好意思光吃别人的，就吸烟。

我的东北老乡，C，女性，放在桌上的是两个哈尔滨特有的"大列巴"，有小脸盆么大。我只在很小时吃过几次。当时哈尔滨难以买到。大家觉得新奇，切了，你一片他一片，都说好吃，我也拿起一片吃。吃的是老乡的，太客气反而显得疏远。我在一师，C来自五师，原先互不认识。心中暗想，同学中有一个老乡兼兵团战友，真不错。

有一同学问："听说你们哈尔滨人天天吃这种'大列巴'？"C回答："当然。哈尔滨人个个都是从小吃'大列巴'长大的！"

我觉得很有纠正一下的必要，便说："只有百分之五，也许还更少的哈尔滨人是从小吃'大列巴'长大的。百分之九十五以上的人是从小吃大饼子长大的。"

我说的是绝对正确的。因为当时哈尔滨人的粮食定量是——面粉二斤，大米一斤，其余全是粗粮。米面在一般家庭中，除了过年过节，都是给上班的人带的。

C当即反驳我："你一个人是吃大饼子长大的，也代表不了哈尔滨人。我就是从小吃'大列巴'夹红肠长大的！"

我据理力争，说我是百分之九十五中的一个，当然代表大多数哈尔滨人。她不过是百分之五那"一小撮"中的一个，无论如何代表不了哈尔滨人。

她生气了，说："你说谁是'一小撮'？告诉你，我的家庭是'革干家庭'！你侮辱革命干部！"

我说："我不知道啊！可你为什么要说谎呢？为什么要欺骗这么多初识的同学们呢？你明明知道百分之九十五以上的哈尔滨人吃的是粗粮！哈尔滨人如果都是从小吃'大列巴'夹红肠长大的，哈尔滨人早算进入共产主义了！"

我认为，百分之九十五以上的哈尔滨人究竟是从小吃"大列巴"夹红肠还是吃大饼子长大的，这是非辩论清楚不可的。对于这一类问题，我一向特别敏感，容不得别人当我面说一句假话。

她说："你的话里明明有对现实不满的意思！"我火了，说："咱俩都是工农兵学员，你少跟我来这一套！就算我对现实不满，你又能把我怎么样？"

她说："我是一名共产党员，那我就有权批判你！"我说："你不过是从小吃'大列巴'夹红肠长大的共产党员，统计一下，你在共产党员中也不过是百分之五！"其他的同学就劝解。

他们越劝解，我越来气。我希望他们都能够相信我的真话，而不要相信C的假话。但他们似乎对我与C争论的问题一点也不感兴趣。只对"大列巴"感兴趣。这比他们相信了C的话还令我气愤。若在兵团，如果C不是女的，而是男的，说哈尔滨人百分之九十五以上是从小吃"大列巴"夹红肠长大的，还坚持，非被吃大饼子长大的哈尔滨青年们合伙揍一顿不可！

怎么能瞪着眼睛认真严肃地说假话呢？

C拍了一下桌子，气势汹汹地说："你这是在分化我们党员队伍！"

我腾地立了起来，说："滚你妈的！"将吃剩下那半片"大列巴"，狠狠朝桌上一摔，猛转身离开了，回到自己的宿舍。

我以前从不骂人，是到木材加工厂后学会的。学会了，就觉得在必要时来一句"滚你妈的"，十分管用。

我躺在自己床上，还气得不行，还想再去找C展开一场大辩论。忍而又忍，才忍住怒火。

我的性格中，有种过于认真而又过于激烈的劣根性。在连队，跟几任连干部大吵过。在团里，跟政治部主任、副主任、参谋长大吵过。到木材加工厂，性格依然不改。

我在初二便已入团。到了北大荒，要求重新入团。劳动很能干，不怕苦不怕累的。就是因为这种性格，重新入团竟入不了。4年后，调到团宣传股的前一年，只好又请求恢复团籍，补了十二元多的团费。教训可谓深刻，但江山易改，本性难移。

现在回想起来，哈尔滨人究竟是从小吃"大列巴"还是吃大饼子长大的，有什么值得辩论的呢？吃大饼子长大的有之，吃"大列巴"夹红肠长大的也有之。干吗脸红脖子粗地争谁代表百分之九十五的哈尔滨人呢？

听隔壁宿舍阵阵说笑声，我忽然意识到，我是换到了另一种环境里。复旦与北大荒太不一样了。我将与之共处的同学也与木材加工厂抬木头的伙伴们太不一样了。我必须正视这个现实。想起陈老师在我们团招待所里对我说过的那番告诫的话，倏然地我心中产生了一种孤独感。

隔壁宿舍里不断传来欢声笑语，C的说笑声尤为响亮。同学们吃着她的"大列巴"，当然不会表示怀疑她的话而相信我的话了。

可我从来没有像那时那刻一样，希望自己的话被相信。每月二斤面粉的哈尔滨人——我心里真是有些难过。

隔了两天，我到医务室去看身体复检结果。医生问过我的姓名，翻到我的化验单，只看了一眼，就低声叫道："乖乖，好家伙！"接着说："你跟我来，你跟我来！"不用手扯我，用夹化验单的夹板从背后顶着我往前走。我就这么被顶上了医务室的二楼，顶进了一扇三夹板临时做成的门内。我糊里糊涂地问："这是什么地方啊？"

医生说："肝炎隔离室。"

我这才知道，我是一个带病毒者——转氨酶五百八十以上。

我请求道："那也得让我回宿舍一次呀！"

医生说："不行。你的一切东西都得经过严格消毒。消毒后日常用的我们会替你送来。从现在起你不能离开这里！"共有二十几名各系各专业的新生被关闭在"肝炎隔离室"。我是其中肝指数最高的。大家的活动区仅限各房间，每房间四五人，有一个四十多平方米的大阳台。阳台下是篮球场。可谁也不愿出现在阳台上，那好像等于自我展览。

我苦闷起来，唯恐被退回兵团。未入复旦，不知复旦名气。入了复旦，方知复旦果果真真是可以改变一个人命运的地方。有一个上海"老高三"的新生，与我对面床，每天向我讲复旦的历史。我才知道复旦是出名人的地方，不禁从此对这所大学肃然起敬。

有一天，学校里的气氛似乎显得有些异常。那"老高三"经常偷偷溜出隔离室，带回一些消息。那天他又溜出去了，回来后告诉我们，是某国元首到学校参观。还说翻译就是复旦上一届分配到外交部的学生。"肝友"中一个外语系的，不知为什么就哭了。大家问他哭什么，他说："我的名额将来是要分到外交部去的，现在却被关在这儿！"大家寂然。

大学既是往人头脑里灌输学问的地方，也是在人头脑里编织梦幻的地方。天天批"智育第一"，学问贬值。"戴帽分配"——即入学前便已预知分配去向，尤使梦幻迷人。想想看，昨天还在握锄把或抡大锤，明天突然进了某某名牌大学，三年后将要被分配到什么外交部、文化部、中宣部、《人民日报》社等好去处，怎的不使人天天做梦呢？

"肝友"中还有一个国际政治系的，是广西农村学员。"老高三"半真半假地对他说，他们这一届国际政治系中，有分配到中国驻联合国办事处去的。他便天天梦想着有朝一日代表中华人民共和国在联合国大会上发言。每天不断地冲葡萄糖水喝，以为转氨酶会早降下来。还买了一本《肝脏病知识》，手不释卷。一会儿用小镜照舌苔，一会儿看手，害怕发现"肝掌"。

我也借来那本《肝脏病知识》读，也学会了长长地伸出舌头照着小镜自己观察自己的舌苔，也学会了观察身上有没有"蜘蛛痣"，手上出没出现肝掌。也梦想，梦想有朝一日分配到黑龙江出版社文艺编辑室做一名编辑。为这个梦想也暗暗祈祷过，不是祈祷上帝，而是祈祷"复方"什么"草冲剂"——医生每天给我三次的草药汤。

一天，刚刚吃过晚饭，正躺在床上忧愁，忽听外面有人喊我。走到阳台上，朝下一望，是陈老师。见了他，就如同见了一位久别的亲人，不禁泪潸潸无语。他仰视，我俯视，我俩好像戏台上《空城计》中的诸葛亮和司马懿。他见我那可怜样子，安慰道："别想得太多，安心养病。思想负担太重，对肝病也是不利的。"

我说："我真怕被退回去。"

他说："一般情况下不会的。肝炎没那么可怕，也不是什么不治之症。"

陈老师走后，我回到隔离病房，重新躺在床上，感到内心的忧郁稍释。

同学小莫给我送来十几封信。一封家信，其余全是木材加工厂抬大木的伙伴和宣传股的朋友们写来的。信给我带来了一些安慰。

有三封信是宣传股的姑娘们分别写来的。我们宣传股只有三位姑娘。北京姑娘小徐是广播员，天津姑娘小张和鹤岗姑娘小张都是放映员。我总是叫她们"张天"、"张鹤"。我们宣传股在政治部人最多。加上三名报道员、三名干事、两名男放映员，可谓是一个大家庭。股长当年也才三十六七岁，现役军人，我们的"家长"，令我们感到很可亲的一位"家长"。在我们面前，半点也没有股长的架子。对政治部主任也是"敬而远之"。

我们宣传股的知青之间非常友好。三位姑娘，像我们的三位妹妹一样。这原因很简单，因为那时似乎谁也没有谈情说爱的念头，关系都很单纯。起码我自己那时没有产生过与三位姑娘中的哪一个谈情说爱的念头，也从未看出其他几个小伙子对三位姑娘有过这种表示。

我上大学两年之后，我在宣传股时那种互相之间友好的关系就分崩离析了。都是爱情把这种关系搞坏了。毕竟不是亲兄妹们。到了年龄，小伙子们总希望某一个姑娘不再是自己的"知青姊妹"，而成为自己的妻子。这是任谁也没办法阻止的。只有互相不被吸引的青年男女之间才有所谓纯粹的友谊。这是一条关于男人和女人的定律。伪君子们才企图证明这条定律是错误的。

我们宣传股的三位姑娘，是三位非常可爱的姑娘。都很懂事，很温柔，很善良。也都各有其美，各有动人之处。小徐的身体最弱，我们视她为最小的妹妹。说句实在话，我们是把她宠得有点任性了。但她的任性，也不过是闹点女孩家的小脾气而已。逗她几句，就又笑了。她对我最好，比我小3岁，倒像我一位姐姐。经常善意地取笑我。不知为什么，我很认真地说的话，很认真地做的事，在她看来，似也有几分可笑。

最难忘的一件事是，夏天，我在河边刷棉袄（我的棉袄脏了，一向是刷洗的，拆了就不可能再自己做上），忽然想游泳，将棉袄用一块大石头压在河中，脱了衣服跃入河里游够了，穿上衣服就走了。直至冬天快到了，却哪里也找不见棉袄了。一天猛然想起，是夏季泡在河里了。到河边去找，仍被大石压着，冻在一层薄薄的冰下面。破冰捞出，已被小鱼小虫之类钻了许许多多的蜂窝洞。拿回来晒，瞧着发愁。那时知青们普遍都很节俭，轻易不扔一双鞋一件衣服。何况是棉衣。小徐听说了这件事儿，好一顿笑。她非要亲眼看看那棉袄成了什么样子不可。看到了，更笑得不行。笑了好几气儿，指点着我说："你呀，你呀，你呀，你真应该带个阿姨一块儿下乡！看来今后我有义务当你阿姨了，谁叫我们在一个股呢？你真叫姑娘们觉着可怜！"我被她的玩笑话说得脸红红的，认为自己整个儿是个"傻青"。她又说："棉袄都这样了，晒干了又怎么穿？还不成铠甲啦？"要拿去替我拆了重做。我怕她费事，不肯。她竟自作主张湿淋淋沉甸甸的就硬拿了去。几天后，她将棉袄替我做好了。送来时，要我叫她一声"阿姨"。我说："叫姐吧！"她让步了，说："也行啊！"我就叫了她一声"姐"。我一看棉袄，认不出是自己的了。里儿也换了，面儿也换了，棉花分明也换了。厚厚的、新新的。她给我重做了一件袄……

"张天"呢，一口娇小姐似的懒洋洋慢吞吞的天津话。人却一点也不娇气。常像小伙子们似的，戴一顶单军帽，将辫子掖在帽檐里。乍看，像个俊俊秀秀、腼腼腆腆的小伙子。

我被"精简"到木材加工厂，常回股里去玩玩。像回家一样。

她见了我，总是首先笑盈盈地说一句："你来了呀？"而后就静静地坐在一旁，听我与股里的小伙子们聊天。偶尔插嘴说一句："你瘦多了呢！"或者问："劳动很累吧？""我家里寄来一听麦乳精，你拿去吧？"她好像任何脾气都没有，从未和什么人翻过脸。谁对她发脾气，

她也依然笑盈盈地瞧着人家，使对方的脾气不发自消。

有一次，大礼堂放电影《杜鹃山》，我坐在放映机旁。断了几次片，机械连的几个坏小子，就往她身上扔鞭炮。鞭炮接二连三在她身上爆炸，她只是一声不响地接片子。我忍不住站起来大声说："不愿看的，滚出去！"那几个坏小子也一齐站了起来，朝我跨过来，想揍我。

"你们别欺负人！"她停了放映机，将我掩护在身后。

我喊："木材加工厂的哥儿们，有人想跟我动武！"

我们抬木班的伙伴们，还有其他许多木材加工厂的小伙子，呼啦啦站起来一片。木材加工厂的知青们，打架是出了名的，没有哪一个连队的知青敢惹。那几个机械连的坏小子，见势不妙，慌慌张张地逃出去了。

事后，她对我说："你还有那么多肯帮你打架的朋友啊？"我骄傲地说："那是当然！"又问："那几个坏小子往你身上扔鞭炮，你怎么一点儿都不生气？"

她一笑，说："跟他们生的哪份儿气呀？犯不着嘛！我不理他们，他们自己就会感到没趣儿的！"说罢，塞到我手中两块糖……

"张鹤"是矿工的女儿。白白净净的，短发齐耳。眼睛挺大，挺妩媚。略胖。是三个姑娘中看起来发育最成熟的一个。也是三个姑娘中顶厉害的一个。有一次在连队放电影，因为断片次数多了，知青们起哄。她便停了放映机，不肯再放。直至那个连队的连长和指导员向她说许多好话……我读着她们各自寄给我的信，感到极大的快乐。回忆着我们相处时的种种趣事，借以排遣心中的忧郁。我忽然产生了一个念头，想给她们之中的某一个写一封求爱信。那时我非常强烈地渴望获得爱情。可是她们之中我最爱谁呢？觉得她们都曾非常友好地对待我。认为她们之中无论谁将来成为我的妻子，我都会很幸福。的的确确，她们是三位非常好的姑娘。以后我在生活中再也没有碰到过像她们那么好的姑娘。一个人二十多岁时认为非常好的姑娘，到了三十五六岁回忆起来还认为非常好，那就真是好姑娘了。在二十多岁的青年眼中，姑娘便是姑娘。在三十五六岁乃至更大年龄的男人眼中，姑娘是女人。这就很要命。但男人们都如此。所以大抵只有青年或年轻人，才能真正看出一个"姑娘"的美点。到了"男人"这个年龄，觉得一个姑娘很美，实在是觉得一个"女人"很美。这之间的意念上的区别，有如看话剧与看电影的区别。也许我是个坏男人，才生出这么不地道的体会。

于今我认识的姑娘中，漂亮的颇有几个。80年代的姑娘有80年代姑娘的特点。有的毫无思想。毫无思想而又"彻底解放"，也便谈不上有多少实在的感情。有的仿佛是女哲人，或者自以为是女哲人。女人到了哲人的地步，不复再是女人，而是怪物。即令美到如花似玉，也不过就是如花似玉的怪物。这两类，都叫我受不了。又有80年代的流行病传染着她们——玩世不恭。真真地玩世不恭，那是一种境界。装模作样地玩世不恭，那是一种病态。是达到了某种境界还是染了某种病态，带她们到自由市场上走一遭就分辨出来了。企图少花元儿八角钱从小贩手中买一件便宜衣服时，你就可以对她们直言："你有病。"80年代的姑娘装模作样地玩世不恭，和封建社会的公主小姐们装模作样地弱不禁风，一码事。话题扯开去了，还谈我们宣传股的三个姑娘吧！

她们都没有装模作样的毛病。她们也没有那么许多深刻的思想，但都非常珍重感情。她们写给我的信，都流露出对我的真挚的关心。

　　我没给她们中的哪一个写求爱信。虽然有这念头，却提不起这精神。在"肝炎隔离病房"内写求爱信，命运未卜，我只怕自己会写得太不像样子。但从此，就觉得三位姑娘中的哪一位，已经便是我的恋人了似的，心中明朗了许多。几乎每天都拿出她们的信读。

　　到了冬天，多数"肝友"都已"获释"，只剩下了我和另外三个。形影相吊，冷冷清清好不凄凉！情绪都坏到了极点。又过了半个多月，一天下午，一辆小卡车，将我们拉到了虹桥医院。

　　我整个第一学期没上一天课。

　　出院后，心情渐渐开朗，积压了许多信件，就在一个星期天集中回复。于是又重读了三位姑娘各自写给我的几封信，竟不知如何回复才妥当了。

　　人啊，人啊，有时真是令自己都鄙视自己。在学校"肝炎隔离病房"，在虹桥医院，我天天都盼着三位姑娘给我来信，希望她们经常给我来信。多多益善。每收到她们的来信，便如获至宝，仿佛收到包治肝炎的灵丹妙药。从字里行间，我寻找着那些充满友情的、流露关心的、善良而温柔的话语，反复咀嚼，细细体味，获得着某种精神上的冷恤和安抚。而一旦离开了那种特殊的令人沮丧的环境，肝指数正常了，心术则变得有些诡诈起来。

眼前摆着她们的几封来信，头脑中忽然闪过一种想法：我若回信，

她们必再来信。导致书信往来不断。继而将会导致什么呢？

导致什么呢？——导致爱情。

毫无疑问。

曾认为被她们之中的任何一个所爱，将是莫大幸福的我，肝病初愈，便觉得未见其然了。是啊，我已经是复旦——全国名牌大学的大学生了，她们呢，还在北大荒。这爱的后果，又有何幸福可言呢？最不理想，我也会被分配到黑龙江出版社吧？一位出版社的编辑，在哈尔滨市什么样的姑娘物色不到呢？何必操之过急呢？凡事还是现实些的好啊！人是不是都在生病的时候才更需要获得着的爱情呢？生病时所需要获得着的爱情，病好了是否便都觉得不那么太急于获得了呢？我当时弄不明白自己是怎么一回事了。好像心里生出了一个鬼，在教我一点诡诈。

我重读那几封信，便认为那些充满友情的、流露关心的、善良而温柔的话语，分明都包含着不直白、待我回信中主动表露的一个"爱"字。

我可不能。我想。我千万别头脑发昏，今朝一主动，则将永远被动了。

信总是要回的。

不回，太没人味了。

究竟怎么回呢？想啊想啊，受心中那个鬼的启发，想出了一个可谓"上策"。

于是我动笔在一张信纸上这样写——小徐、张天、张鹤：你们的来信收到了……

每一句都经过反复推敲，既要表达出感激，又要在关系上拉开远远的距离。写完之后，涂涂改改，句句换字，最后定稿一封给"知青姐妹"的致敬电一般的短信。抄了一遍，再读一遍，觉得挺满意。料想她们收到这样一封写给她们的公开信，大约是不会再来信了。来信，也可能是联名信了。联名信就没什么需设防的后果了。我觉得自己挺聪明的。

信寄出后，过了一个多月，果然未收到她们中任何一个人的回信。心中有鬼，必然有愧。终于按捺不住内疚心理，就给股里的一个朋友写了封信。末尾似乎随便地带了一句——我给三位姑娘的回信她们收到否？何以竟不复信？

三

不久，收到了朋友的来信。信中告诉我，三位姑娘接到我的信那天，正都在股里开会。她们互相传阅了我的信，谁也没有说什么，谁也没有表示什么。散会后，我的信就遗留在桌子上。没人收。一连在桌子上放了几天，后来就不知哪去了。大概当废纸被烧了。还告诉我，三位姑娘，已有了意中人，爱情都很美满。她们是真心实意地都关心着我，像过去我曾是宣传股这个"大家庭"中的一员一样关心着我。她们还向股长建议，动员我寒假或暑假回团里探一次"家"，往返路费由她们"报销"……我怔呆了许久许久。

又读她们的来信，那些充满友情的、流露关心的、善良而温柔的话语，仿佛不是写在纸上的，而是她们站在我面前婉婉地对我说的。都是我从前与她们相处时听惯了的话语。如果离开她们上大学的并非我，而是我们宣传股"知青家庭"中的另外一个人，她们依然会写这样的信，信中依然会写那些话语。她们如此珍视友情，如同养蜂人珍惜蜂蜜，那乃是因为她们的天性本如此。她们的品德本如此。她们为人的原则本如此。自作多情的是我自己。想入非非的是我自己。心怀鬼胎的是我自己。亵渎了友情的亦是我自己。在我没那样做之前，我不知自己的灵魂内还蛰伏着一个鬼。在我那样做时，那鬼就变成了我自己。因而我不能看到自己有多么丑恶。在这件事已无可挽回之后，我自己开始憎恨我自己。以前我也做过对不起人的事，但都是在并无鬼胎的情况下做了的。也自责过。但从没有鄙视过自己。从没有憎恨过自己。而这件事则不同。它的本质证明着为人的诡诈、狡猾和虚伪。动用了心术。而且是对三位真挚地关心着我的姑娘。谁动用过卑下的心术，谁就将得到等量的报应。动用没动用心术，这是该不该原谅的界线。

"梁晓声，梁晓声，你这个狗崽子，你真不是东西，你真没人味啊！……"

我只有在心中暗暗诅咒我自己。

那一下午，我没说一句话……新学期第三天，全系在一起开大会。什么内容我已记不起，只记得许多平常见不到的老教授们全到会了。

首先照例是系工宣队队长、总支书记讲话。他讲了些什么，我也不能全记起了，只记得这样一句话："复旦是藏龙卧虎之地，也是虎豹豺狼之窝。工农兵学员不要只带着红口袋来到大学装知识，还要积极参与复旦的斗、批、改，彻底占领上层建筑……"这番话是针对新生说的。也分明是针对那些老教授们说的。他们当时那种普遍的无动于衷的默然表情告诉了我这一点。接着是评论、创作各专业各年级的学生代表发言。

我是创作专业新生的发言代表。我成为发言代表，是"毛遂自荐"的结果。同学们互相推诿。有的是真推诿，有的是假推诿。C其实很想受命当之，大家也都认为应该。因为她是支部副书记，但她既非常想，又忸怩作态，希望造成一种大家逼迫她成为发言代表的局面。我看不顺眼，就说："她如果真不愿意，我可以代表大家发言。"我主动请缨，谁也不好说不同意。于是发言代表就是我了。C老大不悦，一张宽脸拉长了。

其实我也不是要与C过不去。在我的本性中，沉淀着一种强烈的、长期被压抑的、爱出风头的愿望。活了25岁了，社会还没为我提供过一次像样的机会，让我像样地满足地出一次风头。按说"文革"总该算一次机会，出身干净，红五类。大风头出不了，小风头也是可以出出的。揭竿而起，成立个什么红卫兵组织，并非干不成。我们中学里，最初起码有三十几个红卫兵组织。最小的红卫兵组织只有七八人。我又觉得那种风头太丢脸面。黑龙江省"炮轰派"的一个头头，哈军工的学生，与"捍联总"的头头们从北京谈判后回到哈尔滨，站在飞机舷梯上，答各派战报记者问，那潇洒风度，那演讲才能，令我羡慕极了。当时我19岁，那个头头二十四五岁，正是我到复旦的年龄。19岁的我到机场看热闹，目睹仿佛电影里的情形，那时便暗暗想，给我一次这样的机会，我死也甘心了！

全市中学生红卫兵组织联合代表大会召开，也去看热闹。一位中学女红卫兵领袖，站在台上，面对数千人，就像《钢铁是怎样炼成的》中的安娜一样，一擎臂，群情激昂的数千人顿时鸦雀无声，而后以铿锵的语调大声演讲："埋葬全世界的帝修反，是我们红卫兵的历史使命，我们要光复莫斯科！解放华盛顿！踏平巴黎！占领伦敦……"于是台下嚣起一阵阵口号的狂涛："光复莫斯科！解放华盛顿！……"我在台下暗想，哪怕我是为那中学女红卫兵领袖摆弄扩音器的人，也值得自豪自豪啊！

下乡后，渐渐地对一切轰轰烈烈都厌倦了，但是更爱出风头。开个什么庆祝会，总要胡写几行歪诗当众朗诵朗诵。若有人奉承："诗写得不错呀！"便足可得意几天。后来也终于觉得不过瘾，也厌倦。期待着我人生路上有更辉煌的机会到来，出更辉煌的风头。

25岁，25岁，这真是年轻人最最渴望出风头的年龄！研究起来，年轻人的爱出风头，大抵是因为姑娘们的存在。正如不见雌孔雀，也未受什么鲜艳色彩的刺激，雄孔雀是懒得开屏的。只有小伙子们在一起的情况下，连最爱出风头的小伙子，也没多大兴致出风头。反之，只有姑娘们在一起的情况下，连最爱打扮的姑娘，也没多大兴致打扮自己。出风头实在是小伙子们为姑娘们"打扮"自己的特殊方式。

我将代表专业新生发言，看成是在全系师生面前的一次公开"亮相"。在名牌大学的大学生中，在名牌大学的教授、讲师面前进行一次精彩的发言，我以为这风头是大大值得一出的。是一次够辉煌的机会。

预先写好了发言稿，但对同学和老师说尚未写好。发言稿揣在兜里，走出学校，在校园后围墙下来回徜徉，将发言稿背了下来。我要达到在发言时出口成章的效果。我要在发言后引起掌声和窃窃私议。我要在散会时听到学生、教授和讲师们互相询问："他叫什么名字？""哪个专业的？几年级？"还要听到这样的称赞："发言太有水平了！""简直出口成章！""从容不迫！""有演说家气质！"还要引起男学生们的嫉妒。还要从此无论在什么场合下都吸引女学生们的目光。还要从此为自己在专业、在系里奠定一种优上的地位……在学校"肝炎隔离室"和传染病医院里孤孤寂寂地度过了整整一学期，想出一次风头的愿望几乎都成了精神上的需要。

开会那天，我穿了一件新的铁灰色的咔叽中山装。出院后买的。上海那时流行衬领，便新买了一条洁白的衬领，使铁灰色内露出一圈洁白。单帽早已不戴。头发早已长出。往宿舍的窗子上照照自己，半清半楚地映出一个斯文了点的"马立本"，觉得自己还颇有发言代表的风度，挺自信的。系总支书己、工宣队长的讲话，扰乱了我背熟的发言。我觉得他说的太荒唐。无论是什么人，说了我不赞同的话，无论什么场面下，我也会起而反驳。全然不计后果。这是我本性中的另一面。与我的爱出风头相得益彰，互为衬映，显现出一个我来。他的话刚结束，我便站了起来。我说："我不同意您的话！复旦大学谁是虎豹豺狼？既有之，指出给我们看！当然不会是我们工农兵学员吧？那么难道是这些教授、副教授、讲师们不成？我看他们没那么可怕！在上、管、改中，工农兵学员不是与革命的教师们是同一战壕的战友吗？虎豹豺狼一词，不是明明在分裂我们吗？……"

工人若在工厂里做工，我是很尊敬他们的。若在大学里颐指气使，那再令人讨厌不过了。我是有意当众表示出我对这位工宣队队长的蔑视。下乡前，军宣队也当众顶撞过，顶撞也就顶撞了。在兵团，一般连队的知青，几年后已普通形成了对权力的蔑视。有一次，一位兵团总部副政委到木材加工厂视察，进入我们男知青宿舍，大家躺着的照样躺着，歪着的照样歪着，光着脊梁洗脸的照样水花四溅地大洗特洗，没一个拿正眼瞧一下那副政委的。他说同志们好，也没人应声。

我初入复旦，不知深浅。不知工宣队在复旦的一统天下的权力，更不知"藏龙卧虎之地，虎豹豺狼之窝"这句话是张春桥说的。

所以我的话，使全体鸦雀无声。许多老师和许多学生是都知道张春桥说过那句话的。如果我也知道，绝不会当众反驳工宣队长的。我以为反驳他一下，不过就像在兵团时反驳团长政委一下，也不能把我怎么样。其实大不一样。

我的话所造成的静场效果，使我爱出风头的心理受到了怂恿和鼓励。于是我借题发挥，侃侃而谈。好像还说了托尔斯泰、巴尔扎克、雨果从书架上走下来，与老教授们坐在一起，同样引起我的敬意一类的话。总之，接下来我说的尽是一些花哨浮丽、卖弄唇舌的话。大大地哗众取宠了一番。工宣队队长脸色阴沉严峻。

"住口！"有人打断我的话，是评论专业三年级一名上海男同学，他激昂慷慨地批判我。他刚坐下，第二个立刻站起，一场批判会自发开始。我是那么不堪一击。没有机会站起来反驳。有机会站起来也失去了反驳的勇气和能力。得意之色一扫而光。坐在那里无地自容。

批判我的，差不多全是上海同学。这应该被解释为复旦的一种政治现象。同全国所有文理科大学一样，中文系也是复旦的"神经"。是工宣队控制最严的系。如果说其他理科各系的学生还可以也能够将政治视为"副科"，中文系的学生则不得不将政治当成本科。在那个历史时期，复旦中文系实应改为"复旦中国政治系"。复旦小舞台上的政治戏与中国大舞台上的政治戏，是按照同一脚本演出的。主演是工宣队。导演也是他们。在一切运动中，中文系带动哲学系、新闻系、历史系，然后带动起全校。

徐景贤曾对复旦工宣队指示："北有北大，南有复旦。这是我们的两座桥头堡。复旦应该成为斯莫尔尼那样的大学。"斯莫尔尼，是苏联十月社会主义革命时期，为苏维埃夺取政权培训武装力量的革命大学。"四人帮"希望将复旦的学生培训成既能为他们夺取政权效力的工具，也能像保卫冬宫一样有朝一日保卫他们的"中国士官学生"。

工宣队在中文系培训的骨干，以上海学生为主。指出这一点，也许会伤某些上海"工农兵学员"的自尊心，但这是事实。有许多充分的证据足以证明这一点，张春桥曾对复旦做过指示："要多输送上海学生进京。"

但另一个事实是，并非所有的上海学生，都愿意成为"骨干"。像C那样的外地学生而积极靠拢工宣队的，有之，不多。每一个怀有政治目的之人，都希图在告别复旦时，得到复旦慷慨的政治馈赠。失掉了些什么，他们不在乎。像今天某些人对钱的观念很实在一样，1974年至1977年，某些人对政治的观念也是很实在的。这也就是"四人帮"粉碎以后，许多应该"说清楚"的人，为什么只谈政治，不谈灵魂，说来说去总也说不清楚的缘故。

我的风头出得很划不来。但因此出了点名。许多学生从此都知道中文系有个梁晓声。在女学生们眼中，我不过是个哗众取宠的家伙而已。但我并不认为这不公正。很公正。与其说那是对一个工农兵学员的观点的"围剿"，不如说是对一个爱出风头的家伙的公开声讨。

在五角场买香烟，碰到了专业的一位老师。

他问："气色怎么这么不好？病了？"

我说："没病。"

他说："你刚出院不久，肝病容易复发，要注意身体啊！"

我说："谢谢。"

他说："感到压力了？"

我说："有点。"

他说："工宣队是很恼火，还要继续动员学生对你进行批判。我替你多次辩解过了。你是新生，刚入校，对复旦的情况缺乏了解，发表了错误的观点也情有可原。"我默不作声。

他又说："其实我和你的观点一样，工农兵学员应该同革命教师是同一战壕的战友。大学又不是动物园，哪有什么虎豹豺狼？耸人听闻嘛！即令有，也不是我们。你的观点并不错，只是太哗众取宠了。如果不是这样，肯定会有不少同学支持你的观点。哗众取宠，你就使自己正确的观点也变成孤立的观点了。在个性、气质、风度和其他一切方面，受人尊重的是质朴无华。你要记住这一点。今后要多观察，多分析，多思考啊！复旦值得思考的事情太多了。我们教师的责任之一，就是尽量保护自己的学生。"

老师的话使我非常受感动。

因为那次发言，以及"四人帮"被粉碎的消息刚刚传到复旦，我第一个闯入校党委抗议不许我们走出校园游行庆祝，我

的毕业鉴定上多了对我十分有利而又十分重要的一条——"与
'四人帮'进行过斗争"。

十六名同学中，只有我的鉴定中有这样一条评语。被粉碎
了的"四人帮"是死老虎。

踢死老虎一脚也算勇气么？

细想想，真惭愧！政治对人的嘉奖也真大方啊！政治，政
治，我从此对它有了悟性。

如今已经36岁。爱出风头的年龄早已过去了。与多情的年
龄一块儿过去了。从个人的教训中，从别的爱出风头者们的庸
俗中，体会到了这种庸俗实实在在是对一个人自己的莫大损
害。也就学会了一点自尊。人既从自己的教训中发现自己的劣
点，也是从别人的庸俗中总结出自己应当如何做人的原则的。
不惑之年仍大惑不悟，好比女人的更年期无限延长。那是怪不
幸的。

我在复旦见识到了不少在别的地方不太容易见识到的人
和事。

中文系总支副书记中，有一个身高一米五左右的侏儒，男
性，三十余岁。不知是留校生还是工宣队。样子很猥琐。我从
未见其笑过，永远那么猥琐地严肃着。仿佛权力又极大，与系
工宣队队长平起平坐。背景莫测。在《学习与批判》上发过一
篇所谓杂文《赞"山羊角"精神》，据说很得张春桥好评。自

那以后，似乎更身价百倍，使人觉得你不招他不惹他，他也时刻想猝然顶你一头。有一次我亲眼看见他在系里拍着桌子训斥一位副教授，大有顺我者昌，逆我者亡的架势。而且他还没有脖子。在校园里看见他，矮矮地趾高气扬，不可一世地移动过来，猥琐而严肃地瞪着你，够令人不舒服的。我经常是退避三舍，绕条路走。无路可绕，便低下头去。倒不是怕他到这般地步，是看见他也会破坏你一时的好心境。按说他应到某电影制片厂去做特型演员，却狂傲之极地在堂堂复旦大学内招摇过往。"四人帮"纳"贤"到了宠丑的地步，使人常常替中国替复旦深感羞耻和悲哀。

有一位工宣队员，某天中午还在复旦食堂用钢精勺敲着铁饭碗，一边哼唱样板戏一边排队买饭，第二天便在《人民日报》上扬名显姓，成了中央候补委员。他自己还不知道。别人将报纸拿给他看，指着他的名字问："是你吧？"他回答："我他妈的哪有当中央候补委员的造化！"后来证明果真是他，喜滋滋乐悠悠地又对人说："洪文对我真够意思！"原来他是王洪文造反起家时的小兄弟。王氏还真够讲交情的。鸡犬升天寻常事。难怪那年头许多人都认为政治是个一本万利的赌盘，抹下脸皮往上抛赌注。

"四人帮"粉碎以后，有次我在公共汽车上碰到了一个不寻常人——上海曾红极一时的一位小说作者。到我们专业去座谈过，故而认得。我问他日子好过否？他倒对我说了几句实话："日子不好过哇。其实我们这些人呢，对文学并不感兴趣。我们是要通过文学走向政治。我们崇拜的是张姚道路。唉，前途如烟了呀！……"

心灰意懒之人，往往能吐真言。

有一位研究文艺理论的老师，给我留下了难忘的印象。我在系图书馆偶然翻到一本他的小册子，"文革"前出的，便拿着向他请教某一文艺理论问题。

不料他连连摆手，有些惊惶地说："不是我写的。不是我写的。"

我说："别人告诉我就是您写的呀！"

他更加惊惶："同名同姓，同名同姓！"说罢匆匆而去。同学小莫恰巧看见了这情形，对我说："你别再给自己找麻烦，也别给他找麻烦！"

我说："我又怎么了呀？不过就是向他请教一个文艺理论问题嘛！"

小莫说："文艺理论在中国只有一个——'三突出'创作原则，请教我吧！"

我问："他不愿回答也罢了，干吗那么惊惶呀？"

小莫同情地望着他走远的背影，说："因为他是个'坏人'啊！"

我更加大惑不解。

小莫便告诉我：据说他原是徐景贤的同学。徐氏还没在政治上成气候时，两人碰在一起开过一次什么会。徐氏爱听鬼故事。他也善讲鬼故事。讲罢回自己房间睡觉，半夜徐氏敲门，只穿着裤衩跨进他的房间，言道怕鬼，不敢独眠。房间里正好空一张床，徐氏便天天与他睡在同一房间。徐氏是怕鬼，又迷鬼。每晚都纠缠他讲鬼。后来徐氏成了上海市革命委员会副主任，反对徐的一派组织就派人到复旦来找这位研究文艺理论的讲师，想从他口中获得"炮轰"材料。讲师本是书呆子，不愿卷入政治旋涡，被纠缠烦了，无法摆脱，便拍拍衣兜说："材料都在这里。时候不到。时候一到，材料抛出，十个徐景贤也打倒了。"说的实在是气话。

徐氏的上海市革委会副主任当稳了，就下令将他抓了起来，被隔离审查半年有余，逼他老实交待，到底掌握哪些徐的"黑材料"？审来讯去，他也只能交待出一条——徐景贤怕鬼。终于定不成什么罪名，不得不放了。放是放了，徐氏对他耿耿于怀。堂堂上海市革命委员会副主任怕鬼，总归是有点令人哂笑的事。而且容易使人产生疑问：真唯物主义者还是假唯物主义者？徐氏便下了一道口谕："这个人是个坏人。要控制使用，永不得带学生。"

于是未盖棺而定论，这讲师便成了复旦园内罪名抽象的

"坏人"。以后我每次再见到他，心中尤为充满同情。试想这"坏人"的罪名，对于好人来说，是作践到家了。它太容易使人猜测到道德败坏，腐化堕落，以及与女人乱搞关系一类事情上去。而且又是自己无法向别人释冤的。述说一次自己成为"坏人"的经过，便等于又散布一次上海市革命委员会副主任怕鬼的言论，岂非坏上加坏，罪上加罪么？别人也是无法替他释冤的。就只有那样令人莫测地和一个"坏"字连着了。在我看来，他那半秃的头顶，那列宁式的智慧型的前额，那不修边幅的样子，完完全全是个只会做学问的人。可能做学问做的还有点"迂"。呜呼！悲夫！至今想来，黑色幽默之戏剧之文学，在中国人的生活中蕴含着大量大量的素材与启示，却怎么在外国异军突起了呢？不是中国作家和戏剧家们的一大遗憾么？

讲师成了坏人，学生原来是"试验品"。

同学中有名女生小樊，上海川沙县人，农村姑娘。矮，胖，圆脸。像目前电视中正在播放的儿童动画片中的"小咪"。挺厉害，谁说她一句不的话也不行。开玩笑她会当真。动不动就这样抢白你："咋啦，瞧不起阿拉贫下中农女儿哇？"心眼却很好，富有同情感。在十六名同学中，三年没说一句违心话，没做一件违心事的，我认为只有她一个人。"批邓"时，每个同学都至少贴过一张表态性质的大字报。唯独她例外，不写。很干脆地说："阿拉写不来嘛！"若是别的同学，起码属于路线斗争的立场问题。对她，没人敢这么上纲上线。谁也奈何不得她。

她确是"写不来"。

老师将我和她编在一组，交给我帮助她提高"写作水平"的任务。

我第一次看她写的东西，是学期个人总结。连标点符号也不会用，一"逗"到底，最后一个实心大句号。而那字，像稻田里插的秧苗，一律倾斜地"长"在格子里，仿佛字字是从下往上挑着写的。通篇有四分之一的字似是而非，缺胳膊短腿。语法就更谈不到了。我想替她重标一下标点，力不从心。一"逗"到底，还看得明白。若重新断句，则没有一句意思是完整的。

我十分惊诧，问："你上过几年学呀？"

答曰："初一。"

又问："为什么初中都没念完？"

答曰："母亲死了，家中缺劳力，帮父亲挣工分。"

再问："教你的语文老师没给你讲过如何运用标点符号吗？"

答曰："谁有耐心认真学那些？"

"为什么？"

"不学那些就嫁不了人啦？"我怔怔地瞧着她，许久不知说什么。她说崇明对面是台湾。我告诉她不是。她就跟我争执不休。争得我只好说是是是。

后来我才知道，张春桥对复旦中文系有过什么"指示"，要招收一个文化很低的，根本不知"文学"为何物的学生，将其培养造就成为作家，以打破"文学神秘论"、"作家天才论"。她就是按照这样的指示，招入复旦的"试验品"。

知道了这个底细后，我常常替她感到悲哀。后来同学们差不多都知道了，却没有一个人告诉过她。她自己不知，也就从不悲哀。每月十七元伍角的助学金，吃饭很节省，竟能省下近半数的钱。不买书。买衣服。对我说："两个月添一件衣服，三年三十六个月，我至少能添十几件衣服是不是？将来结婚的时候，就不必自己再添衣服了。"

我问："你有对象了？"她诚实地点点头，说："还没定。"问："为什么还没定？"答："要是我分在上海了，就把他甩了！定了，将来就甩不掉了。"问："他很爱你？"答："当然，我们全公社，这几年就出了我这么一个大学生。"她对我比对别的同学信任，肯讲实话。我在北大荒当过小学教师，就从怎样运用标点符号起帮她提高"写作水平"。三年来，我觉得我对她是尽了一个同学的义务的，不乏耐心。毕业时，除了逗号和句号，她还会运用冒号，引号，感叹号了。字写得依然如故，不见进步。残字在她的文化废墟上，依然可以组成一个"独立王国"。

有年端午节她从川沙返校，给我带回十几个肉粽子。我说："别都给我，也分给其他同学呀。"她说："哼，给他们个屁！"她觉得所有的同学都瞧不起她这个"贫下中农的女儿"。其实更多的同学并非瞧不起她，是可怜她。她似乎不觉得自己有什么可怜的。三年来与同学们"划清界限"。

作集体毕业鉴定时，十六个同学中，对十五个同学她一言不发。只对我一个人发了言，提了三条优点。过后，她单独找到我，说："我算报答你了吧？"一句话，竟感动得我几乎落泪。

三年，三条优点。还有那些肉粽子……她是个以德报德，以怨报怨的姑娘。而且自尊心特强。

三年来我对她的一些所谓帮助，实在不值一报。对于提高她的"写作水平"，也并不起什么作用。我是心有余而力不足。

我本欲告诉她，她为什么会被招入复旦。却终于没有告诉她。我想她知道了，准会大哭一场。何必要让她三年后怀着一颗深深受伤害的心灵离开复旦呢？

她离校时，除了我，没有第二个同学去送她。因为她不向同学们告别。

　　我一直将她送到公共汽车站。她对我竟有些依依不舍。忽然她哭了，说："其实我早就知道我能入复旦是怎么回事了，把我当成'试验品'，所以我偏不努力学，让他们扫兴……""他们"——当然不是指的老师们。老师们对她都很关心，她对此也不无感激。张春桥的任何一条"指示"都是复旦的法令。老师们没有抗拒的力量。她自己，三年来不过是以一种消极的心理，嘲弄政治对她的命运的摆布。

　　政治摆布人，如同猫摆布老鼠。

　　她还不是"工农兵学员"中最值得同情的一个。最值得同情的是评论专业的一个藏族女生。文化水平不比小樊高多少，两个孩子的妈妈。入校后有压力，也想孩子，对文学评论不感兴趣，如同盲人对看电影不感兴趣。数次要求退学，工宣队不同意，党委不批。她是农奴的女儿，认为退了她，是"阶级感情"问题。

　　有天我端着脸盆到水房洗衣服，见她呆呆地站立在三楼走廊的一个窗口出神。一件衣服还未洗完，就听"刷啦"一响，是什么从楼上掉下去砸到树的声音。我觉着那声音不祥，满手肥皂沫冲出了水房——走廊窗口已不见了她的身影。俯窗一看，楼底下卧着她的躯体。

　　她摔死了……

　　这些人，这些事，渐渐使我意识到，复旦是不能满足我强烈的求知欲的。它可以给予我的只能是另外一类东西：入党，理想的分配去向，政治垫脚石。想要多少块？它可以给你多少块！但需用等量的"实际行动"去换取。在给了工宣队一个不良的最初印象后，对我来说，换取到那些东西，得"摇身一变"，往自己脸上多涂几道反差油彩。

我没有足够的信心和足够的勇气。出卖自己也总需要点勇气。彻底出卖自己则需要大的勇气。

我唯愿自己能无风无波地在复旦度过三年。

我想，我得本分一点才好。

然而"本分"要成为一个人的愿望和原则时，还需获得客观的恩典。客观不发"允许证"，主观就像一个被无赖纠缠的姑娘……

四

一天，吃午饭时，中文系留学生窗口贴了一张大白纸，上面工工整整的毛笔字写的是：我们不要留学生特殊化，我们要与中国学生同吃同住。署名——申·沃克。

也许是这个名字在留学生中具有某种潜在的号召力，也许是他提出的要求符合留学生们的普遍愿望，留学生窗口一个留学生也没有，他们皆分散地和我们中国学生排在一起了。

我平素对留学生都没太注意过，更没接触过，问同学小莫："哪一个是申·沃克？"小莫朝前撅撅下巴："喏，瑞典王子。"

站在三四个人前边的一名留学生转过身来，对我们点头微笑，态度友好。身材很高，一米八以上，却并不魁梧。因为身材高，还显得有些瘦。但举止矜持，风度优雅。我们也友好地对他点头微笑。仅仅是出于礼貌。中文系新闻系的同学合住四号楼。一幢楼一分为二，一半三楼划给了留学生。走廊被门隔开。门上挂着一把拳大的锁。镶的是乌玻璃。某个中国学生若与留生们接触过多，准会被"留学生办"找去谈话。接触过多是与无来无往相对而言。谈话的实质却意味着提醒、批评、警告。我当时是一个"走白专道路"的典型，时时处于某些同学的监视之下，稍有不慎，便有"小报告"打将上去。所以我避免与留学生们发生接触，讨厌给自己找来什么麻烦。

逢年过节，什么纪念日，欢迎新同学或欢送毕业生，系里照例是要举行联欢会的，留学生们照例是要被组织起来参加的，他们有时也准备个小节目，一般照例是唱主席诗词歌。《沁园春·雪》、《咏梅》、《蝶恋花》是留学生们很喜欢唱的。只有在这些联欢会上，中外学生之间才显示出一点交往气氛来。也只限于气氛而已，并不能深入到感情层去。像我和小莫回报沃克的微笑，谈不上友好，只能算礼貌。《重上井冈山》、《鸟儿问答》两首诗词公开发表并被谱曲后，我却没听到任何一位留学生唱过。我们中国学生是很快就会唱了的。广播室天天以最高音量反复播放。"不须放屁"之词，早、午、晚响彻校园。听也听会了。何况每人还发了油印的铅印的歌篇，学生会还集体教唱了好几次。也巧，那天食堂还就是做了"土豆烧牛肉"。许多中国学生和留学生都买了。不知是哪位大师傅烧的，土豆成了羹，牛肉却不烂。食堂里一片抱怨之声。食堂外响而亮之地播放着《鸟儿问答》。

我和小莫买好饭后，端着碗用目光四处寻找座位。沃克刚刚在一条长凳上坐定。他看到我俩，又朝我俩点头微笑。所有的桌子凳子全被占据了，我俩找不到个可以坐下的地方。沃克欠身往他坐的那条长凳的一端挪了挪，只坐了个角，招之以手，示意我们和他坐在一起。

不过去坐下连礼貌也失掉了。我和小莫对视一眼，走了过去，与他"三位一体"。条凳只有二尺长，三个人坐上，两边两个人的屁股就缺少支点。这么坐着吃饭并不比站着吃饭强多少。我和小莫实实在在是出于礼貌。

其实饭厅里有五张桌子没人就座。都是"留学生专桌"。留学生们响应了沃克，谁也不去坐"专桌"，端着碗往中国学生的饭桌上挤。没座位的中国学生们端碗站着吃，或端回宿舍去吃，也不愿坐到"留学生专桌"去。这是完全可以理解的。

"不要特殊化"，在留学生们提出来，是增进友好的愿望。由中国学生去坐，就未免有"不自觉"之嫌了。

沃克见他提出的要求得到留学生们的响应，心中分明暗暗高兴，一脸得意之色。

他将一块嚼不烂的牛肉吐在桌子上，侧脸瞅着我和小莫说："朋友才坐在一条板凳上。你们俩是我的支持者吗？"他中国话说得相当流利，吐字很清楚，而且是标准的普通话语音。

小莫没吭声。

我自然也不愿有所表示，满怀信心地嚼着一块牛肉。沃克又说："你们中国学生也应该支持我。"

小莫低声问："你要我们用什么样的行动支持你？"沃克又朝桌上吐出一块嚼不烂的牛肉，盯着它恨恨地说："简直像从轮胎上切下来的！"随后索性放下筷子不吃了，两肘支在桌上，双手托下巴颏，微笑着说："从今天晚饭起，我希望你们带头坐到'留学生专桌'去，那么这个饭厅里就再也不存在什么'留学生专桌'了，嗯？"那一时刻，他脸上有种孩子般天真的神气。他的微笑也显得那么幼稚。他使我怀疑，他对他的做法并不是很认真的，甚至可能掺杂着无恶意的玩笑的成分。校方是绝不会喜欢一位留学生开这种玩笑的。我想。

"这就是你要达到的目的？"小莫又低声问。

我暗中踩了小莫的脚一下，希望他别愚蠢地提什么问题。快吃饭。吃完快跟我一道走。因为我发现已经有人在注意我们。

沃克的目光在整个饭厅巡视了一遍，望着所有仍在饭厅里的中国学生和留学生们，用缓慢的语调说："我要达到的目的是了解。"他收回目光，又目不转睛地瞧着我和小莫，情绪变得有些激烈地说："我们留学生从各国来到中国，绝不仅仅是为了学到中国文化！我们还非常想要接近中国人，了解中国人！对于我们，这是同了解和学到中国文化一样重要的！哪怕让我们真实地了解一个中国人也行啊！可是你们中国学生见了我们留学生，无非就是点头、微笑、'您好'、'请'，仿佛你们都是机器人，就会说这么几个简单的词汇！难道我们是到一个机器人国家来留学的吗？有时我真想把你们的思想从你们头脑中挖出来！难道你们中国人的头脑里当真什么都没有吗？"

他的语调很高。这时的他，脸上那种纯稚的微笑不见了，那种孩子般天真的神气也没有了。他那样子好像要立刻同谁展开一场大辩论。

饭厅里一时变得寂静无声。中国学生和留学生们都停止了吃饭，从各个角度愕然地朝我们这边望。

我和小莫一时怔住了。我当时绝没有想到，这位瑞典留学生，竟会当着我和小莫——两个中国学生的面，坦率地说出那么一大番不够友好的话。我以为他想了解中国人的愿望是表达得过于强烈了！而经验，别人的经验，更准确说是别人的教训警告我，与这么一位不安分的留学生接触，对自己是很危险的。

我当机立断地站了起来。小莫却仍愚不可及地怔怔坐着。外面，大喇叭还在播放《鸟儿问答》，不知已是第几遍了。沃克也突然站了起来，环视着所有的人大声说："安静，请聆听最高指示……"

他的话声刚落，紧接着大喇叭里传出一句歌声："土豆熟了，再加牛肉……"再接着是："不须放屁！不须放屁！……"留学生们哄笑起来。中国学生们，则一个比一个神态严肃。不难看出，有人的严肃是佯装出来的。一位老师傅在机械地抹桌子，仿佛身旁发生的事情，与自己毫不相干。

沃克离开桌子，走到那位老师傅跟前，极其认真地说："老师傅，毛主席说的不对，他老人家肯定没有做'土豆烧牛肉'的实践经验。如果先烧牛肉，牛肉烧得半熟，再放土豆，今天就没有这么多人抱怨您了。"

那老师傅木讷地瞧了他一会儿，竟驴唇不对马嘴地张口来了一段语录："凡是敌人反对的，我们就要拥护。凡是敌人拥护的，我们就要反对！"

　　沃克无可奈何地耸了一下肩膀。我趁此时机，扯起小莫，赶快离开了饭厅。"这个申·沃克！……"我边走边嘟哝。"复旦园有了这么一位留学生，够工宣队操心的喽！"小莫幸灾乐祸地说。我说："有什么操心的？工宣队实在看着他不顺眼的时候，也许会将他开除！你以为工宣队做不出来？"小莫说："只怕没那么便当！沃克在留学生中很有威信，开除了他，也许会引起留学生们的普遍抗议，造成国际影响呢！"我问："他真是瑞典王子？"小莫回答："留学生们送给他的绰号罢了。""他像吗？""我哪儿知道像不像！真正的瑞典王子，我也不曾见过。""真正的瑞典王子要比我温文尔雅得多！"没想到沃克又跟了上来，和我们并肩走，边走边说，"用你们中国话形容，儒者风度。"

　　我和小莫不禁都有几分尴尬，猜想我们议论他的话一定全被他听到了。

　　"你们对我的议论很有意思。"

　　果然如此！

　　我和小莫更加发窘。

　　他却粲然一笑，避而不提了，问："你们一定读过新编的《中国文学发展史》？认同那种用阶级斗争观点阐述的文学史观吗？"

　　此著是很有威望的复旦F教授对其原著的"崭新"的"修

正"。用阶级和阶级斗争的红线贯穿了中国的文学史，完全符合"迄今为止，人类的一切历史，都是阶级和阶级斗争的历史"的观点。老人家亲笔写给F教授的信，复印件敬存在复旦校中展览馆，我们中文系的学生几乎都"瞻仰"过。此著在复旦园内被称为"新文学史"，规定中文系学生人必购之，购必读之。"四人帮"对它也极为欣赏，在史学界大大鼓噪了一番。制造了一阵别有用心的热闹。

沃克提出了一个我和小莫不愿回答的问题。关于"新文学史"，即使在我们中国学生之间谈起，若非彼此绝对信任，也是讳莫如深，谨而慎之的。但如果我们根本不回答，又未免显得我们心有所忌到了胆小如鼠的地步。这又会使我们感到，在一位留学生面前，人格贬低，自尊难保。而且，说到底，他向我们提出的毕竟是一个纯学术问题。起码我们可以认为是一个纯学术问题。

于是我用外交辞令回答："那是一部很有独到见解的著作。"我因头脑中能想出这样一句圆滑的话作为回答，对自己感到很满意。同时极欲尽快摆脱掉这位"瑞典王子"的"纠缠"。是的，我已经觉得他是在"纠缠"我们了。小莫却自作聪明地反问："您呢？您是否能够接受那种文学史观？"

"我当然反对了！如果我们留学生在中国都接受了这样一

种文学史观，那就太可悲了！那我们就白到中国来留学了，那我们回国后的个人前途就毫无希望了！一个尊重自己的文学和文化历史的国家，是不会用阶级和阶级斗争的观点来篡改自己的文学史的，这难道不是极其愚蠢的事情吗……"沃克激动起来，站在我们面前，看样子要对我们发表"激烈反对派"的演说。

当时我心中真是对他充满了羡慕。因为他有坦率说出自己观点的权力。而我没有。小莫也没有。复旦园内哪一位教师哪一个中国学生都没有。他说了，最严重的后果，也无非是可能被宣布为"不受欢迎的人"。而他说的那番话如果出自我们口中，轻则受批判，被记过；重则可能被开除，甚至打成"反革命"。世界那么大，中国不欢迎他，他还可以到许多国家去。中国若对我和小莫过不去，我们就他妈的彻底完了。

有几个新闻系的女同学从我们身旁走过，频频回头。显然，她们听到了沃克的话。

高音喇叭里，《鸟儿问答》诗词歌仍在播放。广播员仿佛不但要使这歌声响彻复旦园，而且传遍神州大地。我和小莫对此已司空"听"惯，并未做出什么表情反应。

麦克却皱起了眉头，长长的手臂在空中一挥，大声说："真讨厌！"

我和小莫这一惊非同小可！

可是我们无法摆脱他。我们加快脚步朝前走，他却倒退着走，继续面对面地和我们说："这不能算诗！也不能算歌曲！如果我是毛泽东主席，我就绝不会将这两首诗词也收入自己的诗词集。你们中国古代的美学家不是讲究诗中有画，画中有诗吗？可这两首诗词难道能算好诗词吗？'到处莺歌燕舞，更有潺潺流水，高树入云端……'莺歌燕舞，潺潺流水，难道这样的词句还不够平庸吗？你们却说这是中国现实的伟大浪漫主义的写照！这真实吗？这使我联想到了你们在《人民日报》和《红旗》杂志上大张旗鼓地对安东尼奥尼进行的批判，就因为他用摄影机向拿世界展现了你们国家许多贫穷和落后的情形吗？可他毕竟有较真实的一面啊！你们两报一刊今年的元旦社论中不是也承认自己的国家'目前还很落后，还很贫穷'吗？既然如此，为什么就容忍不了一个外国人拍的一部影片呢？……"

我和小莫装聋充哑，只有低头走路而已。

沃克继续倒退着走在我们前边。

"不须放屁……

不须放屁……

不须放屁……"

男高音、女高音、男女齐唱、男女合唱，极有层次地反复唱着这四个字。仿佛谱曲者认定了这四个字代表诗词的最高美学境界，体现了歌曲思想内涵的最高潮似的。却半点也不能使人感受到音乐的美好。不要说留学生们不喜欢，连我们中国学生学唱到这句时，也个个都觉得口舌笨拙，如有骨在喉，别别扭扭的。

我和小莫唯有装聋作哑而已。唯有低头走路而已。

但愿别人看来，沃克是在对"牛"弹琴。我当时真愿变成一头牛。我想小莫大概也恨不得坐地变成一头牛或者别的什么牲口。

"你们听，这算音乐，这算歌曲吗？你们的鲁迅先生不是就曾经说过：'辱骂和恐吓绝不是战斗'的话吗？我无论如何也不能承认这算音乐，这算歌曲！这样的东西在复旦这样全中国乃至全世界都著名的大学校园里天天广播，真是滑稽可笑，无法理解，不成体统！……"

小莫这时变得聪明了。脖子似乎从后面被人砍了一刀，低垂着的头始终不再抬起。

你他妈的说得很有道理！你他妈的说得都对！你他妈的说得对极了！但你他妈的这个外国小子干吗非纠缠住我们俩不放？！干吗非对我们俩说这些？！往日无冤，近日无仇，你他妈的太缺德了啊！我心中恨恨地想。

我猛地抬起头，差点要将饭盒砍到沃克脸上。

大概我当时的模样太可怕，沃克顿时缄口了。他惊诧地瞧着我。

我却发现系总支书记、工宣队队长站在楼口台阶上，像一匹观察的袋鼠，正聚精会神地望我们。

一个声音命令我：赶快脱身！傻小子，赶快脱身！

那是我自己的理智的声音。也仿佛是一个陌生的令我讨厌也使我惧怕的什么人的声音。这种人当时复旦园里可真不少。防不胜防。在我们中文系上两届的毕业生中，就有一个学生被自己最要好的同学出卖了——毕业前夕，系里贴出了他的"反动言行百例"，被打成"现行反革命"，押送回原籍劳动改造。

我灵机一动，突然说："哎呀！我的饭票夹丢在饭厅了……"说罢转身就往回走。

"我跟你一块儿去找！"真是"心有灵犀一点通"，小莫的聪明倒来得真快，往回走得比我更快。

我们一路无话，匆匆走回饭厅。饭厅里空空荡荡，一个人也没有了。

我们面对面坐在一张桌子旁，相互望着，各自心里都有种摆脱了一个什么魔鬼逃入安全之门的获救感。"太可怕了！……"小莫心有余悸地嘟哝。

我说："但愿他别认为我们和他的观点完全一致，那对我们俩可不美妙啊！"

小莫沉思了半晌，自言自语："如果他认为我们和他的观点完全不一致，那我们在一位留学生眼里可就分文不值了。"我问："难道你觉得他的话颇有道理不成？"

小莫生气了，虎虎地说："你别问我这种话好不好？""我可丝毫没有不良居心，"我立刻向小莫解释，又说，"在一位留学生面前，我们都太虚伪是不是？"小莫摇了摇头："不，是太可悲。"

"比我们更可悲者大有人在，比如F教授，嗯。""嗯。一世英名，毁于一旦啊！""你说在我们复旦大学三千多工农兵学员中，会有多少人异常清醒地在装糊涂？""起码两千五百人吧。""剩下的那五百多怎么回事呢？""比我们还清醒的野心家，小小的政治投机者，被既得利益收买者，时代制造的半颅人。""半颅人？……""只有左半边大脑。""你以为你挺深刻是不是？""反正我不是半颅人。"我忽然觉得，我们相处两年来，那天才彼此了解，往后可以成为最知己的朋友。我不禁隔着桌子向他伸过一只手去，在他的手背上轻轻拍了一下。小莫领会了我这一动作的表示，苦笑了一下，说："不谈这些，我们走吧！"我也说："走吧。"望着小莫，却未站起。小莫也未站起，又自言自语："这个申·沃克好像认定了我们俩就应该是他主动了解的中国人似的！"

我问："晚饭我们俩带头坐'留学生专桌'么？"小莫反问："我们当时应诺他了么？"

我说："也不算应诺。"

小莫说："那我们完全没有必要带这个头。"

"是完全没有必要。"我表示同意。

可小莫紧接着又说："其实带了这个头也无所谓，不过就是坐在哪儿吃饭的问题。"

我想了想，又表示同意："是无所谓。"

我们刚才紧张的神情渐渐松弛，对望着，忽然都觉得我们之间的谈话既认真又可笑，因为非常认真而显得非常可笑。我们都忍不住扑哧笑了起来……然而我们并没有获得带头坐"留学生专桌"就餐者的"荣幸"。当我和小莫一块儿来到饭厅，"留学生专桌"早已不成其为"专桌"了。围坐着它们吃饭的更多是中国学生。"留学生窗口"也名存实亡。有几个中国学生想为所有的中国学生作表率，假装大大咧咧的样子，将饭碗从窗口递了进去，却又被粗鲁地推了出来。卖饭的姑娘一本正经地说："没接到取消'留学生窗口'的通知，我可无权擅自破例！"那几个中国学生只好悻悻离开。

但是所有的留学生们，毕竟有理由认为他们的愿望实际上已获得了所有中国学生们的理解和支持。他们一个个因此而格外高兴，分散地与中国学生们坐在一起，又说又笑。大多数中国学生，在这种不常见的友好气氛中，却还是习惯地，不，是本能地表现出矜持和拘谨。

小莫说："还真造成了一种水乳相融的局面呢！"我纠正他道："实际上还是水乳不相融，不过混兑在一起罢了。好比鸡尾酒。"

小莫说："比喻得不错。"

两天后，"留学生办"通知我，说要找我谈话。我马上联想到了申·沃克三天前从饭厅到四号楼的路上对我和小莫发表的那些言论，忐忑不安。但又一想自己毕竟没说过一句附和沃克的话，心里踏实了些。隔墙有耳。路上也有耳。大学没教给我什么正经知识，但教给了我不少"防人"的经验，或曰"常识"。那便是——尽量将真实的"自我"包裹起来。包裹得愈严密愈安全。

我在这方面得到的教训是太值得记取了。

入学数月后，我便观察出同学中有几位善于"打小汇报者"，殊恶之。曾以言语相讽。

一日，晚饭后，同学H邀我出去散步。他与我同寝室，而且上下铺。我下他上。我当时有些不舒服，但其邀甚殷，难以坚拒，强颜随行。

走出校园，跨过马路，漫步一条僻静小街。其实那算不得一条街，也算不得一条巷，一侧是大片菜地，另一侧有零散民宅。我只是相与走着，并无话说。H偶尔说一句淡话。实实在在的是"散步"。

H突然发问："你猜，这是谁住的地方？"

我看时，见高墙内树冠探出，洋楼露顶。院内寂寂然如无人所居。走至门前，门半掩，得窥院内孵石铺路，冬青成篱，月季盛开。有葡萄架，串串葡萄挂缀架下，待人剪摘。我不知这是什么人住的地方。摇头。

H告诉我："这是陈望道先生的住所。"言罢，脸上闪耀出神秘之色。我顿时肃然起敬，倒退着离开院门前。直至那时我还是一句话都没有与他说，不知为什么，那个傍晚我就是不想说话。也许仅仅是由于身体不舒服。我们从它路回返，H突然又问："哎，你觉得那院子怎么样？"我不甚明白他这句话的意思，迷惑地瞧着他。他一笑，进一步问："要是让你在那么一座院子里生活，你会感到满意吗？"我随口回答："当然满意。"我觉得他问得有点莫名其妙，回答前并未作任何严肃的思考。他问了我好几次话，一次也不回答，未免有故意冷淡之嫌。我本无此意的。

那样回答了，认为他就不会再问什么了。而且我回答得也很实在。他果然不再问什么。却看出他内心里暗暗高兴，竟吹起口哨来。"当然满意"——这四个字，是我与他散步时说过的唯一一句话。

五

两天之后，星期六的晚上，系里召开全系师生大会。工宣队副队长发表讲话，表情严肃得义愤于色："我们有的同学，资产阶级占有思想极为严重。严重到什么地步呢？严重到想要住进陈望道先生家中的地步！我倒要问问这个同学，你想要住进陈望道先生家，那么让陈望道先生搬到什么地方去住？"

"大概你还梦想着住进中南海去吧？这叫野心啊！……"

我回头看了H一眼，他明知我在看他，却装作没有注意到我，一副认真聆听的样子。

我明白了，他那一天是存心"邀"我去"散步"。同时也明白了，他为什么要设这样一个智慧的圈套诓我上钩——因为入学后我和他同时交的"入党申请书"。也就是从那一天起，我退出了这场两个人的"战争"。我实在不想卷入这样一场"战争"。而且认识到，我一旦卷入，他我之间，便无所谓"正义与邪恶"了。况且我也绝不是他的对手。从此我再也没有交过一份"思想汇报"。

还有一次，一位党员同学，虔诚之至地对我说："大梁，你入学前就发表过小说了，以后你得多帮助我啊！"我慌忙回答："你可别说这样的话！我发表过的那哪叫小说，不过是在《兵团战士报》上以故事形式发表过一两篇好人好事，咱们都一样，要搞创作，都得从头学起……"

　　我最怕别人提我入学前就发表过小说。提的人越多，提的次数越多，使我感到的压力就越大。入学的第二天，十六名同学聚在一起，与老师们一块开"漫谈会"。一位老师问谁入学前发表过作品，皆默默然。我以为大家是因为彼此陌生而拘束，为了打破僵局，便首先说："我入学前发表过几篇小小说、小诗、小散文。"老师说："你的情况我已经知道，其他同学呢？"默默然者们仍默默然。可怜，名曰"创作专业"，十几个学生，半数以上党员，发表过什么的，除我和一位女生外，竟没有第三个。也就是从入学的第二天，老师们总是不断受到"推行智育第一"的种种指责。而我也就理所当然地废了所谓走"白专道路"典型。那位和我一样入学前发表点小文字的女同学，因为是女同学，幸免之。

　　一位党员同学要求我在写作上帮助他，并未使我感到受宠若惊，反而使我感到意外。不料那位党员同学一本正经地说："你别假装谦虚好不好？谦虚过分就是虚伪。"我见他这么说，又确很虔诚，便回答："你是党员，你思想觉悟比我高，请你在思想上今后多帮助我。"

　　不料以后小莫暗暗告诉我，我又被"出卖"了一次，那位党员同学竟向工宣队汇报，说我要与他达成一笔"交易"——我请他帮我解决组织问题，以帮他修改文章为报答。他们不向老师汇报我什么，因为老师们都挺爱护我。我虽愤怒，但只想再多铭记一次教育，并不愿与之吵翻。随他们去好了。

又过了几天，那党员同学，竟果然拿了一篇什么文章请我帮忙润色文字。其话，其态度，其表情依然那么虔诚之至，那么令人难以拒之。我的回答颇不文明——"去你妈的！"中国的"国骂"有时候很来劲儿。"你……"他目瞪口呆。我说："老子早就不交思想汇报了！你是党员，你会不知道吗？"他心中有鬼（是否有愧不得而知），退回铺位，钻进蚊帐去了……自从我打消了争取入党的念头，觉得自己变得无所畏惧了，而且某些人也确实反过来开始怕我了。我尝到了做人的某种"甜头"。但戒备之心，已成本能。除了小莫，不与任何人过从。暗暗立下与某些人老死不相往来的誓言。

无所畏惧——其实是一种自我感觉。因为我深知，言行不慎，我是会比以前任何一次都被"出卖"得更惨的。"出卖"——各种人们之间的各种"出卖"，已不复能用"品德"二字解释，那是那一历史时期的"流行病"。如果放在特种显微镜下分析，每个最渺小的病毒，都带有那一历史时期的政治的特征。

所以我本能地认为申·沃克对我是个"危险"的人物。小莫也接到了"留学生办"的"传讯"。

他将我扯到校园内一个僻静的地方，很有些紧张地问：

"前天我没对沃克说什么'过杠'的话吧？"

我肯定地回答："没有。"

他又问："也没对你说什么'过杠'的话吧？"

我摇摇头，用同样肯定的语气回答："没有！"他顿时出了一口长气。

我问："就是你说了什么'过杠'的话，难道还怀疑我出卖你不成？"

他脸红了，说："你可千万别那么以为啊！我不过是有点神经过敏罢了。申·沃克这个外国佬，今后咱俩都得躲避着点。否则咱俩不定哪天准倒霉！"

我比小莫更明白这一点。

但是沃克自己肯定不明白。

他不过就是想主动与两个中国学生建立友谊，对中国人有所了解而已。在那一历史时期，一位外国人想要真实地了解一个中国人，那只能是一种愿望而已。哪个中国人如果向一位外国人真实地袒露自己头脑中的思想，不是想入狱，就准是个疯子！我和小莫都不愿一脚就从大学校门跨进监狱大门去。我们的神经也没什么毛病。

我们按时来到"留学生办"，"召见"我们的是一位我们不太熟悉的工宣队员。看样子不过是个小角色，却偏要故做出一副大人物的派头。从校党委到各系总支，逐级都有工宣队员担任要职，所谓掺入高教战线的"沙子"，领导"教育革命"。此公即是一粒"革命"的"沙子"。而当时复旦的党委书记，竟是位"一颗红星头上戴，革命的红旗挂两边"的现役军人。就差一位贫下中农了。若齐了，真可谓之曰"复旦工农兵政权"。

我和小莫落座后，那工宣队员点着一支烟，吸了一口，吐出一缕，先瞅瞅我，后瞅瞅小莫，语调缓慢地说："情况嘛，是这样的，我们经过研究以后，接受留学生们要求与中国学生同吃同住的愿望。当然，这无疑会使我们今后面临的思想政治工作更复杂化。可我们既是来领导上层建筑的，就不怕面对各种复杂的情况……"每说到"我们"两个字，便带有格外强调的意味。

"我们"两个字，暗示出工宣队在复旦园中至高无上的权力。我和小莫都不做声。我们预先商量过"对策"，要装成两个头脑简单的大傻瓜。"情况嘛，也就是这样一个情况。我们决定，你们俩以后同瑞典留学生申·沃克住在一起。"他话题一转，眈眈地盯着我们。太出乎意料了！我和小莫对视一眼，真都有点发傻了。"据说，你们与申·沃克接触频繁？"对方挪动了一下工人阶级强壮的身躯，往沙发靠背挺舒服地一靠，脸上呈现出令人怀疑的和气表情。"这是胡说！我们与申·沃克只接触过一次！"小莫当即反驳。"别发火嘛，有则改之，无则加勉嘛！"那表情，那口吻，依然怪和气的。

我说："有则改之，无则加勉，这是指一个人对待错误应采取的态度，我们与留学生接触过一次，也算什么错误吗？何况是申·沃克主动与我们接触……"

"这个申·沃克都与你们谈了些什么？"对方打断我的话，猝然发问，同时将身体迅速地俯向我们，仿佛一只会相面的大猩猩似的瞪着我们的脸。

我一时语塞，不知如何回答是好。"谈气候！"小莫随口回答。"谈气候？谈什么气候？""谈国内气候呗！""说，说！……""申·沃克认为北京气候好，我们认为还是上海气候好。上海气候多好哇，一年四季湿湿润润的，所以上海人的皮肤才比北方人的皮肤细嫩是不是？他说上海的黄梅雨季挺讨厌，我们说北京风沙太大，他就同我们争论不休……"小莫信口开河，胡诌八扯，煞有介事。

"当然还是上海好，当然还是上海好……"对方搭讪道，大脸盘上均匀地布满了失望，又往后一靠，烟灰落了自己一身。小莫暗暗朝我挤了一下眼睛。我又说："让我们俩和留学生同住，我觉得不妥。因为我们生活作风挺散漫的，政治思想也不够成熟，只怕会在留学生面前说了什么不该说的话，做了什么不该做的事。请工宣队慎重考虑，是否重新选择两位政治思想上比我们更成熟的同学？"

小莫连连道："就是，就是，就是。"

对方将烟掐灭在烟灰缸里，看着我说："我们还是充分信任你们的嘛！不过，申·沃克这个留学生，不是我们的朋友。据我们掌握的情况，是散布许多与我们不友好的言论的。你们要及时向我们汇报他的情况，要同他展开必要的斗争。这也是对你们的考验嘛……"说着，站了起来，表示这次"召见"已经结束。

我和小莫巴不得早结束这场谈话，马上站起退出。退出之前，我真想身问一句："要是申·沃克成了你们的朋友，你们大概会封他为什么'荣誉工宣队员'吧？"我们走到校园里时，小莫低声说："这太卑鄙了！和让我们当'告密者'有什么两样？"

我说："反正我们又没有接受他们的经费，完全可以不必向他们汇报什么。"

"那我也觉得这场谈话够令人恶心的！"小莫愤愤地啐了一口……

我们中文系学生，一般七人住一房间。和留学生同住，四人一房间。除了我、小莫、申·沃克而外，还有一位黑人留学生。不过那黑人留学生不久便因为什么事回国了，H搬了进来。傻瓜也会明白，他是工宣队掺入到我们这个宿舍的一位"沙子"。我和小莫虽然与沃克同住了，但更加避免与他交谈什么。我们不愿被工宣队第二次"召见"。H却时常提出各种话题企图在我们这个中外学生同住的宿舍里引起讨论和争论。比如：评《水浒》的现实意义是什么？儒法斗争的历史经验是什么？主席最理想的接班人应该是谁？……我和小莫知其居心不良，任其独自高谈阔论，姑妄听之而已。

申·沃克曾经对评《水浒》的现实意义发表过一通"独辟蹊径"的见解。

他说："《水浒》是你们中国最伟大的一部反人性的古典名著。"

"什……么？"H当时脸上充血，不知是被一股辩论情绪所激动，还是由于另外的目的而感到兴奋。

沃克从容不迫地说："在《水浒》这部著作中，谁杀人不眨眼，谁就是英雄。评《水浒》的现实意义就在于，为中国今天的缺少人性和明天的杀人寻找形象的理论根据。中国目前对那些'走资派'和他们的亲人子女不是非常没有人性的吗？……"

"你这是对中国的诽谤！"H的脸愈加充血，慷慨激昂地说，"《水浒》里的英雄杀的尽是贪官污吏！'革命不是请客吃饭，不是作文章，不是绘画绣花，不能那样……'"

"武松'血溅鸳鸯楼'，不是就杀了好几个无辜的人吗？孙二娘不是也将许多不见得坏的人包到馒头里去了么？"

"那是武松杀得性起……"

"杀得性起就可以乱杀无辜了么？"

"这……好人杀好人是误会……"H的辩论才华，发挥到顶点也就这么高的水平。

"好人杀好人是误会？"沃克眯起眼睛，表情严肃地思考了片刻，似有所悟地点了一下头，自言自语，"难怪武松也差一点被孙二娘麻翻后剁成肉馅。"

H得意地说："只有我们中国人才能理解目前重新评价《水浒》的现实意义。"

沃克不动声色地说："也只有在中国才能产生'好人杀好人是误会'这一理论。我一会就去动员我的留学生朋友们，要他们和我一块离开中国。好人生活在这样一个充满误会的国家里真是太不安全了。谢谢你使我明白了这一点。真是一条冷冰冰的理论。不，我得现在就去动员我的留学生朋友们，我要和他们一块去找学校的领导！要求退学！"说罢，站起来就大步往外走。

"哎，你，你别去！……"H慌了。

"你有什么权力阻止我！"沃克转身质问，依然那么不动声色。

"我求求你……"H狼狈极了，走过去拽住沃克的袖子不放。

沃克朝我和小莫挤挤眼睛。

我和小莫将脸扭向窗外，使劲咬住嘴唇才没笑出声来。我们都认为沃克是很善于辩论的。他每次总是沉着论战，一步步将H引到辩论的"边缘"。而每到这种时刻，H就一声不吭了。

"为什么毛主席要称王洪文、张春桥、江青、姚文元为'四人帮'呢？"沃克常会在辩论中故作天真地向H提出这一类问题。这一类问题，好比是被辩论气氛吹薄了的气球，谁最后轻轻触它一下，它就会爆炸。H极其害怕这类玩意儿，如同迷信的人害怕什么不祥之物。

我和小莫渐渐开始对沃克产生了某种好感。因为这瑞典留学生的思想竟和我们头脑深层的真实思想那么相通。只有关心中国命运的外国人，才会提出他所提的那些问题。沃克虽然不是复旦大学工宣队们的"朋友"，却应该成为我们的朋友。我们对他的好感，并不明显表示出来，以替他捎一瓶开水，下雨前提醒他将晒在外面的衣物收回，到市内去时，问他需不需要我们代买什么东西这类小事表达。我们相信，他是理解了这一点的。

按照"纪律"规定，与留学生同住的中国学生，是不能将《红旗》杂志、《学习与批判》、《人民日报》、《光明日报》、《参考消息》和各种大批判学习材料带到宿舍的。我和小莫严格遵守这一"纪律"。

一天上午，宿舍里只有我和沃克，我抱起被褥去晒，却忘了有本过期的《学习与批判》压在褥子底下。它被带到了地上，我没发现。晒好被褥回到宿舍，见沃克正拿着那本《学习与批判》在看。

"我看看行吗？"他将《学习与批判》朝我扬了一下。

"这……"我不禁面露难色。

《学习与批判》是上海市委机关刊物，被工宣队们称为"小红旗"。上海市委御用写作班子的大块文章，经常以头号标题发表在上面。几乎每一篇大块文章都有政治背景，都是一种政治烟幕。

"这是不许我们留学生看到的吗？"麦克似乎敏感到了。

"不，不，没这个规定。"我说，同时暗想，我这是在替谁辩护啊？

其实，莫说《学习与批判》，就是《人民日报》、《红旗》杂志，只要一个在中国的外国人想看，搞到一份或一期看看并非难事。搞不到手的，也可以站到某些报刊栏前去看。《红旗》杂志一有"重要"文章发表，则被按页码扯下，张贴于有玻璃橱窗的某些报刊栏内。希望更多的人从中得到某些暗示，从而紧跟之。

"你骗我。你们一定有这个规定。我不看了。"沃克将

《学习与批判》轻轻扔在我的床上。

那一时刻，我觉得身为一个中国人，在这位瑞典留学生面前无地自容。世界上绝没有哪一个国家的哪一所大学，像当时的复旦一样，连自己国家公开发行的报纸和刊物，也对外国留学生实行"封锁"。

我望着他，低声问："你生气了？"

他耸了一下肩膀，说："是的。但我并不生你的气。"我走到自己的铺位前，默默坐下了。

沃克则在他的铺位一躺，头枕在双手上，眼睛瞧着屋顶。忽然，他低声问："你知道吗，瑞典是世界上第一个与中华人民共和国建立外交关系的西方国家。"

我说："知道的。"

隔了一会儿，他又说："我爱中国。东方文化和文明，在我很小的时候对我就具有一种神秘的吸引力。我的父亲是斯德哥尔摩研究东方文学资格最老，也最有成就最有权威的教授。他经常对我说，中国是东方文化、文明和文学的宝库。他支持我到中国来留学。可是我的母亲坚持反对。她认为中国是一个动荡不安的国家。我到中国来，她很不放心。但是我的父亲帮助我说服了母亲……"

我静静地坐着，望着他。将那册《学习与批判》卷起来拿在手中。

他问："你在听么？"

我回答："是的。我在听。"

他接着说："中国，作为一个国家，将自己封闭得那么严。中国人，作为人，一个个也将自己封闭得那么严。使我感到要在中国真正了解一个中国人，与一个中国人建立诚挚的友谊，是根本不可能的。你认识那位罗马尼亚女留学生吗？""认识。"

"你与她很坦率地交谈过什么吗？"

"也没有。"

"真遗憾。你们都是社会主义国家的人。难道你们中国学生对一个来自社会主义国家的留学生也戒心重重吗？""……"

"我和她交谈过。她对我讲过一件事，真是滑稽可笑。她说一艘中国商船有次在罗马尼亚的一个港口城市停靠，三个年轻的中国船员走上码头。那一天是罗马尼亚的假日，码头上很热闹。姑娘们和年轻的妇女们穿得漂漂亮亮，惹人注目。她们都又主动又友好地向三位年轻的中国海员招手，微笑，抛送飞吻。可是他们呢，排成三人纵队，在码头上齐步走。对周围的一片热情毫无反应，个个脸上表情严肃，就像在码头上操练步伐的士兵一样。而且目不旁视，使热情的罗马尼亚姑娘和妇女们感到又古怪又迷惑。有一群罗马尼亚姑娘瞧着他们哈哈大笑。其中一个调皮的姑娘悄悄跟在他们身后，出其不意地抱住了走在最后那个年轻的中国海员，并在他脸上使劲亲了一下。他用中国话大声叫喊起来。你猜他叫喊了一句什么？""什么？""快救我！""你胡说。""你问济珈去，她会对你再讲一遍的。因为那个亲了中国海员一下的罗马尼亚姑娘，不是别人，就是她自己。""……"

"那个被她亲了一下的中国海员，还当着她的面儿对两个伙伴声明：'不是我抱住了她！是她……主动抱住了我！不信你们问问她！你们得给我作证！'……"

"济珈怎么说？""她说，'是我主动抱住了他，还亲了他一下。'码头上的女人男人全大笑不止。三个中国海员重新列成纵队，跑步回到了船上……""……""和我们外国人接近，说出一些真实的思想，对你们中国人就那么

可怕吗？"

六

H还没回来。小莫恨恨地说："这小子真他妈的，都不叫醒我们，不知什么时候出去的！"

我想，这符合H的为人。他准希望我们都被埋在废墟之下，创作专业只活着他一个，那么他就会如愿以偿，笃定可以

入党，也可以分配得无比理想了。

沃克朝窗口瞅了一眼，忽然不安地说："他刚才会不会从窗口跳出去了？"我和小莫不禁对视。小莫走到窗口，探身朝下一望，立刻转过身，脸色苍白如纸，低声说："老天爷，果然如此！……"我和沃克一步抢到窗口。我们看到的情形使我们吃惊得呆住了——月光下，一个人仰卧在被翻松了的那片地上，双腿几乎插进了地里，而头，撞在水泥护楼围墙上……几天后，从医院里传来消息，H虽然保住了一条性命，却成了白痴。

毕竟是一个人。毕竟与我们共同生活过。我们对H都产生了一种恻隐之心。我们一块儿到医院去看望H，沃克买了许多东西。我们希望从医院传来的消息并不属实，或者夸大其词。但H的的确确变成了一个白痴，并且瘫痪，身上将永远地插着两只管子。医生说，丧失医疗价值了。

H的父亲，一位黑而瘦小的老农民，站在儿子的病床前不停流泪，兀自喃喃地说："为什么就你要跳？为什么就你要跳？……"H两眼大瞪着，却不认人，脸上僵固着一种苦笑般的表情。还有一位农村干部模样的人陪着他的父亲。那一天我们才知道，H入学前是某省某县某公社革命委员会副主任。我们丝毫不能从H平素的为人与他那位可怜而笃诚的老父亲之间找到什么相同之处。也觉得像他那样的一个人当上什么革委会副主任，是又在意料中又匪夷所思的事。

那陪同者说："我们H若是党员，地革委主任也早当上了！唉，如今这……全完了！……"不胜惋惜之至地大摇其头。难怪H那么迫切地要入党！如果削尖了脑袋确能"钻"入党内，他是会舍得一颗头的。

我们对于H的种种记恨都不存在了。只觉得他是那么可怜。觉得他的老父亲更可怜。沃克给了那可怜的老父亲一百元钱。我和小莫是拿助学金的穷光蛋学生，只能表示我们的同情而已。

从医院回校的路上，沃克沉闷不语。小莫有几分忏悔地说："也许我不该和他换床位，可我哪能预想到这么个结果呢！"我说："这也不能怪你，只能怪他自己。"沃克说："我们三个都有责任，如果我们对他多加劝阻，他也许最终会听的。我心里真为此而难过。"之后他就再也没有说过一句话。要我们对H的可怜下场负责任，我和小莫觉得太欠公道，却并没有同沃克争论。H的老父亲委托我们帮助他收拾一下儿子的东西。我们收拾H的东西时，发现了他的一个笔记本。上面的记载有几段与我有关，摘录如下：

"到北京去！一定要想方设法争取分配到北京去！只有分配到北京，才能前程似锦！"

"今天我已探听到底细，专业有两名分配到北京文化部的名额，据说首长指示，要善于在文化部门展开思想和路线斗争的毕业生，要能成为掺进文化部门的'沙子'的毕业生。要插队下过乡的上海知识青年。阴错阳差，竟使梁与C两个哈尔滨知青偏得机会……"

"原来专业里有好几个学生都暗知这两个名额的底细。他们都想进京。我们上一届分配到中央教育部的一个学生，已经当上了《教育革命》的负责人，前途无量。C的名额是别人所挤不掉的，她是专业支部副书记，系工宣队的红人。因此梁成了众矢之的，谁都想'整'垮他，取而代之，机不可失，时不再来……"

"其实我与梁并无积怨，也无近仇。但我不'整'他，别人也照样'整'他。我不取而代之，别人最终也要取而代之。不是我坏，是前途如此，不得不为。否则，毕业后，我则可能'社来社去'，再当那个小小的公社革委会副主任……"

"梁似乎变得处处谨慎了，但这么多人盯着他，他绝不可能从此不再说一句错话，做一件错事。他的下场注定了的，不过'鹿死谁手'罢了……"

"梁的一封看过的信被我发现，在我手中，是黑龙江出版社一个人写给他的，信中有'老妖婆'数句……这就足够了。天助我。现在我不忙抛出来，到毕业前来个'奇袭'……"

这日记本先是小莫翻看的。他看了一会儿，递给我，恨恨地说："你自己看吧！没想到这小子这么不是人，可我们还傻乎乎地同情了他一番！他妈的多不多余！"

我看过之后，许久没说话，觉得自己仿佛沉入了零下二百七十度的冰窖底。

入学二年多，我才明白为什么有人像密探似的时常监视我的言行；为什么有人连我在中文系的借书卡也要暗暗统计，阅读"封资修"作品比例多，也作为"思想意识问题"的一条向工宣队汇报；为什么我在阅览室学习《列宁选集》时，只因旁边放了一本没读完的《拿破仑传》，也会被诬为假学马列之名，行摘抄"拿破仑"言论之实；为什么我的信件时常不翼而飞……

沃克瞧着我，似乎也想看那本日记。但却不开口说。自从《学习与批判》事件之后，沃克"自觉"多了，我们不主动给他看的，即使他兴趣极大，也绝不提出请求。我将那日记本扔给沃克，说："你愿看就看吧！这对你了解我们中国学生大有好处。"

沃克看完之后，望着我，低声问："梁，你心里很难过是不是？"我冷笑道："不，我并不难过。老子他妈的这个大学不念了，让他们去为一个北京名额明争暗斗吧！"小莫说："别发傻，这个日记本得销毁。更重要的是，得找到你那封信！"小莫帮我在H那些信件和书籍中翻找。翻找了半天，却未找到。小莫说："看来找不到了。他会不会已经交给工宣队了？"我想了一会儿，摇摇头，说："大概不会的。他要是交了，工宣队早拿我开刀了。再说他日记上明明写着，要等到毕业前夕再对我进行'奇袭'……"小莫说："如果你的判断不错，反正他已经那样子了，再也不会威胁到你了，你也就不必再担心了。"可我找不到那封信，还是很有些担心。因为那封信如果落入别人手中，我的下场可能同样不堪设想，黑龙江出版社的肖沉老师将头上悬刀。我和小莫当着沃克的面将H的那本日记烧了。沃克直摇头，用谴责的语气说："你们这样做可不好。很不好。H的父亲委托我们代他整理H的东西，未经同意，怎么能……"

小莫打断他的话说："收起你那套西方式的道德观吧！你是在中国！让他的老父亲看到自己的儿子在日记里记下了这么见不得人的鬼心肠，未免太受刺激吧！"

我也生气地反问："难道别人存心坑害你，你连点措施都没权力采取吗？"那是我和小莫第一次与沃克正面发生矛盾。沃克受到我们的抢白，不再说什么，默默扫尽纸灰，用撮子端到厕所里冲走了……放暑假了。小莫不论寒暑假，必定要回贵州去的。我和沃克一同送走了小莫。我问沃克这个暑假打算怎么度过，他回答说想回国去看望他的老母亲。

"我已经一年多没见到母亲了。我从来没有离开母亲这么久过。"

他微笑着对我说，脸上又显出那种纯真的大孩子神气来。

他反问我打算怎样度过这个暑假，我回答说要留在学校里多看些书。系阅览室的李老师对我不错，某些当时还封存的书，在假期他也肯偷偷借给我。入学后，我还一直没探过家。助学金十七元伍角，刚够饭费。弟弟每月从乌苏里江边寄给我拾元钱。弟弟的工资也低得可怜，三十二元，一级农工。我决心三年不探家，省下几笔路费。

沃克听我说假期要留在学校里，思忖片刻，改变了想法，说："那我也要留在学校里。"

我问："为什么？"

他说："和你作伴。没有人监视我们，我们之间可以交谈很多很多，对不？"

即使没有人监视了，我又能对沃克说些什么呢？我微微苦笑。

沃克果然就陪我留在学校了。

一天，我那双猪皮鞋开胶了，不能再穿了。而且，一条最像样的裤子也洗薄了，再搓洗一次就会破。我想，我得买一双鞋了，也得买一条裤子了。可弟弟尚未寄钱来。想朝沃克借，终觉羞于启齿，未借。

我决定将自己那块上海牌手表卖掉，暂解拮据。是在延安西路上一家小小的委托商店卖掉的，作价八十五元。我声明要现钱，便只得到六十五元。买了一双鞋，照例是猪皮的。买了一条裤子，照例是"三合一"的。走出商店，发现同学齐某，拎着大包小包，与哲学系的一高个子女同学边走边谈，亲亲密密，兴致勃勃。不愿被齐某看到，更不愿与他打招呼，我转身朝另一方向而去。

齐某算是个"干部"子弟，其父十二级。十二级干部并不显贵，若在北京大概总要数以万计的吧！但他却常常自诩"我们高干子弟……"如何如何的。他带工资上学，这一点倒令我极羡慕。他专爱跟女同学，尤其爱跟那些年龄不大、思想单纯的女同学"建立友谊"。同学们对他颇有非议。但他根本不在乎，说这是他从小养成的习惯。说跟男同学们在一起没什么可谈的。仿佛他认为男同学个个都是"污浊之物"，那些年龄不大、思想单纯的女同学们才是"水"化成的清癯人儿。小莫说他患的是"贾宝玉症"。

回到学校，沃克不在宿舍里，不知干什么去了。忽然间我觉得异常空虚，异常孤独，靠着窗框，像只猴子似的坐在窗台上，手中拿着一本《新华字典》百无聊赖地翻看，全然不怕掉下去，落H那么个下场。

信手翻来，却翻到"女"字旁部。在偏旁索引中占的比例竟还不少。于是想到，大概世界上没有哪一个国家专门为女人们创造了那么多文字，在形容女人方面有那么多细致的学问；比如说说女人的笑吧，外国文字的形容，也不过就是大笑、微笑、冷笑、美好地一笑、天真地一笑、单纯地一笑……而中国文字中，则有嫣然一笑、宛然一笑、妩然一笑、媚然一笑，思量起来，果然各领风骚。外国人形容女性身材，也不过就高低胖瘦，充其量再加上"线条"怎样怎样，如何如何富有"性感"。而中国文字中，除"苗条"之外，还有"婀娜"。"婀娜"之外还有"窈窕"。"窈窕"之外还有"亭亭玉立"、"风姿鉴人"一类。还有"秀色可餐"，要吞吃下去的意思。想起前些时候偷读一本《香艳诗抄》，其中更不乏什么"软玉温香"、"被翻红波"、"蝶浪蜂狂"一类。外国人叫"做爱"，或者直言曰——"睡觉"，就像阿Q对吴妈说的那么明白。可中国人却谓之曰"云雨"。怎么他妈的琢磨的呢！可见中国男人在女人身上动用的脑筋自古以来就很多。可是又自古以来都爱装正人君子。继而想到那位召见过我两次的工宣队员，他在欣赏"白毛女"年历片时，目光就很有几分猥亵。倘若那年历片上没有女人的大腿，印的是仿宋体或隶书体或"狂草"的"最高指示"，谁知那粒革命的"沙子"会不会伏在玻璃板底下，时不时就低下头去"欣赏"起来，没够没了的？

我进一步想到周围那么多人都在"装孙子"。包括我自己。

我又在装什么呢？装大大具有"工农兵学员"的本色的样子。尽管工宣队们已经觉得我不具有了。但我却还要硬装下去。唯恐毕业分配时被划入"另册"。

这想法使我觉得自己可怜亦复可悲。

干脆他妈的退学的念头便又产生了。

校园外，马路对面，有一个什么陶瓷厂，时值下班，一帮姑娘们，刚刚在厂里洗过澡的样子，一个个披散着头发，结伴走出厂门。其中一个，抬头望见我，竟大声问："嗨！大学生，想什么呐？"

我俯视她们一眼，高喊一句："想你们哪！"话一出口，立刻觉得不对，怎么自己口中出了流氓语言？顿时面红耳赤，赶快溜下窗台，不敢露头。怕遭到辱骂。

窗外却一阵格格嘎嘎的笑声。我弯着腰离开窗口数步。直起腰，见沃克站在门口，正对我微笑。我觉得脸上是更加发烧了。沃克走到窗口，朝下望了望，转身对我说："她们还站在下边呢！"我说："我可没招惹她们！"沃克愣愣地瞅了我一会儿，变微笑为哈哈大笑。我呆呆地坐在床上，仿佛犯了什么天条似的，没人问罪，陡自心中惶惶然。沃克也坐在床上，面对面地望着我，那目光，仿佛在鉴别一个什么中国古董。我被他望得不自在，就躺到床上，避开他那研究的目光。他低声说："我听到你对她们说的那句话了。"听到了又怎么呢？

　　我想。他又问："你在想什么呢？"我回答："想女人。"故意使他吃惊。"哦！天啊！……"听他那语调，似乎果然大吃一惊。我朝他扭过头去，见他的表情并非吃惊，而是快活。他说："你真可爱。"我说："就因为我这会儿想女人？"他说："不，因为你对我说了一句真话。是真话吧？"我思考片刻，自认这会儿确是在想女人，便答道："是的。"他又问："你想的是你的未婚妻？"我说："没有未婚妻。""那么，是在想情人？""中国人只许有老婆，不许有情人。有了情人是坏分子。""想女朋友？""从来没交过女朋友。""你二十几岁？""27岁。""27岁从来没交过女朋友？""从来没交过女朋友。""你打算奉行独身主义？"

　　"我刚才不是说过了吗？我正在想女人！""你想的是性吧？""什么？""性。做爱。""就是云雨啰？没云雨过，想也想不快活，不想！""瞧，你又不说实话了！""在你们瑞典，女人和性是同义词吗？"我腾地坐了起来，生气地瞪着他。他莫名其妙地说："我并没有侮辱你的意思，你为什么要生气呢？"我又慢慢躺下去，自言自语地说："我想的是女人。这会儿如果有个女人，无论年龄比我大还是比我小，只要不很丑，只要有温情，我就真愿意将我的头靠在她怀里，睡上整整一天不醒……""可是她如果有丈夫呢？"沃克仿佛存心大煞风景，从道德的角度提出了这个问题。我简直恼火透了，大声说："她有没有丈夫关我什么事？我不过就是想将头靠在她怀里。只要她愿意。"沃克很认真地说："她丈夫知道了会揍你的。"这是一个很实际的问题。我沉默了一会儿，说："谢谢你的告诫。我现在不想女人了，现在想喝啤酒了。"沃克说："我陪你到五角场去。我请客。"于是我们就到五角场去喝啤酒，啃五香鸡头。

七

沃克举杯说："谢谢你今天跟我谈到女人。第一次一个中国人跟我谈到女人。"我问："你以为中国的男人们都是不谈论女人的吧？"他点点头："给我的印象是这样。"

我冷冷一笑，说："我们中国是个君子国。来，为君子国干杯吧！"……我们都喝得醉意醺醺才回到学校里。啤酒和五香鸡头代替不了女人。喝过了啤酒我更想女人。我感到我周围布着许多陷阱，防不胜防。我的心理时常处于戒备状态，它太累了。也许是它太需要靠在一个女人的怀里，太需要一种女性给予的温情了……想女人真是男人们心甘情愿的痛苦！27岁了，第一次明确地想女人。想得好苦哇！后悔早几年没将头往一个女人怀里靠过。想得就很朦胧。

那天夜里，我做了一个梦，梦见了一个真真实实的姑娘，我将头靠在她怀里，她用手轻轻抚摩着我的头发……第二天醒来，这个梦境仍历历在目。

多亏这个梦，使我想的女人具体了。沃克仔细地瞅瞅我，问："看你样子好像睡得不太好。"我说：

"睡得还好，不过做了一个梦。""噩梦？""不，美梦。""梦见了什么？""梦见我将头靠在一个姑娘怀里。""真够味儿。""我今天要去找她。我很想见到她。""谁？""我梦见的这姑娘。""她是干什么的？""她是扫马路的。""那，我给你点钱吧！我看你最近好像很缺钱花。""谢谢，我已经把手表卖了。""你为什么要卖掉手表呢？为什么不向我借钱呢？""我没有借钱的习惯。更不会向一个外国人借钱。"沃克注视着我，直摇头……我匆匆洗罢脸，也不去吃早饭，就跑到一楼，给那姑娘挂了一个电话。"喂，谁呀？"她婉声婉语地问。

我低声说出了我的名字。

"你？……有事？……""我想……请你今天陪我玩玩。""这……我在上班啊！""也许……也许我不久就要离开上海……""为什么？……""不为什么？我累了……""累了？喂，喂！你听着，我今天请假，我在四十八路车站等你！……"我缓缓地放下了电话。心情却更加忧郁。我曾在上海杂技学馆深入过生活，每天清晨带着孩子们在新华路跑步。那姑娘每天在新华路扫马路。有一次我的手表掉了，自己却全然不知，等我带领孩子们从另一条马路绕回来，见她站在人行道上，招手叫住我，将手表还给了我……我们就那么认识了。

以后每天我让一个大孩子带领全体孩子跑步，我和她就站在人行道上交谈。

她是上海音乐学院一位教授的女儿。两个姐姐都下乡了，都在北大荒。一个姐姐我还认识，是三师师部宣传队的队员。我们之间似乎从一开始就没有什么拘谨。除了小莫，我对她暴露的真实思想算最多了，我还经常将从学校图书馆借的书送给她看——她是一个很清秀很文静的姑娘。

我跳下四十八路公共汽车，看见她站在路旁等我。见了她的面，我竟不知第一句话应当说什么。她问："我们到哪儿去玩呢？"我说："到哪儿都行。"她想了想，说："那我们上西郊动物园去吧。"我说："那里有老虎吗？"她说："有的。"我说："好吧，我们就去看老虎。"到了西郊动物园，老虎躲在洞里不出来。我们没看成，却也不觉得十分扫兴。我们在小河边的一条长椅上并肩坐下，看鱼。不是金鱼，是青鱼。

　　每条都一尺多长，又肥得笨笨拙拙。纷纷游到岸边觅食吃。她从书兜里取出两本书，递给我，低声说："还你吧。"我问："看完了？"她摇摇头。我说："那你留下看吧。"她又摇了摇头，望着河面，用更低的声音说："我母亲前几天去世了。父亲被'扫地出门'了，过几天我就要跟我父亲回浙江农村老家了……可能我们今后再也不会见面了，谢谢你经常借书给我看……"我怔怔地望着她，许久许久说不出话来。我忽然觉得，我心中对这姑娘充满了无边无际的爱。也可能是同情。

　　至今回想起来，分辨不清。爱情加同情，使男人对女人的爱成为怜爱。她缓缓将脸转向我，凝眸睇视着我，几乎是用请求的语调说："对我讲几句话吧。"我说："我想退学。""退学？……"她脸上显出十分意外的表情。我又说："我实在不想念下去了。"她问："为什么？"我说："没意思。"她很能理解我这句话的含义，沉思了一会儿，说："再有一年多你就毕业了，什么事儿都忍着吧。多少人都在忍着啊！"我情不自禁地抓住了她的一只手，紧紧握着。她的手那么小，那么柔软。她愣了一下，矜持地抽回自己的手，讷讷地说："你怎么了？……你……病了吗？"我说："我也想到浙江农村去。和你们父女一块儿到你们的老家去。我可以当小学教师，也可以当农民。"她说："你胡说些什么呀？"

我说："不是胡说，我爱你。如果你同意，我明天就打报告退学。""不，不，你千万别这样。"她慌乱地说，"你就是打了退学报告，被批准了，也只能回北大荒去……咱俩没缘分……"我又不知说什么好了，情不自禁地第二次抓住了她的手。这一次，她没有将手抽回去，任我紧紧地握着。

河里的大青鱼，纷纷聚拢岸边，将嘴冒出水面，比赛吐水泡。

她的眼泪落在我手背上，一滴，两滴……她又抽出了她的手，从布包里取出一支笔，双手交给我，说："我特意买了送给你的，留着做个纪念吧！"我握住了那只笔，也再次握住了她的手。

她忽然将头靠在我怀里，说："我们没缘分……"说完，她就无声地哭了……回到学校，沃克见我便问："你终于将头靠在一个姑娘怀里了？"我说："和我梦到的相反，一个姑娘将头靠在我怀里。"沃克说："都一样。她很美丽吗？"我说："女子们的美丽是不同的，有的使男人想到性，有的使男人想到绞刑架，有的使男人想到诗，有的使男人想到画，还有的能使男人们产生忏悔的念头……"沃克说："这不过是男人们的想象，你那位姑娘属于哪一类呢？"我说："她如同一颗橄榄，我要用心永久含着她。"沃克看了我半天，说："你动真情了。"我说："是的。"沃克问："你果真爱上了她，为什么不跟她结婚？"我说："我不知我的命运会在何方。"
沃克沉默了一会儿，又问："被H偷去那封信，是不是仍使你
心中不安？"我说："不安极了。""你仍恨他？""我恨不
得一刀宰了他！"她告诉了我离开上海的日期和车次，却不许
我去送她，很坚决很断然地不许。我还是到火车站去了，怕火
车站人多，寻找不到她，很早就去了。在一排长椅上，我发现
了她，呆呆地坐着，脚旁放着一只帆布皮箱，身旁坐着她的父
亲，一位头发苍白、气质斯文的六旬以上的老人。我隐蔽在一
个角落，不想让她发现我。我望着她一手搀老父亲，一手拎那
只旧的黑色的小皮箱，微微低着头，被缓缓移动的人流裹入了
检票口，像一个幻影似的，从我眼前一晃，倏然消失了。

　　我呆呆地站在我隐蔽的那个角落，被充满心间的忧郁压迫
得有些窒息。她的命将会是什么？那一时刻，我完全忘记了自
己的命运中也画着一个问号……开学后，复旦园内发生了一
件重大的事情——物理系三年级的一位女同学，贴出了一张大
字报，批驳张春桥和姚文元的两个小册子——《论资产阶级法
权》和《论无产阶级专政条件下的继续革命》。那是工农兵学
员中反叛精神的第一次公开的大无畏的宣战。那是孤单无援的
勇士舍生取义的行为。正直的师生们肃立在她那张大字报前，
用他们严峻的表情，沉思的目光，互相传达着他们心中的敬
佩。反叛的潜流在复旦园内暗暗地汇聚着。政治投机者们却认

为这是一个自我表现的大好机会。于是就有一些学生"自发"地前去围攻那个物理系的女学生。操纵幕后的则是工宣队。我们专业的支部副书记C，也带着她"革命的伙伴们"参与围攻。她也叫我去，她说我善于辩论，最应该去。还应该"立功赎罪"。我冷冷地问："赎什么罪？"她说："别忘了你作为专业发言代表的那次发言。"我回答："你忘了我有口吃的毛病吗？我现在正要读《列宁选集》。"便打开一本《列宁选集》，伏在桌上读起来。她悻悻地走了。我却读不下去。我终于坐不住，便独自走到大字报栏前，看那张勇士的"宣战书"。大字报写得犀利极了，使人读罢，热血沸腾。一种强烈的冲动，促使我从衣兜取下钢笔，就想在那张大字报上署上自己的名字。然而那种强烈的冲动很快就变成了最大的怯懦，握着钢笔的手出了汗。产生得最快的勇气也消失得最快。任何冲动如果不能变成行为，不过就是一种心理本能而已。除了证明你有这种本能，再无其他意义。我默默地转身离开了，手中仍握着钢笔，内心里对自己充满了蔑视。"梁晓声，梁晓声，在那个无畏的女同学面前，你不过是一条被政治的电棒击怕了、学乖了的狗！"我一边缓缓地走着，一边这样诅咒自己。仿佛诅咒了自己，就能驱除内心里的羞耻感似的。无畏者敢做真勇士。懦夫却只希望别人为真理拔出决斗之剑，将胜利的小旗背在身后，连一声助战的呐喊也不敢发出。倘邪恶倒下了，他们便举起小旗，分享勇士的荣耀。倘勇士倒下了，他们便悄悄丢掉小旗，退隐到什么安全的角落，固守着卑下的沉默，期待着另一位勇士挺身而出⋯⋯回到宿舍里，我锁上门，为自己，也为许许多多像我一样的人，在一本日记的中页写下了这几行字。也写下了我对自己的认识和评判⋯⋯

沃克回来了，一进门就气愤地大声对我说："怎么可以这样！他们怎么可以打她！"我合上日记本，问："都是什么人打了她？"沃克说："有男学生，也有女学生！你们专业的C带的头。他们将她拽到一张桌子上，那么多人围攻一个姑娘！却没有一个人站出来保护她！他们还摔掉了她刚买回来的饭！他们还不许她穿上自己的鞋！我喊了一句'不许打人！'就有许多人也围攻我！看，拽掉了我两颗衣扣！⋯⋯"

我站了起来。我望着窗外。我流泪了。一个龟缩在安全角落的懦夫的眼泪。没有什么价值的眼泪。小莫突然推开门闯进来，对沃克说："沃克，你快躲避起来，有几个男学生要来揍你！"沃克说："他们敢！我要向'留学生办'去汇报的！"小莫说：

"就是'留学生办'那个姓庄的工宣队员怂恿他们来教训教训你的！"我说："沃克，你就先躲避一下吧！"沃克坚决地摇头："不！"小莫扯着沃克想往外走，晚了。走廊里传来了来势汹汹的脚步声。小莫刚放开沃克，门就被踢开了，闯进来四个男学生，也不开口说话，揪住沃克就打。沃克没有反抗，没有还手。我和小莫阻挡，被粗暴推开。小莫的头咚的一声撞在书架上，我的暖水瓶不知被哪个家伙踢碎了。

八

沃克毕竟是留学生，他们不敢过分放肆。所谓"教训教训"，不过是推过来搡过去，一拳一脚而已。其中一个极为可恨，打了沃克一记耳光。

他们离开我们的宿舍时，小莫大声谴责："你们怎么能殴打留学生？！"

为首的一个答道："叫他明白他是在中国。"

我说："你们踢碎了我的暖瓶，得赔我。"

那家伙冷笑道："就算你为我们的革命行动贡献了吧！"他们扬长而去。

沃克捂着脸在自己床上坐下，许久才喃喃地说："真想不到，在中国，我被中国人打了。如果我的老母亲知道了这件事，不知会怎么想。"

小莫说："沃克，你应该通过瑞典使馆向那几个家伙提出严正抗议！"

沃克摇摇头，说："不，我不会那么做的。瑞典是第一个和中国建交的西方国家，在我记忆中，瑞典政府从来没有向中国政府提出过任何形式的抗议。我不愿因为我自己，使两个国家之间的友好关系受到丝毫影响。"

我说："沃克，你回国吧！目前你在中国能学到什么呢？世界这么大，你又何必到中国留学呢？"

沃克沉默许久，又摇头，低声说："不，我不回国。也许他们以为我会害怕了，回国去。可是只要我还没被宣布为'不受欢迎的人'，我就要在中国呆下去，亲眼看到你们这一场'文化大革命'最终将导致中国发生什么局面！"小莫揉着头，无比歉疚地说："沃克，真对不起你，我们没有能力保护你。"

沃克望着他，苦笑了一下，说："你们每一个中国人也没有能力保护你们自己呀，不是吗？"小莫无言。我说："是的。"沃克说："这真可悲。"我果然又遭到了"算计"。而事件凑成之情节，犹如小说家的巧妙构思。先是，半年前，弟弟给我汇来了二十元钱。隔日，我要到邮局取钱，却找不到汇款单了。我在宿舍楼各楼口贴了"寻物启事"，两日后也无人送回。便到系里开了一张证明信，证明我汇单已丢，将二十元钱取了回来。

几天前，我又到杂技学馆去体验生活。一天傍晚，接到V从学校打来的电话，告知我弟弟又给我汇钱来了。正缺钱花，便匆匆赶回学校，拿到了汇单。邮局已经下班，只好将汇单带回杂技学馆。

第二天，和我一同在杂技学馆体验生活的C，有事要回学校，我就将汇单交给她，委托她代取。她回到学馆，快晚上十一点了。我已躺下，在看书。她敲门，我给她开了门。她不进，站在门外对我说："明天上午，系工宣队庄师傅叫你回校一次。"我问："什么事？"她一笑："不知道。"我觉出她那一笑颇不善，但又想不出自己近来有什么失谨的言行足可被人"整治"，也就随她笑得不善，又问："我的汇款单替我取出来了么？"回答："E老师替你取。"E老师是我们专业上一届的留校生，我们的"教导员老师"。负责抓政治思想工作的。因此而怪，不免再问："怎么E老师替我去取？"

C又那么令人莫测高深地一笑，其意味更加不善，慢悠悠地答："我没工夫。"一双眼中，放射出两股冷气，逼得我从脸到心一阵发寒。复躺下后，总觉C那笑，那话，那目光，包含着什么幸灾乐祸，不再能看下书去，苦思苦索，终不悟其所以然。辗转反侧，难以安睡。翌日，满腹狐疑回到学校，E老师和工宣队庄师傅在工宣队办公室联袂"召见"了我。E老师随口问了几句在杂技学馆深入生活的情况后，话锋突然一转："你最近丢什么东西了么？"我回答："前几天将书包在48路公共汽车上丢了。"又问："除了书包，还丢什么了？"

我一贯地丢三忘四，想不明白为什么问我这个，还以为他们要发慈悲，补助我点钱呢！便答道："除了书包再没丢什么。书包里有十几元钱，不过我弟弟又给我汇钱来了。""这是这张汇款单吗？"E老师拉开抽屉，将那张汇款单取出，朝桌子上一丢。我说："是啊，您没替我取出来啊？"

E老师脸色顿变，厉色道："你好好看看。"我拿起那张汇款单"好好"看，写得一清二楚，是弟弟汇给我的没错，问："怎么啦？""你看看邮戳！"我就翻过来看邮戳，一时不免大为尴尬，讷讷地说："这是我半年前丢的那张汇款单呀，从哪儿出来的呢？""这正是我们要向你提出的问题！"一直正襟危坐的庄师傅，朝我瞪起了眼睛。我说："这得去问V呀，是他打电话叫我回来取的，那么他一定知道这张汇单是谁从什么地方找到的。"

"V在宿舍，"E老师站起来说，"我这就去问。"E老师走出去后，那位工宣队领导一边吸烟，一边目不转睛地瞧着我。许多人在讯问别人时，都会自觉或不自觉地装出捷尔任斯基的样子。这位工宣队领导也不例外。他大概自以为他那双肉眼泡投射出来的目光，也必定称得上"鹰一样的目光"。

一会儿E老师回来了，身后跟着V。不待E老师开口，V便冲我大声质问："我没有给你打过电话！你怎么无中生有呢？""你……没有给我打过电话？可我明明听出来是你的声音啊！""你胡说！岂有此理！"他仿佛被牵扯进了什么极不光彩的事件之中，做了"严正声明"后，愤愤离去。

见他那种仿佛受了奇耻大辱的样子，我真怀疑自己从电话里听错了声音，低声说："让我再想想，也可能是别人给我打的电话……"E老师说："你不必想了。我问过咱们专业所有的同学，谁都没有给你打过电话。"我意识到问题很严重了——我企图用一张作废的汇单，再从邮局骗取二十元钱，且让别人代取，嫁祸于人之心，昭然若揭也。庄师傅说："坦白交待吧，这张汇单你为什么保留至今？"这句话的意思就等于是说——你半年前伪装丢失了汇单，从学校开出证明取了款，而将汇单保留至今——是有"蓄谋"的。"我？！……我将汇单保留至今？！"我拍案而起。"你坐下！难道是别人替你保留至今的吗？！"工宣队领导者也拍案而起。

E老师说："这件事明摆着，性质是严重的，证明你的品质、手段也是恶劣的。你要抵赖是不行的。只有端正态度，老老实实承认错误。否则，你是不能带着这样一个没有交待清楚的问题毕业的！"

我说："你们想一想，一个头脑正常的人，会办这种蠢事吗？二十元啊！不是二百、二千，值得我从半年前就处心积虑，制造假象吗？'难道我不知有人正希望我毕不了业吗？"E老师说："你不要将问题扯到别人身上去，这对你自己没什么好处！"

那位系工宣队副队长说："你的态度很坏，我们今天就谈到这吧！你回去想想，还是诚实点，别拖到毕业分配时处理！那样对你更不利！"

我简直发懵了。弄不明白他为什么希望"莫须有"的事成为事实。

更不明白他何以会因此而内心里产生了某种快感似的。我说："我什么也不会交待的，随你们的便吧！"说罢，起身便走。回到宿舍里，小莫见我脸色不对，问我发生了什么事。我将事情前后对小莫述说了一遍。小莫追问："到底是不是V给你打的电话？"我说："是。可他否认。"沃克连声说："这太无耻了！这太无耻了！……"小莫沉思了一会儿，说："我问你一句朋友之间的话，你可别多心。"我说："问吧。"小莫说："你真希望分配到北京去吗？"

我说："见他妈的鬼吧！我只希望能让我平平静静地度过这最后一个多学期！我家有老母病兄，我想回哈尔滨。回不了哈尔滨，能让我回兵团也罢！"

小莫说："那就好办了。我代你找V去谈判！告诉他，他可以想方设法进北京，但不要和你竞争，更不要陷害你达到目的！"

似乎也只有这条路可走。我点点头，表示同意。沃克却说："这太软了，这太软弱了！我看让我找几个留学生狠狠揍他一顿才对！既然你们中学生可以在工宣队的唆使下蛮不讲理地揍我，我也可以串联几个留学生揍一顿！"

我说："沃克，你要敢这样，你就不是我的朋友！"……

小莫的"谈判"以失败告终。

V将此事亦向工宣队汇报了。

于是我"莫须有"的"错误"更加"属实"，情节更为"恶劣"。

小莫懊悔不已。

我婉言相劝。

我忽又想起，那一天除了V给我打电话，还有一个人也在电话中对嘻哈哈了一阵。这个人是谁呢？

我怎么也想不起来。

沃克仍想串联几个留学生揍V。我和小莫极为严厉地向他提出警告，他底打消了念头。

好事无人知，丑事有人传，此话真不假。中文系许多学生，都渐知创作专业的梁晓声"出事"了。于是有人因此而莫名其妙地觉着高兴。虽然我与他们并无利害冲突，亦无什么不快的瓜葛。自己没什么值得高兴的事的某些人，见别人"出事"了，可不是会觉着也够高兴的么！实乃中国人的心理遗传。

　　我走在校园里，出现在图书馆或食堂里，便不免招致某些人看一个"出事"了的人的特殊目光。沃克和小莫怕我觉着不自在，常有意一左一右陪着我。我也确实觉着大不自在。C和V们，当然挺高兴的。因为这正是他们预期的"舆论效果"。

　　在给工宣队打的"证言"中，C写道："某月某日，事发前，我与梁同返杂技学馆。途中我寄信，梁站在邮局内的'汇款领款常识'前，看了许久——可见其犯错误前是有缜密准备的。"

　　确有其事。我承认了。她寄信，我没事，就看那东西。"梁在将汇单交付我时，犹豫了一阵——这是其犯错误前矛盾心理的反应。"

　　我也承认了。确实犹豫一阵——因我本不愿劳她代办任何一件小事。

　　"当我对梁说'E老师替你取'时，梁的脸色顿时苍白，呆呆地半天说不出话来——这是他预感到事情将要败露时的紧张心理的反应……"

　　这就有点不实事求是了。

　　但她觉着我当时就是那样的，我也无法。

　　V的"证言"简单些，只有两条，但有分量：一、我根本没给梁打过电话，叫他回学校取汇单；二、莫替梁与我"谈判"，企图说服我承认给梁打过电话。

作废了的汇单压在工宣队那儿。人证物证俱全，只待我低头认罪了。

我离开学校，"逃亡"杂技学馆。

大学里有工宣队。杂技学馆也有工宣队，是上海某纺纱厂的几位女工。学员们尽是十几岁的男孩女孩，整日被关在曾是汪精卫的一个小老婆的独院别墅里练功，其实阶级斗争、路线斗争、思想斗争与他们无关的。但几位纱厂女工却不这么认为。她们也时常地造出什么"新动向"、"新情况"，折磨孩子们，折磨杂技老师们，也折磨她们自己。仿佛不唯此不足以显示出她们存在的价值。孩子们在她们的授意下，也常常写几张"大人腔"的思考"路线斗争"或"思想斗争"的大字报，贴在练功房里。

我是北方人，爱吃辣酱。学馆的赵老师就经常从家中带点辣酱来送给我。赵老师是学馆负责人。但受工宣队领导。被女工宣队员领导更是不幸。故而学馆内的"路线斗争"、"思想斗争"便集中体现在她和几位女工宣队员之间。她年近五十，身材高大，像马玉涛。她也是北方人。我们便认了"老乡"。她为人坦诚，性格耿直，我觉得她比几位严肃的女工宣队员可亲，愿意接近她。她是中国的第一代芭蕾舞演员，而且是苏联舞蹈家西诺夫培训过的。工宣队认为她是"文艺黑线"上的人物。我则觉得她不唯可亲，亦复可敬。我亲她近她。女工宣员们大不高兴。她们认为：一名"工农兵学员"，理应对工宣队员们亲而敬之，才对头；否则，就不对头。她们经常对C叽叽咕咕，说我"屁股坐歪"了。C是我在学馆体验生活时期的直接领导，非常乐于将学馆工宣队们对我的这类意见反映给学校工宣队。其实我的屁股是常和她们坐在一条板凳上的。她们还是不高兴，认为我"屁股虽然和她们坐在一条板凳上了"，可"思想是与赵老师合拍"的——也即"与旧文艺思想合拍"。我无法讨她们欢心，只好随她们不高兴去。她们不免常以冷脸对我。

有一次我问赵老师："她们怎么这样呐？"

赵老师："你别在意，只当她们是在更年期。"

我那时特傻，不知"更年期"为何意，因问："更年期是怎么回事啊？"

赵老师想了想，回答："女人到了不知把自己怎么办才好的年龄。"

我觉得身为女人真不幸。不但要和男人们一样受命运的摆布，还要受生育之苦，还要受"不知把自己怎么办才好的年龄"的捉弄。便对那几位女工宣队员格外同情起来。中文系图书馆有"文革"前的《妇女杂志》，我便特意回校一次，大量翻阅，选出几册载有"妇女到了更年期怎么办"一类文章的，借出来带到学馆，推荐给几位女工宣队员读。不料想她们甚为恼怒，以为我当面羞辱她们。其实我一向尊重妇女，而且确确实实一片好意。我尽办傻事。

著名戏剧家黄佐临先生小女黄小芹，在杂技学馆做钢琴伴奏老师，与我是同龄人。我们之间亦颇有话说。心是相通的。常背人一起咒咒"老妖婆"，觉得彼此都一吐为快。我们唯独不避赵老师。小芹是赵老师调来的人。赵老师与我交谈时，常流露出对佐临先生的敬仰。她将小芹调到学馆，颇费了一番周折。几位"不知把自己怎么办才好"的女工宣队员，当然自以为她们有非常充分的理由推断，一个"文艺黑线"上的人物，一个被"打翻在地"的"资产阶级戏剧艺术家"的女儿，再加上一个爱吃"文艺黑线"上的人物的辣酱，"屁股坐歪了"的工农兵学员凑在一起，所谈所论肯定都非"革命言论"无疑。

我从学校逃到学馆，连我给他们做了半年之久辅导员的孩子们也知道"大梁老师出事了"。C已将"舆论工作"做到家了，我真佩服她。被自己喜爱的孩子们用种种猜疑的眼光看待和不敬的态度对待，令我尤其不堪忍受。连赵老师和小芹也不知我究竟出了什么事，欲问而不便问。

我也没心思向她们解释。只好再逃。

上海郊区有个小镇叫朱家角。据说电影《枯木逢春》中的一些镜头，就是在那里拍的。我的一位上海知青朋友的外婆家住在那小镇上。他回上海探家时，曾带我到他的外婆家住过几日。我很喜欢那小镇。那里似乎是一个宁静的世界。老阿婆非常真诚地欢迎我再去做客，视我为他的亲外孙一样。

我从大上海逃避到小小的朱家角，着实过了几天清静日子。老阿婆说我瘦得叫人可怜，顿顿给我做好吃的。

一天，沃克竟找到了我住的地方，令我大出所料。我问："你怎么知道我住在这里？"

沃克回答："小莫告诉我的。"

我只告诉了小莫一个人我在什么地方，而且嘱咐他不要告诉别人。他告诉了沃克，我有些不悦。我不愿被任何一个人扰乱我在小小的朱家角所感受到的清静。这小镇上最主要的一条街，又深又窄。两旁尽是歪斜的木板阁楼。对门住着的女人们，常一边坐在自家门槛上摘菜，一边隔街拉话。姑娘们结伴从街上走过，木底拖鞋在石路上发出吧嗒吧嗒的响声，其声如梆，远远地传过来，又远远地消失了。给这小镇增添了一种独特的音韵。而老人们在敞开的窗口隔街对饮，那真是一幅妙趣横生的画。镇外还有一条河。河上有古老的石桥。河中有木船驶来驶往。就这些，对我已足够了。我喜爱上了这小镇。而最主要的是，这小镇的政治氛围较淡薄，不那么压迫人。没有男性工宣队。也没有"不知将自己怎么办才好"的女工宣队员。也许只有镇"革命委员会"那幢不大的二层楼里的人们，才像别的地方的某些人们一样，有兴趣去玩从中央到地方的那同一局政治桥牌。总之我是那么不愿离开朱家角，不愿回到上海，不愿回到杂技学馆，更不愿回到复旦去。我真希望就能在朱家角呆到毕业，随便他们将我分配到什么地方。还有那张汇单，也见鬼去吧！随便他们给我下个什么结论！

沃克看出我有些不高兴，说："小莫本不想告诉我你住在这里，是我逼问出来的。我不能不来见你一面。因为……我是来向你告别的。我……要回国了。以后，也许不会再到中国来了……"

我心中倏然对这位瑞典留学生产生了一种依依不舍的感情。同时也因为对他的冷淡而自责。

我问："你为什么突然要回国呢？"

他说："我把V揍了一顿。"

"你被宣布为'不受欢迎的人'了？""没那么严重。不过我对中国感到失望了。"

九

我不知再说什么好。

老阿婆见一位外国人来找我，显出极为忐忑不安的样子。在这个小镇上，谁家里来了一位外国人，可是件不寻常的事情。不寻常的事情往往也会被认为是不正常的事情。小镇上的

人们肯定都忌讳这一点的。我很理解老阿婆便告诉她，沃克是
我的外国同学，不会给她带来任何麻烦，见我一面就走，叫她
打消疑虑。

随后，我陪沃克来到一家小饭馆。落座后，我说："沃
克，我请你吃顿便饭吧。"沃克说："还是我请你，我比你有
钱。"拗他不过，让步。随便点几样菜，要了三瓶啤酒。沃克
先替我的杯里倒满了酒，接着往他自己的杯里也倒满了酒，之
后盯着我，问："告诉我，我们是朋友吗？"我也盯着他，庄
重地回答："当然是朋友。"沃克说："在中国，有一个中国
人承认我是他的朋友，我觉得自己不算白来中国留学一次。"

我说："不，沃克，你不只有我一个中国朋友。除了我，
还有小莫呢！除了我和小莫，复旦园里一定还有许多中国学生
把你当做朋友的。不过他们没有机会向你表示罢了。"沃克
说："谢谢你的话。"

我举杯，说："让我们像朋友那样干一杯吧！"沃克说：
"好，不但为了我们之间的友情，也让我们共同为一个中国姑
娘少遭厄运而干杯！"

我问："哪一个中国姑娘？"沃克说："就是你觉得你爱
上了的那个中国姑娘。"一阵忧郁笼罩在我心间。

沃克问："你现在还想着她吗？"我说："几乎天天都在
想着她。"我们的塑料杯无声地碰到了一起。沃克问："按照

你们中国的习惯，这一杯得一饮而尽是不是？"我说："是的。"于是我们眼睛注视着眼睛，一口气喝光了那杯啤酒。沃克用手背抹一下嘴，微微一笑，说："我曾经有一个愿望，想找一个中国姑娘做我的妻子。我们西方人都认为，东方女性温柔多情，而且对丈夫，对孩子，对家庭比西方女性有责任感……"他遗憾地摇摇头。

我说："中国的泼妇悍妇也是很可怕的《聊斋》里将她们比作枕旁夜叉，将那些不幸的丈夫比作床头系羊。"沃克说："我当然要找一个美好的中国姑娘做妻子啦！如果我再来中国，仍抱有这种愿望，你帮我寻找好吗？"我说："你趁早打消这种愿望吧，难道你不明白一个外国人与一个中国人结成夫妻是多么困难吗？"

沃克说："世上无难事，只要肯登攀。"他天真得可爱。我哑然一笑。刚吃罢饭，他就要往回赶。他说他已买妥了明天的飞机票。我一直送他到公共汽车站。他从兜里掏出一叠人民币，说："我来不及兑换了，带回国没用，你收下吧！不多，不到一百元。"我说："我们中国古人有句话——不轻受一文。"他说："你真怪。"

我说："我们中国古人还有句话——不敢忘一餐。沃克，你跑到郊区来向我告别，你请我吃了一顿饱饱的饭菜，我不会忘记的。如果你真还会到中国来，如果那时我的处境好些，我一定请你在最高级的饭店吃一顿中国大菜。"沃克十分认真地说："别忘了你还要替我寻找一位愿做我妻子的美好的中国姑娘。"

我也十分认真地说："只要那时我们的政策允许一个中国姑娘嫁给一位外国人，而且你保证不欺负她。"公共汽车来了，我们匆匆握了一下手，他便跳上了汽车。

汽车开出很远，我还看到沃克一支长长的胳膊从车窗伸出，向我不停招着。

我惆怅地在原地站了很久很久……我这"出事"了的工农兵学员，在朱家角生活了十来天后，心中渐感不安起来，总有种近乎"逃亡"的阴暗意识，时时地摆地着我。

我便告别了阿婆，鼓起勇气，回学校了。

回到学校的第二天，E老师把我叫到一个学生宿舍里，讯问我对自己的错误反省得怎么样了，还暗示我，工宣队认为，人证物证俱全，我拒不承认，也是可以定"案"的。那就不是我将被分配到何处的问题了，而是我有没有资格毕业的问题了。

V就住在这个宿舍里。我不知E老师为什么偏偏将我叫到这个宿舍。桌上有瓜子、果脯、软糖。毫无疑问都是V买的。他是我们专业带工资学员中工资最高的一个。每月七十多元。比我们有些老师的工资还高。除了我和E老师在宿舍里，V也在。他不离开，使我愤怒。按理说他是无权听我与E老师这番特殊内容的"谈话"的。可他却躺在床上一边吸烟一边看书，一副优哉游哉的样子。E老师不让他出去，也使我大为不解。

我老老实实告诉E老师，我这些天来根本没有进行过什么反省，到一个去处躲清静。"你当真不想要毕业证书啦？"E老师一边嗑瓜子，一边瞪着我问。我说："随你们他妈的便！"V腾地坐了起来质问我："你骂老师？""滚！你有什么权力质问我！"我指着他大声说，真想和他打一架。"你……"E老师脸气白了。就在这时，门开了，进来的是专业的于老师。他到安徽去"开门办学"，昨天刚回来。他见我们三个虎视眈眈的样子，奇怪地问我们在争吵什么。E老师就把我"犯错误"的事对他讲了一遍，还说："大梁的态度这么不好，是毕不了业的呀！"

于老师说："这事啊！那张汇单是我从阅览室一本《朝霞》中无意翻到的。我当时也没想到去细看邮戳，不知那是大梁半年前丢失的……"

V这时要往外走。

于老师叫住他说："哎，小V，我不是亲手把汇单交给你，让你打电话告诉大梁回学校取的吗？"

V不免狼狈起来，支支吾吾说不成话。

E老师不禁地转脸去看V。

V半天才憋出一句话："可我也没叫你拿着作废的汇单再

冒领啊！"

我气恨得浑身发抖。

这件事从此就算过去，不了了之。那位系工宣队副队长往后见了我，脸上也强作微笑了。

实事求是地说，V与C，在这件事上，并无"合谋"。他们各有各的想法，各干各的。千不该万不该，我不该让C代领汇款。如果换了别人，这事本不成其为事，最多埋怨我几句。C将这件事搞成一件事，当然没什么奇怪；对于某些人，能够有什么机会"整"别人一下，不"整"白不"整"。V不过是见C首先已将这事搞成了一件性质严重的事，顺水推舟，使其更为严重罢了。因为他是作梦都想进北京啊！自从我们上一届的毕业生中，就是对同学突然"袭击"，贴出"某某反动言论百例"的那个，进京后据说可能当教育部副部长，多少人都认为进京简直就等于跃龙门。

不久，复旦园内暗传，"四人帮"在北京被逮起来了。接着，马天水、王秀珍在北京交待问题一说被证实。

复旦园内人心扬沸。工宣队员们一个个如丧考妣。在发生于复旦园内的许多大大小小事件中"革命"得过分的某些人们，像偷了汉子被揭发的女人似的，都变得有了几分扭捏，有了几分羞臊，有了几分不自在，低眉顺眼起来，而做过恶的，受到的心理冲击是太突然也太大了，未免惶惶然不可终日。

复旦大学与上海交大的学生，率各大学之先，深夜冲出校园，会聚外滩。市革委楼前，万头攒动。

徐景贤肩披棉军大衣，出现在阳台上，朝下招手，高喊："革命的同学们，感谢你们的政治热情……"

他以为两校学生，是在以游行的方式，为"四人帮"及马天水、王秀珍之流向北京施加压力呢！

一片怒吼骤起："打倒徐景贤！"

上海市革命委员会副主任那潇洒的身姿明显地抖了一下，军大衣落在地上，像个皮影似的，晃进室内不复出现。两校学生的队伍，从市革委门前出发，几乎绕市游行十周。复旦学生归校，时间已过午夜。

我在游行队伍中发现了C，其情绪之昂奋，令我惊诧。围攻物理系女学生时的表现，大概也不过尔尔。健忘若此，真奇人也！我暗想，像她，总该转个弯子吧？却顺溜笔直地就从一条路线冲刺到另一条路线了！

中文系学生首先贴出一批揭发"四人帮"在复旦罪行与阴谋的大字报。C一手拎浆糊桶，一手持刷浆糊的笤帚，忙前忙后，颇不辞辛劳。……又过不久，毕业分配工作开始了。E老师动员我留校，我表示愿意服从分配。小莫暗中向我透露，动员我留校，是为了照顾V，将他分到北京去。因为他最怕被重新分回新疆去。而他留校是没指望的，老师们十之八九坚决反对。我便找E老师，告诉他，我宁肯回北大荒，也不留校。E老师问我何以变卦。我说："你心里明白！"那一天我卖了手表买的那件"三合一"的裤子晒在外边丢掉了。我只有两条裤子，丢的是体面的一条。V就拿着一条新裤子来送给我。我说："我穿着短裤毕业，也不会接受你给我的裤子。"他说：

"我女朋友在北京，求求你。"我说："把你的裤子拿走，否则我从窗口扔出去。"他不拿走。我便当着他的面从窗口扔出去了。那条裤子悠悠地飘过了院墙，飘落在马路中间。一辆卡车驶过，车轮又将它卷入了路旁的水沟。V尴尬地呆了一会儿，又说："我错了……"我朝房门一指："出去！"V不得不离开了。小莫走进来，问："那小子来干什么？"我沉思许久，低声说："小莫，要不我就成全了他吧？他女朋友在北京……得理让三分才对是不是。"

小莫说："狗屁！他女朋友是北大哲学系的，与我们同届，半年前就与他彻底断绝关系了！全专业哪个同学不知道？E老师也是明明知道的！……"

我说："就算这样吧！反正我也不是北京人，北京对我并没什么吸引力。他刚才对我承认他错了……"

小莫说："好，好，好，你是君子，你多好啊！可生活中的坏人，就是让你们这些人给他妈的惯的！你成全他吧，也成全你那颗自以为善良的心吧！老子从此和你绝交！……"掼门而去。

我又想了很久，决定报复一次。

那是我平生第一次报复人。

直到如今，我仍每每回想此事，不知自己当初对抑或错，得不出个结论。其实我并不算报复了V，我只不过是不肯原谅他对我的伤害，在完全可以成全他的情况下没有使他如愿以偿而已。这么想，似乎也就宽宥了自己。但进而一想，若我当初成全了他，说不定他分到北京之后，尚可能与其女友重归于好，结成伉俪，夫敬妇爱，一生幸福。爱是一种机缘，谁错过了则可能铸成千古恨。断送了别人爱的机缘，毕竟是有几分可恶的事。而且也太小人气。这么想，又觉得自己当初很不应该。

临毕业更近了。每晚，在校园里谈心的人大大多起来。分离使人与人之间都变得友善起来。

C抓紧在校的最后时间开始谈情说爱。没什么政治的事儿可做了，对一个二十七八的，其貌不扬的，毫无女性魅力的大姑娘来说，赶紧抓住一个可以做丈夫的男人，就"悠悠万事，唯此为大"了。

每晚有比我们低一届的一个部队学生陪着她，与比我们高一届的一个留校生在校园里兜圈子。据说那部队女学生是"红娘"。逢熟人"红娘"便"此地无银三百两"地解释"我们谈工作"。

我在校园里碰见过他们几次。C总是将脸扭向别处，装未见我。

我知这不是害羞。害羞的本能使女性可爱。在这一点上C挺不幸的。她避我另有缘故。她曾向我们专业一个比她小两岁的同学求爱。而对方又爱着新闻系一位女同学。她明知却又"锲而不舍"。结果还是竹篮打水一场空。按理说作罢算了。她不。她以创作专业支部副书记名义，到哲学系去"调查"人家的"不正常关系"。从法律的角度讲，这属于"刺探"别人的隐私，非法活动。假专业党支部名义而行之，更是做得太过分了。她还不作罢。还要在专业的各种会上大讲特讲"上大学时期谈情说爱，对不起送我们上大学的人民"一类话……那位新闻系的女同学有次当众大骂了她一通，于是她的所作所为彻底败露。女人天生是女人的对手。那一次她真是大现其眼。有这个前因，她碰到我自然要将脸扭向别处。这绝不是害羞。套用句京剧道白，是——"叫奴的脸儿往哪搁？"不过我倒因此同情她则个了。那也算正经地该恋爱么？跟着个女"陪同"，像跟着个寸步不离的女保镖似的。碰上熟人还要来一句："我们谈工作。"仿佛三个中央委员在一起似的，真真大煞风景！也太没诗意。没半点诗意，那爱还值得一谈么？天可怜见的！

有人也邀我谈心，是专业的一个部队学员。我对他一向极好。除了小莫，视他为第二知己。他年龄比我小3岁，我拿他当弟弟对待。

我们从宿舍楼走至校门口，在毛主席塑像背后站住了。他忽然说："大梁，有件事我对你挺内疚。"

"你？……什么事？……"我诧然。

他说："你肯定已知道，装不知道。"

我说："真的什么也不知道。"

他说："V给你打电话，我在场。我还接过电话与你开了几句玩笑，你怎么能没听出？……"原来如此！我始终想不起那个"第三者"，竟是我这位"第二知己"！我又怎么能想到是他？几次电话里那声音使我想到了是他，我都将他从苦苦的追忆中排除了。我连问都不曾问过他。

"那你当时为什么不作证？"我觉得他变得那样陌生。

在毛主席塑像的阴影里，他脸上浮现出一种令我感到吃惊的纯粹概念化的笑。

他说："你了解的，我这个人，不愿与任何人发生矛盾。我的处世原则是，多一事不如少一事。我不愿卷到什么矛盾之中。所以……所以我要向你当面解释一下……"

我呆呆地看了他片刻，猛转身撇下他走了。直到毕业离校，我再没跟他说过一句话。

他给我留下的最后印象不是可恨，而是实实在在的可怕……

毕业证书领了。火车票也订了。再过三天，我就要离开上海了。却总觉得有什么萦绕着我的心。仿佛我人离开了，心也会留下一半似的。我竟弄不明白自己何以会产生这样的失落魄魂般的情愫。不明白究竟是什么萦绕着我的心。第二天，有人喊我接电话。

我抓起话筒问："谁？"暗想没什么人会给我打电话的。"我……"一个姑娘的声音，低低的，语调柔婉。那一时刻我觉得自己定住了。不能动，也不能发音。我听出她是谁了。我明白究竟是什么萦绕着我的心了。我明白我那种失魂落魄般的情愫究竟因何而产生了。我明白某种感情一旦作用于我的心灵，我会变成怎样的一个人了。"你怎么不说话？……"那低低的，柔婉的声音又问。"你在哪儿？"我用颤抖的语调反问。"在校门口。""我去接你！"我一放下电话，就飞快地朝校门口跑去。跑到校门口，并未发现她。我旋转着身子寻找她。"往哪儿看？"她却突然出现在我面前，笑吟吟地望着我。她穿一件白色短袖衫，一条浅咖啡色裙子，显得那么清秀淡雅。她心情分明很好，脸上神采照人。难怪我看见了她，也未敢上前认她。我笑了。她说："我父亲病了，我陪父亲回上海来看病。"我关心地问：

"病得重吗？"她说："是大学里过去的一些老教授们想念他了，找借口把他接回来的。"我说："我见过你父亲了。"她奇怪地眨着眼睛问："在哪儿？"我说："在火车站，你们父女离开上海那一天。""你到底去火车站了？"她收敛了笑容。我点了点头。"那你为什么不露面？""怕你不高兴见到我。""你……"她注视着我，摇摇头，"真傻啊！"有人注意我们。我说："走吧，到我们宿舍去坐一会儿。"我带着她来到宿舍，将她介绍给小莫。小莫打量了她一番，对我说："是像橄榄。"沃克将我对他说过的话告诉了小莫，小莫就常拿那句话开我的玩笑。小莫借故走出。我们面对面坐在桌子两旁。她说："你的同学为什么说我像橄榄？"我脸红了，说："是么？我没听见啊！"她沉默了一会儿，低下头去，说："知道你快离校了，来看看你。"我说："我分到北京了。"她抬起头来，深深地看了我一眼，复低下头去，又沉默起来。我说："我本是可以留校的。"她渐渐抬起头，问："你不愿留校？"我说："谈不上愿意或不愿意。北京上海对我反正都一样。因为我将来总归是要回到哈尔滨去的。我有一个身体很不好的老母亲，有一个患精神病的哥哥，家庭需要我。"她轻轻叹息了一声，再次低下头去。

她的双手像幼儿园里等待阿姨给剪指甲的小女孩那么规规矩矩地平放在桌上。而她低着的头却扭向一旁。似乎永不会再抬起，永不会再看我一眼。

我站起来，走到她身旁，握住了她的双手。她没有抽回她的手，有半分钟的时间，她保持着原来的姿势，一动未动。她坐在那里仿佛是一个石头人。她的双手在颤抖。也许是我的双手在颤抖。忽然她将她的脸贴在我的手背上。我说："我爱你！"她说："不……"我不禁放开了她的双手，走到窗前去，背对她站着。她问："你生气了？"声音低低的。我转过身，盯着她的脸说："那么请原谅。"她说："我有老父，你有老母。我有侍奉我父亲的义务。你有孝子之心。我们虽然是在马路上偶然相识的，但我永远不会忘记你。因为你是第一个对我说'我爱你'这句话的人。今后南北相离，何必钟情呢？这是缘分，你我命定如此。"我怔怔地说不出话来。

她低下了头去，沉默着。我也沉默着。不知过了多久，她站起来说："我该走了。"朝我凄然一笑。见我还怔着，不说话，她转身向房门走去。"等等！"我叫了一声。她在门前站住了。我走到她跟前，将门锁落下了。"你……"她吃惊地瞪着我。我坚定地说："我要吻你一下。"她凝视着我，低声问："你吻过几个姑娘了？"我觉得，她的凝视是那么幽深。我说："在你之前，我没吻过任何一个姑娘。"她说："在你之前，我未被任何一个小伙子吻过。"她闭上了眼睛。我轻轻在她眉宇间吻了一下。她睁开眼睛，问："你吻过了？"我说："是的。"她说："我什么也没觉得。"我说："那我再来一遍……"有人敲门……第二天，我离开了上海。小莫去送我。还有三个同学：小杜、小刘、小周。我从车窗口探出身子，一边和他们说些告别的话，一边用目光在站台上的人群中寻找着。小莫说："你寻找她？"我突然发现了她，隐蔽在一根水泥柱后，呆呆地凝视着我。我要从窗口跳出来。列车开动了。小莫、小杜、小刘、小周对我喊了些什么，我一句也没听到。我的目光只望着那根水泥柱子，柱子后的她。上海，别了！别了，你这在新华路扫马路的姑娘！我们在新华路的人行道上相识。那时你手中拿着扫帚，我是一个"工农兵学员"。我们却在上海火车站相别！你隐蔽在水泥柱子后，就像我送你去浙江农村时隐蔽在候车室的一个角落一样。你有老父。我有老母。我有孝子之心。你也有孝女之心。今后南北相离，我们命定如此。我们没有缘分。你像一颗橄榄，我用我的心含着你。今后我将成为丈夫。但我不会忘记你。人人都有这点权利。

我又了解你多少呢？了解得那么少，那么少，那么少！我为什么竟爱你呢？我自己也不明白。永远也不想弄明白。列车向北、向北、向北……我望着车窗外，思考我这三年的大学生活。学到了识别人的一些经验和一些教训。如果这也是学问，三年还不算白过。

做过什么亏心事吗？做过的。"批邓"的时候贴过一张大字报。写过三篇"反小生产者"的短篇"小说"。没发表。写过一部"反文艺战线'走资派'"的长篇，没写完。如果不是粉碎了"四人帮",短篇也发表了,长篇也写完了。为了什么呢?为了获得。为了获得什么呢?为了获得我所憎恶的那种政治势力的青睐。憎恶是真的。想讨好也是真的。产生过愤起疾呼果敢抗争的类乎勇士精神的冲动,更多的时候唯恐祸及自身,以懦夫的可鄙的沉默维护着一点点可怜的人格。如果讨好成功呢?如果想获得的获得了呢?我会不会加入"另一类勇士"的行列,顺着政治的竹竿往上爬,越爬越起劲呢?

而我的毕业鉴定上却写着:"同'四人帮'做过斗争……"一条永恒的荣誉。

我忽然觉得,自己并不比V、C一类人正派多少。

我忽然觉得,自己仿佛和一个娼妓鬼混了三年。

真真假假,假假真真。真亦是假。假亦是直。只有对一位姑娘的爱,是不打什么折扣的。

也算是收获——我认识了我自己。

列车向北、向北、向北……我忽而又想到了沃克。如果他还在中国,我真愿将自己内心里最真实的一切一切都坦率地告诉他,让他真正了解一个中国人。

列车向北、向北、向北……我在心里对自己说:"梁晓声,梁晓声,你今后得多少变得好一些才行啊!……"

那年的北影制片厂

1978年元旦上午，我是在北京电影制片厂老编剧颜一烟家中度过的。那一年她60岁，我28岁。我是"兵团战士"时，在佳木斯兵团总司令部的招待所已与她接触过。我被总司令部宣传处的崔长勇干事（即我的小说《又是中秋》中的"老隋"）抽调到佳木斯修改一篇稿子；而颜一烟是为了编创北大荒军垦题材的电影剧本才住在总司令部招待所的。那一年我还没成为复旦大学的"工农兵学员"，自然，"四人帮"也还没被逮捕……

我于1974年成为复旦大学中文系的学生；"四人帮"1976年10月被"粉碎"；我于1977年9月毕业，统分到文化部，具体单位再由文化部决定。毕业生照例有半个月的探亲假，我在毕业前卖掉了手表，还清了借同学们的钱已所剩无几，又不愿写信让家里寄钱给我，所以就没回我的家乡哈尔滨，直接到北京报到来了。当时文化部还没组成"大学生分配工作办公室"，我只得在一名同连队的北京知青家里暂住了几日。再去文化部询问时，终于见到了一位即将接手分配工作的女同志。她说她已经知道我几天前就到文化部来过了；说我是第一名报到的大学生；说已经看过了我的档案；说有北京电影制片厂、实验话剧院、东方歌舞团、外文出版局等几个单位任我选择。还说根据我的档案情况，我也可以选择留在部里，先协助做些"清查"工作……

"四人帮"在"文革"时期大搞"清理阶级队伍"，被他们所重用的人丧尽天良，做尽坏事，反而个个以最革命的"革命派"自居；"十年河东，十年河西"，魁首们成为阶下囚，当年最革命的"革命派"们，必须交代清楚他们所干的那些坏事，必须有忏悔表现，争取宽恕。某些人的坏事是在背后干的，如通过写秘密信件的方式从政治上罗织罪名、陷害他人；或充当"四人帮"及其爪牙们的耳目，专门收集文艺界人士的言论，为"四人帮"及其爪牙们整人提供根据。这些人虚伪且阴险歹毒，他们为了邀功，每先抛出一些对"四人帮"不满的话语，诱发别人的同感。善良的人们，往往容易上他们的圈套。而一旦话从口出，必定祸事临头，结果悔之晚矣。其实，他们简直就可以说是一些特务。既然是特务，便不那么情愿自我坦白的，于是需要"清查"……

我想我被认为可以选择留在部里，与复旦大学给我作的毕业鉴定不无关系。其中一条鉴定语是和"四人帮"做过思想斗争。

事实上我又怎么可能和"四人帮"做过什么思想斗争呢？

只不过，我对"文革"年代，经常表达出几乎不计后果的厌恶而已。若不是老师们竭力加以保护，我的大学生活早已"夭折"……

但我不想留在文化部。我心在创作，从小又是那么的爱看电影，于是选择了北京电影制片厂……

也正是因为那一条鉴定语，北京电影制片厂文学部的领导们，竟一致对我这样一名"工农兵学员"表达了欢迎的态度。在当年，对"工农兵学员"的专业能力以及政治前身，各界人士是存在着很多疑点的。

从我1977年9月中旬入厂直到1978年元旦，北影的主要工作是继续"清查"以及"落实政策"、创造中国"新时期电影"的复苏条件。

颜一烟老师住在北京师范大学校园内，她是延安"鲁艺"的第一批学员，是中华人民共和国第一届"文联"大会代表；是电影《矿灯》的编剧；是当年的"文艺四级"，据说那是很高的文艺级别。因为几年前就在兵团总司令部的招待所里相互熟悉了；因为她的女儿也曾是"兵团战士"；因为她和崔干事关系极好，而崔干事视我如亲弟弟一般；因为北影厂的领导们说过"小梁是咱们自己人"——这样的说法在当年意味着政治思想立场上的莫大信任，故"老太太"（崔干事语）对我很是友善。她家当年只住两小间"筒子楼"的屋子，在楼道做饭，每间屋子十一二平米。她住一间，她女儿住一间。她女儿1978年已返京，但还没分配到正式工作。头一天，即1977年最后一天的晚上，她的女儿打电话跟我说——让我元旦上午到她家去玩。那时，我还没分到宿舍，临时住在招待所——某房间某一张床属于我……

颜一烟老师那一间屋子的墙上，相框里镶着两张长幅合影——一张是她和"鲁艺"一期学员的毕业合影；一张是她和第一届"文联"代表们的合影。她取下相框，戴上花镜，——指着照片上的人告诉我他（她）们是谁。皆为大名鼎鼎的文艺界人士，也皆风华正茂，然有些人已在十年浩劫中被迫害死了。我十分惊讶于经历了"文革"，她怎么还居然能保存下来那两张合影？她说"文革"刚一开始，她就将合影藏起来了……

北京电影制片厂是"文革"重灾单位，1978年上半年，"清查"工作和"平反"工作依然繁重。回忆起来，似乎每星期都有全厂大会、揭发会、控诉会，批判会；也有各部门的小型会，思想帮助会、"过关会"、情况和精神传达会等等。对每一件事每一个人重新做出政治结论，乃是需要反复核实的。北影厂的招待所里逐渐住满了人——有工作组的，有外调的，有上诉"平反"的。不但在"文革"中遭到伤害北京户口被注销的人从外地回来了，1957年被打成所谓"右派"的人也回来了。原属北影厂的住进了北影招待所，而文化部的两处招待所人满为患，非是北影的人士也托关系住进了北影招待所。给我留下深刻印象的是一位年近60岁的老舞蹈家，每日清晨或中午，在北影招待所小小的前厅那儿练功。兴之所至，跳俄罗斯"马刀舞"、西班牙"斗牛士舞"，矫健如青年。后来，他曾任中国舞蹈协会副主席……

我虽经历了"文革"，虽在"文革"时期从哈尔滨到了北大荒又从北大荒到了上海，自以为对"文革"十年是颇有发言权的，但对文艺界人士遭迫害之事，其实是所知甚少的。在北影，在1978年，我补上了一堂重要的政治课。那一年，在座无虚席的北影礼堂，唏嘘之泣每不绝于耳，而我也每听得热泪盈眶，心潮难平……

想来，如果江青非是领袖的夫人，或本身并非曾是文艺界人士，也许中国的文艺界所受到的危害会小些吧？

1978年，每一位著名的或较为著名的人物得以平反或昭雪，无论他们是政界的、军界的、教育界的还是文艺界文学出版界的，无论我以前就对他们知道一些还是直至他们被平反或昭雪才有所了解——我内心都会很激动。因为，又有一个人的冤情得以昭雪，意味着社会又多了一份良心。

1978年，我和许许多多的人都盼着邓小平替代华国锋重新主持中央工作。我至今不认为华国锋是一个可憎的人，但在毛主席死后，他还要坚持"两个凡是"却是令人感到异常费解的。

1978年，正是从1978年，我开始形成一种思想——中国再也不能没有民主了。

因为没有民主，政治家是很容易被宠坏的。

因为被宠坏的政治家，谁想使他不渐渐专制起来都是不可能的。

而等一个政治家渐渐专制起来并且终于成了专制偶像的时候人们再意识到民主的重要性，那么一个国家将付出极其惨重的代价。好比独生子女终于被宠坏了，他连父母都不当父母看了，还能指望他（她）什么呢？……

小街啊小街

一

其实，此文题并非初衷。我原本要起的，是"小街无语"或"小街断想"之类。然而，落笔现字，却觉意犹未涵。沉思默想，几经斟酌，仍难确定。于是，只有"啊"。

中国许多城市中的许多小街，早已先后在"城改"中名存实亡。城市旧貌换新颜，乃近二十年来的发展成就，造福祉于百姓，其好甚大。对那些简直就是贫民窟的小街的消失，若竟生什么凭吊似的感慨，除了说明文人的矫情，再并不能说明别的什么。

但我还是很有些感慨。若别人们认为便是凭吊，我也无言可辩。

有时想来，每个人的一生，可以由多个方面来划分阶段。比如年龄阶段；比如婚前婚后；比如从事这种工作以前从事那种工作以后等等。

然而我的人生，确切地说，我的城市人生，也可以由三条小街来划分的。其一曰安平街；其二曰光仁街；其三曰健安西路。

我的57年的生命，除了下乡六年，大学三年，在原北京电影制片厂院内的一幢老旧的筒子楼里住过的11年——总共20年，另外37年，只不过被三条小街全部占有了去。或换一种说法，被三条小街牢牢地拴住了。或再换一种说法，与三条小街发生着命里注定似的人生关系。

人生竟也是如此简单的一种加法。

我心难免因而愀然。

"啊"，主要是由此而发的。

先说安平街——它是半个多世纪以前的哈尔滨市边角地带的一条小街。岁月催人老。我竟讲起半个多世纪以前的事了，且是自己的人生的一部分，不由得不感慨。

在半个多世纪以前，在哈尔滨市的那一处边角地带，数条小街曾以"非"字形存在。一条纵的有缓坡的较宽的土路，将分别叫安平街、安心街、安宝街、安国街、安顺街、安达街等六条小街排列两旁。我已经记不清那一条土路叫什么路了。更无法确切地说出安平街是它的六小"横"中的哪一"横"。

安平街长约五六百步。街路自然也是土路。在当年的哈尔滨市的边角地带，几乎一切的街路全都是土路。安平街宽约三十余步。无论与南方某些城市里的小街相比，还是与哈尔滨中心区的某些小街相比，它实在算得上是一条够宽的小街了。这乃因为，居住在那一带的哈尔滨市的先民，其实没几户是中国人家。十之八九是前苏联"十月革命"之后流亡中国的老俄国的侨民。被红色政权所不容的那样一些老俄国人。前苏联的电影《列宁在十月》中，有一段列宁和他的贴身卫士瓦西里的对话是这样的——

瓦西里：我们起初想把那些地主富农全都杀掉……

列宁：唔？……

瓦西里继续读他的农村老乡写给他的信：但我们又一想，那样做太不人道了。我们革命者是应该讲人道的。所以我们将他们赶跑了……列宁：唔？赶到哪里去了？瓦西里：我们将他们一直押到边境，赶到别的国家去了……列宁：对！这样做很对。这一封信写得很好啊。很有水平啊！……列宁所称赞的，并不是将自己国家的地主富农赶到别的国家去了有多么的对多么的好，而是竟没有采取一了百了彻底消灭的方式"把那些地主富农全都杀掉"。

而那"别的国家"，主要便是中国。

老俄国的某些贵族们，在"十月革命"之风声鹤唳之前，便有不少逃亡到了哈尔滨。他们从国内所带出的金银财宝，足以使他们在当年的哈尔滨继续过着富有的准贵族的生活。在哈尔滨市的道里、道外、南岗三大中心市区，他们兴建楼宅，投资商场，依旧活得来劲儿。道里区的所谓"外国头道街"至"十二道街"，亦即现在成为步行街的"中央大街"及两旁的街道上一幢挨一幢的美观的俄式建筑风格的楼房里，所居住的便是他们。至于从老俄国逃亡出来的一些小地主和富农，他们挤不进本国逃亡出来的贵族们在哈尔滨市占领了的地盘，便只有在城市边角地带重建家园。我想，有些事，他们肯定是共同出资，比较齐心协力地来做的。否则，当年遗留下来的那些街路，断不会那么的宽，那么的直，那么的平坦。那起初显然是经过压道机反复碾压过的一些沙土混合而成的街路。路面两旁有排水沟。沟宽约一米，其上铺木板。下雨天，人若怕弄脏了鞋，是可以走在排水沟的木板上的。就像走在人行道上。如果谁穿的是后跟钉了铁钉的皮鞋或靴子，走在其上，木板也会发出空洞造成的声音。挺好听。在两道排水沟的内侧，无一例外地是围在各式各样的窗前的大小花园。俄国人，现在又应该这么称呼他们了——他们对于家宅的窗，是很讲究的。每一扇都具有审美的特征。尤其早晨，当一扇扇美观的护窗板对开以后，仿佛一册册装帧美观的书翻开了。俄国人也是喜欢花的，有些花，比如被哈尔滨人叫作"扫帚梅"的一种其茎能长到一人多高的好看的花，据说就是由他们将花籽带到哈尔滨的。

　　"扫帚梅"开有红、白、粉三色，是一种根本无须侍弄的花。只要哪一年在哪一处地方曾生长出几株，那么来年那地方准会开出一片来。它是一种哈尔滨人特别熟悉也特别喜欢的花。

　　当年那些俄国人的家都是独门独院的。有的院子大到如同小学校的操场。依我想来，那些俄国人家大约是逃亡出来的地主吧？他们的院子里甚至有马棚，有漂亮的带顶罩的俄式马车和高大的洋马匹。而那些院子较小住宅也较小的人家，则大约是从老俄国逃亡出来的富农。富农之所以是农也富，几乎全靠了比贫农多一些土地。大抵，他们仅富在农业产品的秋后拥有方面。一旦离开了曾属于他们的土地，他们往往也就不再富了。富农这一概念和富人的概念是很不同的。估计他们当年没有多少钱财能从老俄国带出来。老卢布作废了。他们当年确有些钱也都成了废纸。所以他们当年不能在哈尔滨过上食积服蓄而又高枕无忧的日子。他们必须为他们的生活做些事情。然而他们是农民出身的人，不会什么可以依赖着挣钱的手艺和技能。于是他们在不甚大的院子里养奶牛、奶羊，或养兔和鹅。在老俄国爆发"十月革命"的前后，当年中国哈尔滨市的那一地带，基本上是他们那样一些逃亡到中国的俄国人的居住地，或曰避难所。哈尔滨市的那一地带的人居状态，实际上是一种俄罗斯的乡村情形。

　　借助于前苏联的出兵，黑龙江省在1947年就已经"光复"

了，比全中国的解放提前两年。黑龙江省"光复"之前，一批俄国人又仓皇地继续逃亡到外蒙去了。"光复"后，在前苏联的要求之下，也有一批被遣送回他们本国去了。那时，才有些中国人家开始定居在那一地带。许许多多带大小院子的俄式房屋由他们的主人贱卖，或由哈尔滨市的有关官员监督着进行公开的拍卖。当年买一处独门独院的不十分大却也绝不算小的俄式住房，那价格真是便宜到了今天的中国人难以想象的程度。这是一个千载难逢的好机会。在当年，闯关东的人家，借钱也要买下一处家园了啊。机不可失，失不再来啊。一户人家买不起一处宅院，便几户人家合着将这买下来。原先认识不认识，已经变得不重要。便宜到什么程度才是下决心的前提。更有那富人家，趁机广置房产，租给终究还是买不起住房的穷人家。

及至我两三岁时，也就是1951年、1952年前后，哈尔滨市的那一地带，人家已经变得相当稠密了。从前一户俄国人住的院子，至少已经住着两三户中国人家了。有的房屋多的大院子，甚至住着十一二户人家。街名，也是在那一时期取定的。

两三岁的我开始记事了。我的家住在安平街十三号。那是一个长方形的大院，包括我家在内住着八九户闯关东来到哈尔滨的人家，皆山东各县的人家。整个院子是由一户人家买下的，邻居们都是租住户。我家住着院子最里边的一处小房屋，两间。大间十五六米，小间十一二米。还有一个五六米的护门小屋，哈尔滨人叫"门斗"。虽是俄式房屋，但毕竟相当老旧了。当年我家五口人：父亲，母亲，哥哥，我，和刚出生的三弟。

在我的记忆中，那是我家的一段相对幸福的日子。父亲才三十几岁，身体强壮；哥哥学习很好，特别懂事又特别有礼貌。母亲呢，她是那么的勤劳。征得了房东的同意，居然在自家屋后养了两口猪。

安平街上，依然有几户俄国人家住着。安平街上的俄国教堂，每天早晨依然会有大钟敲响。教堂的院子与我家所住的那个院子，仅仅由一道木板障子隔着。两个院子都是安平街上最大的院子。

在我的记忆中，每天早晨大钟敲响以前，先是远近雄鸡的啼鸣；大钟敲响以后，该听到一串串的俄语。或男人的声音，或女人的声音。那几户俄国人家，要趁早蹓蹓他们养的奶牛或奶羊。就像如今养宠物狗的人家蹓狗那样。他们的牛羊如果不每天走走，大约是会被圈出病来的。他们倒也比较懂得公德，带着撮子和铲子，会将牛羊粪干干净净地铲起来。如果他们不那样，街道组长便会找上门去，严肃地批评他们。街道组长的批评对于中国人家并不是一件值得不安的事。有时不服，与之顶撞的情况是经常发生的。但对于那几户俄国人，街道组长的批评是必须认真对待的事，他们往往显出诚惶诚恐的样子。总之样子肯定是那么一种样子。内心里如何，则就不得而知了。他们在中国住久了，听和说中国话，都已基本上不成问题。套用今天我们中国学生英语考级来比喻，

说他们都差不多具备四级汉语的听说水平，大概不算是夸张。

六点到六点半时，如果是夏天，如果那时我醒了，可以听到院子里的男女大人在互相打招呼。互相打招呼的男人，大抵又同时是在家门前漱口、洗脸。家家户户的门前都有一张简陋的长凳，或者有一块被砖石垫高的长木板。它的功用就是专为放脸盆全家人在外边洗脸的。夏天的晚上，一家人往往也会坐着它把脚都洗了……

七点到七点半之间，院子里和街上便会接连不断地响起自行车清脆的铃声——那是家家户户的男人们上班去了。哈尔滨市的这一地带当年没有工厂，男人们都要到别的区域去上班。当年公共交通路线也没有通到这一地带，自行车对于男人们是必不可少的。当年国产的自行车或许还没生产出来，他们骑的皆是二手的外国牌子的自行车。日本造、俄国造或德国造。那是外国人仓皇而去之前卖给中国人的，据说有时便宜到了和一件旧衣服的价格差不多。男人们很在乎他们的车铃响得清脆

不，那似乎意味着体现他们阳刚之气的一部分。

父亲们上班去了以后，院子里随之出现是学生了的孩子们的身影。他们在上学之前须将家里的尿盆倒了，那通常是他们的家庭义务。等他们也上学去了，女人们才终于有空从家里走出到院子里。街上的每个院子里自然都会有一处公共厕所。女人们一出家门，往往的，径直便向厕所走去。她们便在那时相互说些话，无非是"上班的打发走了吗？"或"全家都吃过吗？"——倘厕所里有人，两个女人便会在厕所外继续说话。厕所里的人一出来，两个等着的女人之间还会互相礼让一番……

"你先。你家有老人。"

"你先嘛，你家不是活多嘛！"

如今回忆起来，那情形是很好笑的。

而几分钟以后，便有胖胖的俄国"玛达姆"推着小车逐院卖牛奶了。有时，卖牛奶的也会是一个漂亮的俄国姑娘。我们的母亲们，往往会一起逼着漂亮的俄国姑娘唱歌跳舞。都说，否则不买牛奶。那是她们的一乐。俄国姑娘只得唱和舞。而孩子们一听到歌声，便争先恐后跑出家门围着看。那是我们孩子最初的文娱欣赏。

一个来小时以后，也就是上午九点钟左右，院子里也罢，街上也罢，归于平静。

那一种平静，是今天的城市里人所无法想象的，也是今天的城市里人所梦想奢望的。尤其街上，不但平静到没有任何声音，也会很长时间不见一个人影。

尽管人口密度已经大大地增加了，但相比于今天的城市，同样范围内的人口，那也还是少得多。

确乎的，当年哈尔滨市的那一地带，虽然属于城市的一个地带，但是却更像乡村。所谓都市里的乡村。中国都市里的俄国特征显然的乡村。

如今我一回忆起安平街，似乎还能闻到那一条小街的气息——家家户户临街的窗前那些小花园里各种花粉的气息；从某些人家的板障子后边将丫杈探向街上的榆树的气息；俄国人住的院子里散发出来的料草的气息；牛粪羊粪那一种潮湿的中药般的气息；还有泥土本身的气息……

如果是在雨后，一切气息混合了，时浓时淡的，细细的嗅闻，竟有点儿甜似的。即使是住在安平街上的一个瞎子，仅凭那气息，也会知道自己是走在安平街上的。比之于其他几条安字头的街道，安平街是格外具有气息的一条街。因为一处东正教堂在这一条街上；因为这一条街上临街的花园多，几乎无窗没有花园；还因为这一条街上始终住着几户俄国人，他们也始终养着牛、羊和马……

我在安平街上度过的学龄前的童年时期，乃是我人生中最快乐的时期。家里的生活尽管清贫，但在那个年代，无论大人还是孩子，对生活质量的要求是极低极低的。这样的人类自然是容易快乐的。我的回忆使我至今相信——如果说人类的不快乐有三分之二是由于清贫所至，那么也许有三分之一恰恰是由于对享受式的生活太过奢望而自造自加的烦恼吧？

我上小学以后，安平街几乎可以说是迅速地变成了一条老朽的街。另外几条安字头的街，亦是如此。首先是因为人口密度迅猛增加，这儿那儿，自建的小屋满目皆是了。它们占据了街道，街道变窄了。花园的面积是可以私下里成交卖钱的，所以街两旁的小花园也几乎全都不见了。街道两侧排雨水的水沟，成了众多人家倾倒泔水甚至屎盆尿盆的地方。人口密度迅猛增加了，街上却还没有盖起一处公共厕所。变窄了的街路，每年都向沟里塌土，有些沟就被塌土填满了。一到雨季，街路整段整段地被雨水终日浸泡，变得泥泞不堪了。而那些俄式的房子，斯时存在于中国地面上的岁月，大抵都有四五十年那么长久了。它们又普遍是些铁皮顶板泥结构的房子，每年都需进行维修的。它们的主人变换成清贫的中国人以后，又大抵是维修不起的……

在我读小学五年级时，最后的几户俄国人也被遣送回国了。教堂归公了。公家也不知该如何利用它的房屋和院子，所以任房屋闲置着，院子荒芜着，教堂钟楼上的钟，就再也没被人敲响过……

我上小学六年级时，安平街上兴建一座铁丝厂。教堂被拆除了。我们那个大院里的人家全都成了动迁户，先后搬走了，最后仅剩我家和隔壁的陈大娘家了。

院子是没有了。

那厂房盖盖停停，三年还没有完工。我家和陈家的房子，被建筑工地的垃圾堆四面包围，连条通向街上的路都没有了。那几年的夏季雨多，工地上到处挖地基坑，变成了一个又一个大水坑。坑里的水无处排流，连我家和陈家的屋里都渗出一尺多深的水来了……

厂方原本是想节省两处房子，不动迁我家和陈家的。陈大娘的丈夫早已去世，只她和两个女儿一个儿子；而我父亲，当年已到四川工作去了。"把我们两家的家院搞成了这样，却还不打算动迁我们，这明明是欺负我们两家没有和他们进行理论的男子呀！"好性情的母亲终于忍无可忍，生气了。生气了的母亲，在一个月里，代表陈大娘家，找了三次市委……

二

光仁街是一条宽仅七步半的小街。是的。宽，仅七步半。而且，是以一个少年的步子来踱量的。倘它不叫"街"，叫什么什么胡同，那就不能算窄了。但它明明是叫一条街。我和母亲第一次出现在那条街上时，母亲站在街的中央，左右扭头望望，踟蹰不前地说："这条街，太窄了。"于是我就默默地迈步来量它，之后告诉母亲："七步半。"我的意思是——七步半呢，不窄了。但我却希望母亲并不那么觉得。我已经陪着母亲看过几处地方的房子了。显然，铁丝厂的人认为，如果给我们家这样一户动迁户安排了一处说得过去的房子，那他们就太吃亏了，也太让我家占便宜了。所以我们去看过的房子，不是紧挨着肮脏的街头厕所，就是由铁道线边上的一些临时工棚马马虎虎改造的。终于看中了一处房子，母亲又主动让给陈大娘家了。母亲这样做，我和哥哥也都是支持的。陈大娘对于我有如第二位母亲，我愿一辈子含辛茹苦的陈大娘晚年能住上较像样子的房子。然而我早已满腹怨言了。因为帮母亲拿这等大主意的本该是哥哥，可哥哥是中学里的学生干部，没时间，所以母亲只有每次拉上我给她作参谋。可我才是一名小学生，并不能实际地起到参谋的作用。在我看来，每一处住房都是我们全家应该立刻搬去住的，哪怕后窗对着厕所的门，哪怕一天要听无数次载货列车过往的噪音。因为我们的家早已不像是人家了，而更像一处被建筑垃圾包围着的两栖动物的穴。臭水淹了床脚，泡着炉壁，屋里搭着使人不至站在臭水里的踏板，我家的人可不很像水陆两生的动物嘛！我巴不得能早一天离开那样的穴。

然而母亲终究是一位母亲。肯定的，在她想来，那也许是她为全家选择一处住房的惟一一次机会，而且也将会是她这一辈子的最后一处家。她企图为我们全家人考虑得周到一些是理所当然的。

"儿子你看，那儿更窄了，街两边的人都开了窗可以隔街聊天了！"

母亲对光仁街表达着不中自己意愿的看法。

我反驳道："那又有什么不好？"

母亲又说："咱们从前的安平街多宽啊！"

我光火了，气不打一处来地抢白她："安平街是过咱们的吗？它再宽那也是从前！"

母亲瞪我一眼，不理我了，径自慢慢地往前走去，边走边左看右看的。分明的，街两旁低矮的东倒西歪的房屋，给她留下的是极其糟糕的印象。

然而光仁街十三号，却是一个不小的院子。院中的房子倒也齐整，起码不东倒西歪的。外墙都刷了白灰，窗框门框都刷了绿油。那样的房子，在我眼里，简直够得上美观了。

母亲脸上终于露出了满意的表情。

她问我："你觉得这个院子怎么样？"

我说："好！"

母亲却说："也有一点不好。比街面低不少呢！夏天，街上的雨水肯定会往院子里流的。"

我又生气地说："看都搬来好多家了，别人家都不担心，怎么就你担心！"母亲复瞪我一眼，又不理我了。说那个院子不小，是相对于光仁街而言的。比起我家在安平街住过的那个院子，那还是小多了。院中公有的空地，只有前者的五六分之一。三面是住房，一面是各家各户的煤棚。有两扇对开的院门，门旁是公厕。全院只剩一处空房子了——两间。大间十五米，小间八九米，带门斗，前后窗。母亲在空房子里时，一个女人走出家门，主动和母亲打招呼。她家也是安平街上动迁过来的，和母亲认识。她说："要是看中了，趁早搬过来吧，正好咱们两家成了住一个院子的近邻。"母亲说："当家的远在外省，我得和孩子们商议商议。"我立刻说："妈，我同意！"那女人笑道："真是你妈的好参谋！"母亲看我一眼，也不由得笑了，还抚摸了我的头一下……就这样，我家从安平街搬到了光仁街。那时已是九月。穷家易搬。厂方给出了一辆卡车，仅一车就搬了个一干二净。我们在新家过的"十一"。里间外间都搭了床，全家六口分两张床睡，我从没睡得那么宽绰。母亲的心情也从没那么好过，脸上经常浮现着满足的微笑。"十一"那一天，她还有极好的情绪率领她的四儿一女逛了一次动物园。两个月后，冬季来临了。那一年的冬季可真冷啊！正是备战的年份，据说好煤都由国家储存起来了，供给居民冬季取暖的只不过是煤粉。不好烧，炉膛里的火总是半燃半熄的，往往连一顿大碴子粥也不易煮熟。那一个冬季，母亲和我们几个孩子全都被冻感冒过。春节的日子里，轮到了我发高烧。然而那我也还是在三十儿那一天晚上将地板刷了一遍。不是刷油，是用刷子蘸肥皂水刷裸纹的地板。终于又住上有地板的房子了，干嘛不将它刷得清清洁洁的呢？发高烧又有什么呢？谁又没发过高烧呢？

尽管我们的新家冻手冻脚的，然而我们有珍藏的旧年画用图钉按在墙上；有母亲的巧手剪成的拉花悬在天花板上；所有的门两旁，还贴着哥哥用工整的毛笔字写的对联。初一邻居们相互拜年时，都夸我们的家里最有过春节的气氛。漫长的冬季总算挨过去了，母亲和我们对春天的到来显出异乎寻常的欢喜。五月份，大地一开始变得松软，我便向邻家借了一辆小推车，动员了两个弟弟，每天一放学就这里那里到处去发现黄土堆，挖掘了一小推车一小推车地往家里推。有时，要去到离家很远的地方。

七月，我小学毕业了。我和两个弟弟托出了百余块土坯，并且它们都已经晒得干干的了。八月是我小学阶段的最后一次暑假。在这个月份里，我为我家的两间屋子盘成了两铺火炕。炕面和炕墙糊了一层又一层的旧报纸。我是瓦匠的儿子，那些活对我并非难事。试烧了几天，烟路通畅。母亲见我们那么能干，一高兴，手就松了，居然舍得了两元多钱允许我买了一盒油漆。我极为节省地用光了一盒绿色的油漆，于是两铺炕成了绿色的。我在盘火炕时，不小心弄穿了一面墙的墙根。其实也不能怪我不小心。那墙它实在太是一面骗人眼睛的墙了。原来，那院子本是一个加工纸盒的街道小厂。开不下去了，就被铁丝厂收购了去。把全院的房子草草伪装了一番，用以应付动迁的人家。我家的房子是最后一套，干那种活的人们更是应付了事，仅仅用些草绳就马马虎虎编了一面墙，里外抹上泥，人眼又怎么看得穿呢？我怕母亲发现了真相，后悔搬到这个院子里来。趁母亲不在家里的半天，把那堵墙根推倒，用剩下的土坯重砌起来。等母亲回到家里，我已大功告成。

九月，父亲回来探家了。父亲对我们的新家也很满意。新邻居们的关系相处得特别友好，这令父亲对生活产生了满心怀的感激。他说："等我退休了，能在这个院子里养老，岂不是我前世修来的福吗？"他对我盘的两铺火炕，也予以了郑重其事的表扬。他为我家的前后窗都围起了小院子。我家的房子虽然在全院是最小的，却因为是最把头的一套，前后窗前都有理属我家的空地。母亲向街坊要了几种花，而我趁夜从一所疗养院的院子里盗挖了一株檞树苗。于是我家前窗外有花，后窗外有树，使邻居们大为羡慕。

我们这一家的小百姓生活，似乎已开始过出了几分诗意。对于我的理解，幸福的生活似乎并非梦想了。

但父亲临走时却大发了一顿脾气——他不同意哥哥考大学，要求哥哥找工作。可哥哥却一心渴望上大学，母亲暗中支持着哥哥。事情还惊动了校方，哥哥的班主任老师陪同一位副校长来到家里，批评了父亲一通。

父亲走的那一天，恰是哥哥大学考试的第一天。

哥哥谎说去找工作，没送父亲。

我代表全家将父亲送到了火车站。

父亲辩解似的对我说："爸开始老了，实在是没能力供一名大学生了啊！"

列车一开，我看到父亲眼中流下了泪……

我先收到了中学录取通知书；几天后哥哥收到了大学录取通知书；又过几天母亲被选为街道组长。

我家这一户新搬到光仁街上才一年的人家，因为母亲是街道组长，因为出了一名大学生，成了一户颇受尊敬的人家。对于哥哥考上大学，我一点儿都不奇怪。那是我预料之中的事。哥哥之善于学习，正如我之善于托坯盘火炕。但母亲居然被选成了街道组长，却是我怎么也想不到的事。在短短的一年里，她怎么就赢得了几十户人家的好感呢？我百思不得其解。

那些日子里，母亲脸上经常浮现着微笑。我看得出来，她特有成就感。

对于我来说，我家的幸福生活，到来得是未免太顺利了呀。

那一年的冬季我家里温暖如春。

那一年的春节我把家粉刷了一遍，四壁滚上了好看的花样。我把我们小小的温馨的家当成了一个王国。父亲远在外地，哥哥上大学去了。我就是国王。我可以随心所欲地对我们的家施行美化性的改造，母亲只偶尔地"垂帘听政"。倘我不向她伸手要钱，母亲从不反对我的任何主张。

当年秋末，哥哥被大学里护送回来了——他患了精神病。

从此我家的生活不再有丝毫的诗性可言，幸福一去不复返。父亲和母亲，也永远地失和了。我想，他们可能一直到死，都谁也没有真正地原谅了谁——父亲认为母亲支持哥哥考大学是绝对错误的；母亲则认为，哥哥得了精神病，纯粹是由于父亲施加给他的心理压力太大了……

弟弟妹妹们失去了欢乐……

我成了班级里学习成绩最差的学生……

又两年后，我为了替家里挣份钱，无怨无悔地报名下乡去了。依我想来，要治好哥哥的病，前提是得有钱。只有治好了哥哥的病，母亲脸上才会重现微笑；弟弟妹妹们才会重享欢乐；父母才会彼此和解；诗性才会回到我们的生活中来，幸福才会回到我们的生活中来……

我那时当然还不明白，精神病是无法根治的。

我下乡以后，从地理上讲，父亲离我是更遥远了。从心理上讲，我离父亲反倒像是更贴近了。因为我终于也和父亲一样，成了一个能够挣钱养家的人。而这正是我所梦寐以求的事情。

光仁街十三号，它成为我和父亲的共同的意识中枢。我和父亲每月各自将钱汇往这个地址。我们的目光，从东北边陲和西区的大山之间，共同关注着光仁街十三号——这个院子里有家啊！

我和父亲相见一面更难了。

父亲从四川回到哈尔滨市的光仁街十三号，竟往往需要六天；而我从北大荒回到光仁街十三号，一路顺利，不住店，那也得经历一个白天和一个夜晚。

我和父亲不容易在同一年的同一个月里请下探亲假。我和父亲见上一面特别的难了。

在我下乡的六年多里，光仁街一天比一天破落了。它的姊妹街光义街、光理街、光智街、光信街，也全都一天比一天破落了。因为那些街道，原本就不曾怎么的像过街道的样子。解放以前，那儿只不过有一处日本兵营、一处日本军妓馆，旁边是一幢日本军官们住的小二层楼。那么解放以前，中国的老百

姓谁敢在那儿安家呢？解放后才逐渐有老百姓建家院，从四面
八方迁住到那个被城市荒弃的地方。刚解放的老百姓，尽是一
穷二白的老百姓。当初自建的家院有多么简陋可想而知。那些
后来被文化人起了很文化的街名的街道，当初只不过是一种自
然形成的家与家户与户屋与屋院与院的距离而已……

　　我上大学那一年，途经哈尔滨，在家里住了两天。那两天
大雨中雨小雨接连不断，立体的光仁街笼罩在雨中；平面的光
仁街浸泡在水里，像一只不知被雨水从哪儿冲过来却又被什么
东西挂住了的破鞋子。

　　不少人家的房屋倒塌了。

　　我家也塌了一面墙。

　　我走时，我哭了……

　　"文革"后，两个弟弟一个妹妹成家了；父亲退休了；起
先住五六口人的家，东接出几米，西盖出几米，成了四个家庭
三代人共同拥有的一个阴暗潮湿的半地上半地下的窝。我自
然是经常想家的。然而，一旦批下了探亲假，我又往往会愁眉
不展。回到家里，可叫我睡哪儿呢？跟谁睡在一起呢？直到
1996年，所有那些"光"字头的街道，才由市政府整合了各方
面的资金，一举推平了。住在那一带的老百姓们，才终于熬出
头了……

三

我现在住在健安西路原中国儿童电影制片厂的宿舍楼里，是一幢1984年盖的楼，可以算是一幢旧楼了。

我曾在北京电影制片厂院内的一幢危楼里住了十一年。那原是一幢小办公楼。未经改造便分给了北影的一些员工，家家户户都没厨房，都在走廊里占据一小块地方做饭，共用公厕。我有幸在那一幢楼里分配到一间13平米的阴面房间。

儿子小学二年级时，也就是1988年10月中旬，我从北影调到童影，于是住进了1988年底还很新的单元楼房。其实，我主要是为了能使父母在有生之年享受享受住单元楼房的福气，才毅然决然地从北影调到童影的。

我对童影始终深怀感激。因为童影使我的愿望提前实现了，而且实现得比我的预期更加令我心满意足。事实证明我的决定完全正确——旧家具在新家里刚刚摆放稳定没几

天，父亲便接到我的信又来北京了。那一年我已虚岁四十。那一年父亲已是77岁的老人。那一年健安西路还是一条白天晚上总是寂静悄悄的小街。那一年童影门前的马路上过往车辆还很少；学知口那儿也没有立交桥；元大都土城墙遗址只不过是一道杂草丛生的土岗而已……

那一年的12月份，父亲在我的新家病逝。作为新中国的第

一代建筑工人，他终于在生命的最后五十几天里住上了楼房，尽管每一天都在单元楼房里忍受着癌症的疼痛。但他确确实实的是感到真是享了福了——一辈子从未享过的福。阳台，室内厕所，管道天然气，私家电话……一切使他觉得恍如置身梦境似的。

他曾对我说："如果我才六十几岁，也没生病，那多好啊！"

我第一次从我父亲的口中听到了一句非常留恋人生的话。

父亲那一句话令我大为怅然……

屈指算来，如今，我在健安路上已生活了十七个年头。

如今，元大都土城墙遗址已建成了海淀区最美的一处公园。虽然我一年三百六十几天里难得有几次去到公园里悠闲地散步，但一想到我是全北京住得离这一处公园最近的人之一，不由得不倍感幸运。隔窗而望，我能清楚地来数公园里一棵老杨树的叶片。十七个年头里，我眼见它一番夏绿秋黄，对它已是十分的稔熟，就像它是一位一天里见好几次面的老朋友。

前年的夏季，有天夜里，那老杨树被雷劈断了一权小盆头般粗壮的斜枝，仿佛一个人被砍断了一臂，让我看着替它伤心。我以为它受了那么严重的创伤，只怕以后活不了多久了。没想到，今夏它那一树肥大的叶片更加油绿。断枝被锯掉后，反而显得树形美观了。

在哈尔滨，路是比街大的一个概念。路，普遍地很长，较宽。而街，只要区别于胡同就算是了。比如光仁街那类街，人们并不会认为它不该叫街。

所以我总觉得，健安西路之谓路，实在是有些名不副实的。当我将它与长安街相比时，尤其觉得它作为"路"，未免太袖珍了。故凡是初来我家的人，我总是会在电话里这么解释："那只不过是一条小街。"

是的，健安西路，只不过是一条小街罢了。严格地说，又只能算是半条小街。因为它的另一端是被院落堵死了的。它的一边，依次是童影的一幢宿舍楼、北影的两幢宿舍楼和总参干休所的两幢宿舍楼。都是80年代初建成的。而它的另一边，自然便是著名的元大都土城墙遗址了。包括两边的人行道，此路宽约十四五米。

从电影学院和童影（现在是电影频道）门前那一条马路上拐入这一条小街，第一个小街的标识是一家饭店。它已易了几次主人。每易一次，改一次名。现在的店名是"咱家小吃"。它旁边是一家规模很小的洗浴中心。但起了一个特雅的名——"伊丽尔美容美发休闲中心"。既然叫作"伊丽尔"，也就只有谢绝男士入内了。我家刚搬到这条小街上住时，"伊丽尔"的原址便是类似的地方了，但那时叫"清水大澡堂"，曾是个吸引不少男人光顾的地方。不管叫作什么，我从没进入过。

对我这个人而言，最佳的休闲方式乃是关了电话，卧床看书。或美睡一大觉。倘不靠安眠药，后一种享受对我已不可能。然静静地躺在床上，闭目养神，我也很惬意。至于洗澡，除了开会住宾馆时，我一向只习惯于在家里。

在"伊丽尔"的旁边，是"禾谷园"，快餐店的一处分店；其旁是一家杂货铺；再旁是影协表演艺术学会办的培训学校；又旁是一家小餐馆；最左边是一家卖麻辣串和烧烤的小铺面……

所有那些商家的招牌首尾相连，组成一列，但总长也不过二十几米。表演艺术培训学校的招牌恰居其中，给人一种"鹤立鸡群"、"出类拔萃"似的印象；也给人一种艺术之神沦落风尘似的印象。在那些招牌的下面和店铺的门前，还有二三处卖水果卖菜蔬的摊床。

对我而言，它们便是家门口的"商业区"了。我的绝大部分日常商品需求，赖于它们的存在。除了"禾谷园"，它们的主人，多是靠小本生意来京谋生计的男女。而表演艺术培训学校的学生们是他们的"上帝"。倘若不然，仅靠我一家所在的小区的居民们的消费指数来支撑的话，大约皆会倒闭的。

而那些表演艺术培训学校的学生们，大抵是每年报考电影学院的落榜生。依我想来，培训学校是他们的临时收容所。他们无不希望经过培训，获得点儿经验，重振信心，来年再参与激烈的竞争。他们中某些男孩和女孩，也还算有几分姿色和帅气。这又使他们仿佛有那么几分准明星似的自我感觉。好像说不定哪一天，一旦时来运转，自己们便会是明星无疑了。他们中有些孩子，自然是女孩子，竟是拥有跑车的。那使她们在自我感觉方面更良好了。

每每的，看见那些孩子们，我便会庸人自扰一厢情愿地替他们也替他们的家长倍感忧郁。因为他们的文化水平，想来仅在初中的程度。万一将来当不成明星，长久的人生不知还能转向何业？但我内心里有时是对他们心存感激的。许多青春期的脸庞和身影出现和活动于某一小区，无疑的会使某小区"活力在线"——在视线。否则，我经常所见，将十之七八是老年人的寂寞脸庞和蹒跚身影……

我在"禾谷园"常与那些孩子隔案用餐。有时我还会看到他们的父母。那些外省市的父母们望着自己儿女们的目光充满爱意和希冀。天下父母之心的仁慈溢于言表，每使我大为感动。感动之余，自亦感慨多多。

我还经常在"禾谷园"发现电影频道的领导人士和员工们。我认识的后者较少，但身居领导层的人士，皆与我稔熟，也可以说皆与我有着友好的关系。

我们相互看见了，总是会端着盘子碗往一块儿凑。所谓同类相吸，边吃边聊，话题也总是离不开电影和电视。我从他们口中能获得不少关于电影和电视的最新信息。也常能从他们口中听到真知灼见和新颖观点。那时，我忍不住会说："等等，再说一遍。"

他们便笑我认真。如果说某些招牌是该小区的标识的话，那么有一个人物也是该小区的"标识"，便是在我家所住的那幢楼边上修自行车的人。我不知他多大年纪了。也许该有三十五六岁了吧？甚或，年龄还要大些也说不定的。他身材挺高，将近一米八，也挺壮，肩圆背厚的。据我所知，他还单身着。又据我所知，他的父亲是北影的一名老制景木工，早已去世了。他的母亲有没有工作我不清楚，但我听说她身体不怎么好。修自行车的人与母亲相依为命。修自行车是他养活自己和母亲的惟一收入。我曾问过他的收入情况，他说平均下来每月七八百元。又每笑道："还能勉强维持生活。"他的笑，绝非苦笑。他这个人，只要一和人说话，便笑。那么可以说他是一个很爱笑的男人。但我却从没见他苦笑过。他总是一个大男孩般天真而又无邪地笑。无论春夏秋冬，我从没见他穿过一件较像样子的衣服。没人修自行车时，他便安安静静地坐在一块石头上看小报。与对面的摊位相比，他所占的地盘更小。我家搬到健安路不久，他便是那两平方米不到的地盘的主人了。十几年来，他渐渐在我心目中形成了一种佛般的印象。北影厂家属区后门开在健安路上，每有"奔驰"、"宝马"一类名车驶来驶往。另一些人们的另一种生活，谁想装作浑然不知几乎是不可能的。

然而一切人生状况的巨大反差，似乎从来也没入过他的眼。他一向是那么的平静而又友善地看待周边的世相。天真而又无邪地笑对之，似乎便是"淡泊"二字的活的人体字形。是的，他常使我联想到"立地成佛"一词。我每欲得知他头脑里究竟有着怎样一种人生观。他既是一个人，我想，人生观必定也是有的吧？但我从来也没试探地问过他。他极敬我，每次看见我，都主动地微笑地打招呼。我想，他肯定并不知道，我对他所怀有的敬意，远超过于他对于我的。他那一种据地数尺，甘事小技，总是笑度日子的心里定力，着实的令我自愧弗如。对于我，健安西路仿佛是一部经书，天天翻开在我面前，天天给我以点点滴滴的人生思索和启发。对于我，那修自行车的人，仿佛是我的一位教父。他经常以他的存在暗示我——人其实无须向人生诉求得太多。理当满足仍不满足的人，那也许是上苍在折磨他们的欲望……比起来，我在健安路这一条小街上居住的年头最长久。十八年——只比我的人生的三分之一少一年。它也是我所住过的最像样子的一条小街。我相信，以后它的路面和人行道重铺一次的话，更会是一条闹中取静的体面小街了。那么，我即使在这一条小街上终老一生，也算是上苍眷顾于我了啊！我想，所谓人生，看得再通透些，似乎也是可以这样来理解的——人在特定时空里的几个阶段的剪辑。对于大多数人，也不过便是三五阶段而已。还是往多了说……

紧绷的小街

迄今，我在北京住过三处地方了。

第一处自然是从前的北京电影制片厂院内。自1977年始，我在这里住了12年筒子楼。往往一星期没出过北影大门，家、食堂、编导室办公楼，白天晚上数次往返于三点之间，像继续着大学生的校园生活。出了筒子楼半分钟就到食堂了，从食堂到办公室才五六分钟的路，比之于今天在上下班路上耗去两三个小时的人，上班那么近实在是一大福气了。

1988年底我调到了中国儿童电影制片厂，次年夏季搬到童影宿舍。这里有一条小街，小街的长度不会超过从北影的前门到后门，很窄，一侧是元大都的一段土城墙。当年城墙遗址杂草丛生，相当荒野。小街尽头是总参的某干休所，所谓"死胡同"，车辆不能通行。当年有车人家寥寥无几，"打的"也是一件挺奢侈的事，进出于小街的车辆除了出租车便是干休所的车了。小街上每见住在北影院内的老导演老演员们的身影，或步行，或骑自行车，或骑电动小三轮车，车后座上坐着他们的老伴儿。

他们一位位的名字在中国电影史上举足轻重，掷地有声。当年北影的后门刚刚改造不久，小街曾很幽静。

又一年，小街上有了摆摊的。渐渐，就形成了街市，几乎卖什么的都有了。别的地方难得一见的东西，在小街上也可以买到。我在小街买过野蜂窝，朋友说是人造的，用糖浆加糖精再加凝固剂灌在蜂窝形的模子里，做出的"野蜂窝"要多像有多像，过程极容易。我还买过一条一尺来长的蜥蜴，卖的人说用黄酒活泡了，那酒于是滋补。我是个连闻到酒味儿都会醉的人，从不信什么滋补之道，只不过买了养着玩儿，不久就放生了。我当街理过发，花20元当街享受了半小时的推拿，推拿汉子一时兴起，强烈要求我脱掉背心，我拗他不过，只得照办，吸引了不少围观者。我以十元钱买过三件据卖的人说是纯棉的出口转内销的背心。也买过五六种印有我的名字、我的照片的盗版书，其中一本的书名是《爱与恨的交织》，而我根本没写过那么一本书。当时的我穿着背心、裤衩，趿着破拖鞋，刚剃过光头，几天没刮胡子。我蹲在书摊前，看着那一本厚厚的书，吞吞吐吐地竟说："这本书是假的。"

卖书的外地小伙子瞪我一眼，老反感地顶我："书还有假的么？假的你看半天？到底买不买？"

我说我就是梁晓声，而我从没出版过这么一本书。

他说："我看你还是假的梁晓声呢！"

旁边有认识我的人说中国有多少叫梁晓声的不敢肯定，但他肯定是作家梁晓声。

小伙子夺去那本书，啪地往书摊上一放，说："难道全中国只许你一个叫梁晓声的人是作家？！"

我居然产生了保存那本书的念头，想买。小伙子说冲我刚才说是假的，一分钱也不便宜给我，爱买不买。我不愿扫了他的兴又扫我自己的兴，二话没说就买下了。待我站在楼口，小伙子追了上来，还跟着一个小女子，手拿照相机。小伙子说她是他媳妇儿，说："既然你是真的梁晓声，那证明咱俩太有缘分了，大叔，咱俩合影留念吧！"人家说得那么诚恳，我怎么可以拒绝呢？于是合影，恰巧走来人，小伙子又央那人为我们三个合影，自然是我站中间，一对小夫妻一左一右，都挽我手臂。

使小街变脏的首先是那类现做现卖的食品摊——煎饼、油条、粥、炒肝、炸春卷、馄饨、烤肉串，再加上卖菜的，再加上杀鸡宰鸭剖鱼的……早市一结束，满街狼藉，人行道和街面都是油腻的，走时粘鞋底儿。一下雨，街上淌的像刷锅水，黑水上漂着烂菜叶，间或漂着油花儿。

我在那条小街上与人发生了三次冲突。前两次互相都挺君子，没动手。第三次对方挨了两记耳光，不过不是我扇的，是童影厂当年的青年导演孙诚替我扇的。那时的小街，早六七点至九十点钟内，已是水泄不通，如节假日的庙会。即使一只黄鼬，在那种情况之下企图蹿过街去也是不大可能的。某日清晨，我在家中听到汽车喇叭响个不停，俯窗一看，见一辆自行车横在一辆出租车前，自行车两边一男一女，皆三十来岁，衣着体面。出租车后，是一辆搬家公司的厢式大车。两辆车一被堵住，一概人只有侧身梭行。

我出了楼，挤过去，请自行车的主人将自行车顺一下。

那人瞪着我怒斥："你他妈少管闲事！"

我问出租车司机怎么回事，他是不是剐蹭着人家了？

出租车司机说绝对没有，他也不知对方为什么要挡住他的车。

那女的骂道："你他妈装糊涂！你按喇叭按得我们心烦，今天非堵你到早市散了不可！"

我听得来气，将自行车一顺，想要指挥出租车通过。对方一掌推开我，复将自行车横在出租车前。我与他如是三番，他从车上取下了链锁，威胁地朝我扬起来。

正那时，他脸上啪地挨了一大嘴巴子。还没等我看清扇他的是谁，耳畔又听啪的一声。待我认出扇他的是孙诚，那男的已乖乖地推着自行车便走，那女的也相跟而去，两个都一次没回头……至今我也不甚明白那一对男女为什么会是那么一种德性。

两年后"自由市场"被取缔，据说是总参干休所通过军方出面起了作用。

如今我已在牡丹园北里又住了十多年，这里也有一条小街，这条小街起初也很幽静，现在也变成了一条市场街，是出租汽车司机极不情愿去的地方。它的情形变得与十年前我家住过的那条小街又差不多了。闷热的夏日，空气中弥漫着腐败腥臭的气味儿。路面重铺了两次，过不了多久又粘鞋底儿了。下雨时，流水也像刷锅水似的了，像解放前财主家阴沟里淌出的油腻的刷锅水，某几处路面的油腻程度可用铲子铲下一层来。人行道名存实亡，差不多被一家紧挨一家的小店铺完全占据。今非昔比，今胜过昔，街道两侧一辆紧挨一辆停满了廉价车辆，间或也会看到一辆特高级的。

早晨七点左右"商业活动"开始，于是满街油炸烟味儿。上班族行色匆匆，有的边吃边走。买早点的老人步履缓慢，出租车或私家车明智地停住，耐心可嘉地等老人们蹒跚而过。八点左右街上已乱作一团，人是更多了，车辆也多起来。如今买一辆廉价的二手车才一两万元，租了门面房开小店铺的外地小老板十之五六也都有车，早晨是他们忙着上货的时候。太平庄那儿一家"国美"商城的免费接送车在小街上兜了一圈又一圈，相对于对开两辆小汽车已勉为其难的街宽，"国美"那辆大客车是庞然大物。倘一辆小汽车迎头遭遇了它，并且各自没了倒车的余地，那么堵塞半小时、一小时是家常便饭。"国美"大客车是出租车司机和驾私家车的人打内心里厌烦的，但因为免费，它却是老人们的最爱。真的堵塞住了，已坐上了它或急着想要坐上它的老人们，往往会不拿好眼色瞪着出租车或私家车，显然他们认为一大早添乱的是后者们。

傍晚的情形比早上的情形更糟糕。六点左右，小饭店的桌椅已摆到人行道上了，仿佛人行道根本就是自家的。人行道摆满了，沿马路边再摆一排。烤肉的出现了，烤海鲜的出现了，烤玉米烤土豆片地瓜片的也出现了。时代进步了，人们的吃法新颖了，小街上还曾出现过烤茄子、青椒和木瓜的摊贩。最火的是一家海鲜店，每晚在人行道上摆二十几套桌椅，居然有开着"宝马"或"奥迪"前来大快朵颐的男女，往往一吃便吃到深夜。某些男子直吃得脱掉衣衫，赤裸上身，汗流浃背，喝五吆六，划拳行令，旁若无人。乌烟瘴气中，行人嫌恶开车的；开车的嫌恶摆摊的；摆摊的嫌恶开店面的；开店面的嫌恶出租店面的——租金又涨了，占道经营等于变相地扩大门面，也只有这样赚得才多点儿。通货膨胀使他们来到北京打拼人生的成本大大提高了，不多赚点儿怎么行呢？而原住居民嫌恶一概之外地人——当初这条小街是多么地幽静啊，看现在，外地人将这条小街搞成什么样子了？！那一时段，在这条小街，几乎所有人都在内心里嫌恶同胞……

而在那一时段，居然还有成心堵车的！

有次我回家，见一辆"奥迪"斜停在菜摊前。那么一斜停，三分之一的街面被占了，两边都堵住了三四辆车，喇叭声此起彼伏。车里坐一男人，听着音乐，悠悠然地吸着烟。

我忍无可忍，走到车窗旁冲他大吼："你他妈聋啦？！"

他这才弹掉烟灰，不情愿地将车尾顺直。于是，堵塞消除。原来，他等一个在菜摊前挑挑拣拣买菜的女人。那一时段，这条街上的菜最便宜。可是，就为买几斤便宜的菜，至于开着"奥迪"到这么一条小街上来添乱吗？我们的某些同胞多么难以理解！

那男人开车前，瞪着我气势汹汹地问："你刚才骂谁？"

我顺手从人行道上的货摊中操起一把拖布，比他更气势汹汹地说："骂的就是你，混蛋！"

也许见我是老者，也许见我一脸怒气，并且猜不到我是个什么身份的人，还自知理亏，他也骂我一句，将车开走了……

能说他不是成心堵车吗？！

可他为什么要那样呢？我至今也想不明白。

还有一次——一辆旧的白色"捷达"横在一个小区的车辆进出口，将院里街上的车堵住了十几辆，小街仿佛变成了停车场，连行人都要从车隙间侧身而过。车里却无人，锁了，有个认得我的人小声告诉我——对面人行道上，一个穿T恤衫的吸着烟的男人便是车主。我见他望西洋景似的望着堵得一塌糊涂的场面幸灾乐祸地笑。毫无疑问，他肯定是车主。也可以肯定，他成心使坏是因为与出入口那儿的保安发生过什么不快。

那时的我真是怒从心头起，恶向胆边生。倘身处古代，倘我武艺了得，定然奔将过去，大打出手，管他娘的什么君子不君子！然我已老了，全没了打斗的能力和勇气。但骂的勇气却还残存着几分。于是撇掉斯文，瞪住那人，大骂一通混蛋王八蛋狗娘养的！

我的骂自然丝毫也解决不了问题。最终解决问题的是交警支队的人，但那已是一个多小时以后的事了。在那一个多小时内，坐在人行道露天餐桌四周的人们，吃着喝着看着"热闹"，似乎堵塞之事与人行道被占一点儿关系都没有……

十余年前，我住童影宿舍所在的那一条小街时，曾听到有人这么说——真希望哪天大家集资买几百袋强力洗衣粉、几十把钢丝刷子，再雇一辆喷水车，发起一场义务劳动，将咱们这条油腻肮脏的小街彻底冲刷一遍！

如今，我听到过有人这么说——某时真想开一辆坦克，从街头一路压到街尾！这样的一条街住久了会使人发疯的！

在这条小街上，不仅经常引起同胞对同胞的嫌恶，还经常引起同胞对同胞的怨毒气，还经常造成同胞与同胞之间的紧张感。互相嫌恶，却也互相不敢轻易冒犯。谁都是弱者，谁都有底线。大多数人都活得很隐忍，小心翼翼。

街道委员会对这条小街束手无策，他们说他们没有执法权。

城管部门对这条小街也束手无策。他们说要治理，非来"硬"的不可，但北京是"首善之都"，怎么能来"硬"的呢？

新闻单位被什么人请来过，却一次也没进行报道。他们说，我们的原则是报道可以解决的事，明摆着这条小街的现状根本没法解决啊！

有人给市长热线一次次地打电话，最终居委会的同志找到了打电话的人，劝说——容易解决不是早解决了吗？实在忍受不了你干脆搬走吧！

有人也要求我这个区人大代表应该履责，我却从没向区政府反映过这条小街的情况。我的看法乃是——每一处摊位，每一处门面，背后都是一户人家的生计、生活甚至生存问题，悠悠万事，唯此为大。

在小街的另一街口，一行大红字标志着一个所在是"城市美化与管理学院"。相隔几米的街对面，人行道上搭着快餐摊棚。下水道口近在咫尺，夏季臭气冲鼻，情形令人作呕。

城管并不是毫不作为的。他们干脆将那下水道口用水泥封了，于是那儿摆着一个盛泔水的大盆了。至晚，泔水被倒往附近的下水道口，于是另一个下水道口也臭气冲鼻，情形令人作呕了。

又几步远，曾是一处卖油炸食物的摊点。经年累月，油锅上方的高压线挂满油烟嘟噜了，如同南方农家灶口上方挂了许多年的腊肠。架子上的变压器也早已熏黑了。某夜，城管发起"突击"，将那么一处的地面砖重铺了，围上了栏杆，栏杆内搭起"执法亭"了。白天，摊主见大势已去，也躺在地上闹过，但最终以和平方式告终。

本就很窄的街面，在一侧的人行道旁，又隔了一道80公分宽的栏杆，使那一侧无法停车了。理论上是这样一道算式——斜停车辆占路面1.5米宽即150公分的话，如此一来，无法停车了，约等于路面被少占了70公分。两害相比取其轻，不得已而为之的办法，一种精神上的"胜利"。这条极可能经常发生城管人员与占道经营、无照经营、不卫生经营者之间的严峻斗争的小街，十余年来，其实并没发生过什么斗争事件。斗争不能使这一条小街变得稍好一些，相反，恐怕将月无宁日，日无宁时。这是双方都明白的，所以都尽量地互相理解，互相体恤。

也不是所有的门面和摊位都会使街道肮脏不堪。小街上有多家理发店、照相馆、洗衣店、打印社，还有茶店、糕点店、眼镜店、鲜花店、房屋中介公司、手工做鞋和卖鞋的小铺面；它们除了方便于居民，可以说毫无负面的环境影响。我经常去的两家打印社，主人都是农村来的。他们的铺面月租金五六千元，而据他们说，每年还有五六万的纯收入。

　　这是多么养人的一条小街啊！出租者和租者每年都有五六万的收入，而且或是城市底层人家，或是农村来的同胞，这是一切道理之上最硬的道理啊！其他一切道理，难道还不应该服从这一道理吗？

　　在一处拐角，有一位无照经营的大娘，她几乎每天据守着一平方米多一点儿的摊位卖咸鸭蛋。一年四季，寒暑无阻，已在那儿据守了十余年了。一天才能挣几多钱啊！如果那点儿收入对她不是很需要，七十多岁的人了，想必不会坚持了吧。

　　大娘的对面是一位东北农村来的姑娘，去年冬天她开始在拐角那儿卖大馇子粥。一碗三元钱，玉米很新鲜，那粥香啊！她也只不过占了一平方米多一点儿的人行道路面。占道经营自然是违章经营，可是据她说，每月也能挣四五千元！因为玉米是自家地里产的，除了点儿运费，几乎再无另外的成本。她曾对我说："我都二十七了还没结婚呢，我对象家穷，我得出来帮他挣钱，才能盖起新房啊！要不咋办呢？"

　　再往前走十几步，有一位农家妇女用三轮平板车卖豆浆、豆腐，也在那儿坚持十余年了。旁边，是用橱架车卖烧饼的一对夫妻，丈夫做，妻子卖，同样是小街上的老生意人。寒暑假期间，两家的两个都是小学生的女孩也来帮大人忙生计。炎夏之日，小脸儿晒得黑红。而寒冬时，小手冻得肿乎乎的。两个女孩儿的脸上，都呈现着历世的早熟的沧桑了。

有次我问其中一个："你俩肯定早就认识了，一块儿玩不？"

她竟说："也没空儿呀，再说也没心情！"

回答得特实在，实在得令人听了心疼。

"五一"节前，拐角那儿出现了一个五十来岁的外地汉子，挤在卖咸鸭蛋的大娘与卖鞋垫的大娘之间，仅占了一尺来宽的一小块儿地方，蹲在那儿，守着装了硬海绵的小木匣，其上插五六支风轮，彩色闪光纸做的风轮。他引起我注意的原因不仅是因为他卖成本那么低、肯定也挣不了几个小钱的东西，还因为他右手戴着原本是白色、现已脏成了黑色的线手套，一种廉价的劳保手套。

我心想："你这外地汉子呀，北京再能谋到生计，这条街再养得活人，你靠卖风轮那也还是挣不出一天的饭钱的呀！你这大男人脑子进水啦？找份什么活儿干不行，非得蹲这儿卖风轮？"然而，我一次、两次、三次、四次地看到他挤在两位大娘之间，蹲在那儿，五月份快过去了他才消失。

我买鞋垫时问大娘："那人的风轮卖得好吗？"

大娘说："好什么呀！快一个月了只卖出几支，一支才卖一元钱，比我这鞋垫儿还少伍角钱！"

卖咸鸭蛋的大娘接言道："他在老家农村干活儿时，一条手臂砸断了，残了，右手是只假手。不是觉得他可怜，我俩还不愿让他挤中间呢……"

我顿时默然。

卖咸鸭蛋的大娘又说，其实她一个月也卖不了多少咸鸭蛋，只能挣五六百元而已，这五六百元还仅归她一半儿。农村有养鸭的亲戚，负责每月给她送来鸭蛋，她负责腌，负责卖。

"儿女们挣的都少，如今供孩子上学花费太高，我们这种没工作过也没退休金的老人，"——她指指旁边卖鞋垫的大娘，"哪怕每月能给第三代挣出点儿零花钱，那也算儿女们不白养活我们呀……"

卖鞋垫的大娘就一个劲儿点头。

我不禁联想到了卖豆制品的和卖烧饼的。他们的女儿，已在帮着他们挣钱了。父母但凡工作着，小儿女每月就必定得有些零花钱——城里人家尤其是北京人家的小儿女，与外地农村人家的小儿女相比，似乎永远是有区别的。

我的脾气，如今竟变好了。小街日复一日年复一年地教育了我，逐渐使我明白我的坏脾气与这一条小街是多么的不相宜。再遇到使我怒从心起之事，每能强压怒火，上前好言排解了。若竟懒得，则命令自己装没看见，扭头一走了之。

而这条小街少了我的骂声，情形却也并没更糟到哪儿去。正如我大骂过几遭，情形并没有因而就变好点儿。

我觉得不少人都变得和我一样好脾气了。

有次我碰到了那位曾说恨不得开辆坦克从街头压到街尾的熟人。

我说："你看我们这条小街还有法儿治吗？"

他苦笑道："能有什么法儿呀？理解万岁呗，讲体恤呗，讲和谐呗……"

由他的话，我忽然意识到，紧绷了十余年的这一条小街，它竟自然而然地生成了一种品格，那就是人与人之间的体恤。所谓和谐，对于这一条小街，首先却是容忍。

有些同胞生计、生活、生存之艰难辛苦，在这一条小街呈现得历历在目。小街上还有所小学——瓷砖围墙上，镶着陶行知的头像及"爱满天下"四个大字。墙根低矮的冬青丛中藏污纳垢，叶上经常粘着痰。行知先生终日从墙上望着这条小街，我每觉他的目光似乎越来越忧郁，却也似乎越来越温柔了。

尽管时而紧张，但十余年来，却又未发生什么溅血的暴力冲突——

这也真是一条品格令人钦佩的小街！发生在小街上的一些可恨之事，往细一想，终究是人心可以容忍的。发生在中国的一些可恨之事，却断不能以"容忍"二字轻描淡写地

对待。"为之于未有，治之于未乱。"——老聃此言胜千言万语也！

窗的话语

当人的目光注视在另一个人的脸上，吸住它的必是对方的眼睛。是的，是吸住，而不是吸引住。也就是说，哪怕对方并不情愿你那样，你的目光还是会不由自主地那样。好比铁屑被磁石所吸。好比漂在水面的叶子被旋涡所吸。倘对方真的不情愿，那么就会腼腆起来，甚至不自然起来。于是垂下了头。于是将脸转向了别处。于是你立刻意识到了自己那样的不妥。如果你不是一个无理的家伙，那么你就会约束你的目光别继续那样……

当人走近一所房屋，或一幢楼，首先观看的，必是窗子。窗是房或楼的眼睛。从前的哈尔滨是一座俄侨较多的城市。在一般的社区，他们居住在院子临街的房子里。那些房子一律人字形脊。一律有延出的房檐。房檐下，俄式的窗是一道道风景。对小时候的我而言，具有审美的意义。我想，我对窗的敏感，大约也是儿童和少年对美的敏感吧？

普遍的俄式的窗，四周都用木板进行装饰。如同装饰一幅画的画框。木板锯成各式各样的花边。有的还新刷了乳白色的、草绿色的、海蓝色的、米黄色的、深紫色的或浅粉色的油漆，凸显于墙面，煞是美观。

俄式的窗带窗栅。但又不同于栅。栅是有间隙的。窗栅却是两块能开能合，合起来严密地从外面遮挡住窗的木板。不消说，那也是美观的。

于是住在房子里的人家，一早一晚多了两项生活内容——开窗栅和关窗栅。早晨开窗栅，它向窗的两边展开，仿佛一本硬封面的大书翻开着了。夜晚关上，又仿佛舞台的闭幕。窗栅是有专用的锁的。窗栅一落锁，如同带锁的家庭日记被锁上了。那时的窗，似乎代表着一户人家进行无声的宣告——从即刻起，那一人家要独享时间了。有的窗栅朽旧了，从裂缝泄出了屋里的灯光。而早晨窗栅一开，又意味着一户人家可以接待外人了。开窗栅和关窗栅，是孩子的义务。中国人家也有住俄式房子的。小时候的我，特别羡慕那些早晚开关自家窗栅的中国孩子。我巴望尽那么一种家庭义务。然我只有羡慕而已。我家住的破房子深陷地下。所谓窗，自然也被土埋了一半。破碎的玻璃，用纸条粘连着。想擦都没法擦。

我想，小时候的我，对别人家的窗的审美性观看，其实更是一种对温馨的小康生活的憧憬。其硬件是——一所看去不歪不斜的小小房子。而它有两扇，不，哪怕仅仅一扇带窗栅的窗。小时候的我，对家庭生活的私密性，有着一种本能的，近乎神圣的维护意识。我不知它是怎么产生于我小小心灵中的。是别人家的带窗栅的窗，给予了我一种关于家的暗示么？

哈尔滨市的南岗区、道里区、道外区，是俄式建筑集中的区域。那些楼都不太高。二层或三层罢了。从前，它们的窗，是更加美观的。四周的花边更具有艺术意味。某些窗的上边，有对称的浪花形浮雕。或对称的花藤浮雕；或身姿婀娜的小仙女或胖得可爱的小仙童浮雕。"文革"中，基本都被砸掉了。

对于童年和少年的我，那些窗是会说话的，是有诗性的。似乎都在代表住在里面的主人表达着一种幸福感：看吧，美和我的家是一回事啊！

中国有一句话叫"以貌取人"。

我从不"以貌取人"。

更不会以服裳之雅俗而决定对一个人的态度。

但是坦率地说，我却至今习惯于从一户人家的窗，来判断一户人家生活的心情。倘一户人家的窗一年四季擦得明明亮亮，我认为，实在可以证明主人们的生活态度是积极乐观的。

我家住在一幢六层宿舍楼的第三层。那是一幢快20年的旧楼。我家住进去也有十几年了。我家是全楼惟一没装修过的人家。但我的窗一向是全楼最明亮的。每次都由我亲自一扇扇擦个够。我终于圆了小时候的一个梦——拥有了数扇可擦之窗的梦。我热爱那一份家庭义务。起初我擦窗像猿猴一样灵活，一手扳着窗棂，一手拿抹布。手里是湿抹布，兜里是干抹布。脚蹬才两寸来宽的外窗台，身子稳稳地。看见的人便说："小心点儿，太玄！"我还敢扭头回答道："没事儿！"每次都那么擦上两三小时。后来不必谁提醒，从某一次起，我自己开始往腰间系绳子了。再后来系绳子也觉不安全了，于是装了铁栅。亏我，其实非是为了防盗，是为了擦窗方便。现在，站在垫了板的铁栅上，我也变得小心翼翼地了。总担心连人带铁栅一齐掉下去。现在的我已不是十几年前的我了。我不得不暗暗承认我许多方面都开始老了。

哪一天我家也雇小时工擦窗了，我会悲哀的。

心情好时我擦窗。心情不好时我也擦窗。窗子擦明亮了，心情也似乎随之好转了。

我劝住楼房低层尤其平房的朋友们，尤其男人，尤其心情不好时，亲自擦擦自家的窗吧！试试看，也许将和我有同样体会。在生活中，有时我们花很微不足道的钱雇他人在最寻常之方面为我们服务，自认为很值。其实，我们也许是在卖出，甚而是贱卖原本属于我们的某种愉快。

我的一名知青战友，返城后，一家三口租住一间潮湿的地下室。一住就是十来年。他的儿子，从那地下室的窗，只能望见过往行人的形形色色的鞋和腿。于是画以自娱。父亲大为光火，以为无聊且庸俗。现在，他23岁的儿子，已成小有名气的新生代漫画家。

地下室的窗，竟引领了那孩子后来的人生。

我曾到过一个很穷的乡村，那儿竟有一所重点高中。据说学生只要进入了那所高中，就等于一只脚迈进了包括清华北大在内的重点大学的校门。冠其名曰重点高中，其实校园很小，教室和学生宿舍也旧陋不堪。令我惊讶的是，学生宿舍的所有窗几乎都从里面封上了。用的是厚塑料布加木条。

我问："这些窗……为什么是这样的？"

校长回答："这不冬天快到了么？我们江南没暖气，为保暖。"我又问："夏天呢？"答："夏天也这样。山上鸟多，学生们需要的是寂静。"

"那……不热吗？"

"热当然是会热的。但如果窗是玻璃的，人就难免会往窗外望啊！我们的学生在宿舍里也习惯了埋头看书。学校要将窗安上玻璃，他们还反对呢！"

望着进进出出的学生们苍白的脸，我默然，进而肃然。他们的上进，依我看来，已分明的带有自虐的性质。我顿时联想到"悬梁刺股"的典故。窗代表他们，向我无言地诉说着当代中国穷困的农家子女们，鲤鱼跃龙门般的无怨无悔一往无前的志向。

我只有默默而已，只有肃然而已。

我以为，最令人揪心的，莫过于《卖火柴的小女孩》在大雪天冻死前所凝望着的窗了——窗里有使她馋涎欲滴的烤鹅和香肠，还有能使她免于一死的温暖。

我以为，最令人肃然的，是监狱的窗。在那一种肃然中，几乎一切稍有思想的头脑，都会情不自禁地从正反两方面拷问自己的心灵，也会想到那些沉甸甸的命题：诸如罪恶、崇高、真理的代价以及"一失足成千古恨"……

夜半临窗，无论有月还是无月，无论窗外下着冷雨还是降着严霜还是大雪飘飞，谁心不旷寂？谁心不惆怅？

窗在万籁俱寂的夜晚，似人心和太虚之间一道透明的屏障。大约任谁都会有"我欲乘风归去"的闪念吧？大约任谁都会起破窗而出，融入太虚的冲动吧？

斯时窗是每一颗细腻的心灵的框。而心是框中画。其人生况味，惟己自知。窗是家的眼。你望着它，它便也望着你。

沉默的墙

在一切沉默之物中，墙与人的关系最为特殊。

无墙，则无家。

建一个家，首先砌的是墙。为了使墙牢固，需打地基。因为屋顶要搭盖在墙垛上。那样的墙，叫"承重墙"。

承重之墙，是轻易动不得的。对它的任何不慎重的改变，比如在其上随便开一扇门，或一扇窗，都会导致某一天突然房倒屋塌的严重后果。而若拆一堵承重墙，几乎等于是在自毁家宅。人难以忍受居室的四壁肮脏。那样的人家，即使窗明几净也还是不洁的。人尤其忧患于承重墙上的裂缝，更对它的倾斜极为恐慌。倘承重墙出现了以上状况，人便会处于坐卧不安之境。因为它时刻会对人的生命构成威胁。

在墙没有存在以前，人可以任意在图纸上设计它的厚度，高度，长度，宽度，和它在未来的一个家中的结构方向。也可以任意在图纸上改变那一切。

然而墙，尤其承重墙，它一旦存在了，就同时宣告着一种独立性了。这时在墙的面前，人的意愿只能徒唤奈何。人还能做的事几乎只有一件，那就是美观它，或加固它。任何相反的事，往往都会动摇它。动摇一堵承重墙，是多么的不明智不言而喻。

人靠了集体的力量足以移山填海。人靠了个人的恒心和志气也足以做到似乎只有集体才做得到的事情。于是人成了人的榜样，甚至被视为英雄。一个再平凡不过的人，在自己的家里，在家扩大了一点儿的范围内，比如院子里，又简直便是上帝了。他的意愿，也仿佛上帝的意愿。他可以随时移动他一切的家具，一再改变它们的位置。他可以把一盆花从这一个花盆里挖出来，栽到另一个花盆里。他也可以把院里的一株树从这儿挖出来，栽到那儿。他甚至可以爬上房顶，将瓦顶换成铁皮顶。倘他家的地底下有水层，只要他想，简直又可以在他家的地中央弄出一口井来。无论他可以怎样，有一件事他是不可以的，那就是取消他家的一堵承重墙。而且，在这件事上，越是明智的人，越知道不可以。

只要是一堵承重之墙，便只能美观它，加固它，而不可以取消它。无论它是一堵穷人的宅墙，还是一堵富人的宅墙。即使是皇帝住的宫殿的墙，只要它当初建在承重的方向上，它就断不可以被拆除。当然，非要拆除也不是绝对不可以，那就要在拆除它之前，预先以钢铁架框或石木之柱顶替它的作用。

承重墙纵然被取消了，承重之墙的承重作用，也还是变相地存在着。

人类的智慧和力量使人类能上天了，使人类能蹈海了，使人类能入地了，使人类能摆脱地球的巨大吸引力穿过大气层飞入太空登上月球了；但是，面对任何一堵既成事实的承重墙，无论是雄心大志的个人还是众志成城的集体，在科学高度发达的今天，还是和数千年前的古人一样，仍只有三种选择——要么重视它既成事实了的存在；要么谨慎周密地以另外一种形式取代它的承重作用；要么一举推倒它炸毁它，而那同时等于干脆"取消"一幢住宅，或一座厂房，或高楼大厦。

墙，它一旦被人建成，即意味着是人自己给自己砌起的"对立面"。

而承重墙，它乃是古今中外普遍的建筑学上的一个先决条件。是砌起在基础之上的基础。它不但是人自己砌起的"对立面"，并且是人自己设计的自己"制造"的坚固的现实之物。它的存在具有人不得不重视它的禁讳性。它意味着是一种立体的眼可看得见手可摸得到的实感的"原理"。它沉默地立在那儿就代表着那一"原理"。人摧毁了它也还是摧毁不了那一"原理"。别物取代了它的承重作用恰证明那一"原理"之绝对不容怀疑。

而"原理"的意思也可以从文字上理解为那样的一种道

理——一种原始的道理。一种先于人类存在于地球上的道理。因为它比人类古老，因为它与地球同生同灭，所以它是左右人类的地球上的一种魔力。是地球本身赋予的力。谁尊重它，它服务于谁；谁违背它，它惩罚谁。古今中外，地球上无一人违背了它而又未自食恶果的。

墙是人在地球上占有一定空间的标志。承重墙天长地久地巩固这一标志。

墙是比床，比椅，比餐桌和办公桌与人的关系更为密切的东西。因为人每天只有数小时在床上。因为人并不整天坐在椅上。也不整天不停地吃着或伏案。但人眼只要睁着，只要是在室内，几乎无时无刻看到的都首先是墙。即使人半夜突然醒来，他面对的也很可能首先是墙。墙之对于人，真是低头不见抬头便见。

所以人美化居住环境或办公环境，第一件要做的事便是美观墙壁。为此人们专门调配粉刷墙壁的灰粉，制造专门裱糊墙壁的壁纸。壁纸从前的年代只不过是印有图案的花纸，近代则生产出了具有化纤成分的壁膜和不怕水湿的高级涂料。富有的人家甚至不惜将绸缎包在板块上镶贴于墙。人为了墙往往煞费苦心。

然而墙却永远地沉默着。永远的无动于衷。永远的荣辱不惊。不像床、椅和桌子，旧了便发出响声。而墙，凿它，钻它，钉它，任人怎样，它还是一堵沉默的墙。

我童年的家，是一间半很低很破的小房子。它的墙壁是根本没法粉刷的。也没法裱糊。再说买不起墙纸。只有过春节的时候，用一两幅年画美观一下墙。春节一过，便揭下卷起，放入旧箱子，留待来年春节再贴。穷人家的墙像穷人家的孩子，年画像穷人家的墙的一件新衣，是舍不得始终让它"穿在身上的"。

后来我家动迁了一次。我们的家终于有了四面算得上墙的墙。那一年我小学五年级。从那一年起，我开始学着刷墙。刷墙啊！多么幸福多么快乐的事啊！那年代石灰是稀有之物。为了刷一遍墙，我常常预先满城市寻找，看哪儿在施工。如果发现了哪儿堆放着石灰，半夜去偷一盆。有时在冬天，端着走很远的路，偷回来时双手都冻僵了。刷前还要仔细抹平墙上的裂纹。我将炉灰用筛子筛过，掺进黄泥里，合成自造的水泥。几次后我刷墙不但刷出了经验，而且显示出了天分。往石灰浆里兑些蓝墨水，墙就可以刷成我们现在叫做"冷色"的浅蓝色。兑些红墨水，墙就可以刷成我们现在叫做"暖色"的浅红色。但对于那个年代的小百姓人家墨水是很贵的。舍不得再用墨水，改用母亲染衣服的蓝的或红的染料。那便宜多了。一包才一角钱。足够用十几次。我上中学后，已能在墙上喷花。将硬纸板刻出图案，按住在墙上；一柄旧的硬毛刷沾了灰浆，手指反复刮刷毛，灰点一番番浅在墙上；不厌其烦，待纸板周围遍布了浆点，一移开，图案就印在墙上了。还有另一种办法，也能使刷过的墙上出现"印象派"的图案。那就是将抹布像扭麻花似的对扭一下，沾了灰浆在墙上滚。于是滚出了一排排浪；滚出了一朵朵云，滚出了不可言状的奇异的美丽。是少年的我，刷墙刷得上瘾，往往一年刷三次。开春一次，秋末一次，春节前一次。为的是在家里能面对自己刷得好看的墙，于是能以较好的心情度过夏季、"十·一"和春节。因而，居民委员会检查卫生，我家每得红旗。因而，我在全院，在那一条小街名声大噪。别人家常求我去刷墙，酬谢是一张澡票，或电影票……

后来我去乡下，我的弟弟们也被我带出徒了。

住在北影一间筒子楼的十年，我家的墙一次也没刷过。因为我成了作家，不大顾得上刷墙了。

搬到童影已十余年，我家的墙也一次没刷过。因为搬来前，墙上有壁膜。其实刷也是刷过的。当然不是用灰浆，而是用刷子沾了肥皂水刷刷干净。四五次刷下来，墙膜起先的黄色都变浅了……

现在，墙上的壁膜早已多处破了。我也懒得刷它了。更懒得装修。怕搭赔上时间心里会烦。亦怕扰邻。但我另有美观墙的办法。哪儿脏得破得看不过眼去，挂画框什么的挡住就是。

于是来客每说："看你家墙，旧是太旧了，不过被你弄的还挺美观的。"

现在，我家一面主墙的正上方，是方形的特别普遍的电池表。大约1983年，一份叫《丑小鸭》的文学杂志发给我的奖品，时价七八十元。表的下方，书本那么大的小相框里，镶着性感的玛丽莲·梦露。我这个男人并不惟独对玛丽莲·梦露多么着迷。壁膜那儿只破了一个小洞，只需要那么小的一个相框。也只有挂那么小的一个相框才形成不对称的美。正巧逛早市时发现摊上在卖，于是以十元钱买下。满墙数镶着玛丽莲·梦露的相框最小，也着实有点儿委屈梦露了。"她"的旁边，是比"她"的框子大出一倍多的黑框的俄罗斯铜版画，其上是庄严宏伟的玛丽亚大教堂。是在俄罗斯留学过俄罗斯文学史，确实沾亲的一位表妹送给我的。玛丽莲·梦露的下方，框子里镶的是一位青年画家几年前送给我的小幅海天景色的油画。另外墙上同样大小的框子里还镶着他送给我的两幅风景油画，都是印刷品。再下方的竖框里，是芦苇丛中一对相亲相爱的天鹅的摄影。是《大自然》杂志的彩页。我由于喜欢剪下来镶上了。一对天鹅的左边，四根半圆木段组成的较大的框子里，镶着列维斯坦的一幅风景画：静谧的河湾，水中的小船，岸上的树丛，令人看了心往神驰。此外墙上另一幅黑相框里，镶着金铂银铂交相辉映的耶稣全身布道相。还有两幅是童影举行电影活动的纪念品。一幅直接在木板上镶着苗族少女的头像，一幅镶着艺术化了的牛头。那一年是牛年。那一幅上边是《最后的晚餐》，直接压印在薄板上，无框。墙上还有两具瓷的羊头，一模一样；一具牛头：一具全牛，我花100元从摊上买的。还有别人送我的由一小段一小段树枝组成的带框工艺品，还有两名音乐青年送给我的他们自己拍的敖包摄影，还有湖南某乡女中学生送给我的她们自己粘贴的布画，是扎着帕子的少女在喂鸡。连框子也是她们自己做的。这是我最珍视的，因为少女们的心意实在太虔诚。还有一串用布缝制的五彩六色的十二生肖，我花10元钱在早市上买的，还有如意结，如意包，小灯笼什么的，都是早市上二三元钱买的……

以上一切，挡住了我家墙上的破处，脏处，并美观了墙。

我这么详尽地介绍我家一面主墙上的东西，其实是想要总结我以墙的一种感想——墙啊，墙啊，永远沉默着的墙啊，你有着多么厚道的一种性格啊！谁要往你身上敲钉子，那么敲吧，你默默地把钉子咬住了。谁要往你身上挂什么，那么挂吧，管它是些什么。美观也罢，相反也罢，你都默默地认可了。墙啊，墙啊，你具有着的，是一种怎样的包容性啊！

尽管，人可以在墙上想写什么就写什么，想画什么就画什么，想挂什么就挂什么，想把墙刷成什么颜色就刷成什么颜色——然而，无论多么高级的墙漆，都难以持久，都将随着岁月的流失渐渐褪色，剥落；自欺欺人或被他人所骗往墙上刷质量低劣的墙漆，那么受害的必是人自己。水泥和砖构成的墙，却是不会因而被毁到什么程度的。

时过境迁，写在墙上的标语早已成为历史的痕迹，写的人早已死去，而墙仍沉默地直立着；画在墙上的画早已模糊不清，画的人早已死去，而墙仍沉默地直立着；挂在墙上的东西早已几易其主，由宝贵而一钱不值，或由一钱不值身价百倍，而墙仍沉默地直立着；战争早已成为遥远的大事件，墙上弹洞累累，而墙沉默地直立着……

墙什么都看见过，什么都听到过，什么都经历过，但它永远地沉默地直立着。墙似乎明白，人绝不会将它的沉默当成它的一种罪过。每一样事物都有它存在着的一份天职。墙明白它的天职不是别的，而是直立。墙明白它一旦发出声响，它的直立就开始了动摇。墙即使累了，老了，就要倒下了，它也会以它特有的方式向人报警，比如倾斜，比如出现裂缝……

人知道有些墙是不可以倒下的，因而人时常观察它们的状况，时常修缮它们。人需要它们直立在某处，不仅为了标记过去，也是为了标志未来。

比如法国的巴黎公社墙。

人知道有些墙是不可以不推倒它的。比如隔开爱的墙；比如强制地将一个国家和一个民族一分为二的墙……

比如种族歧视的无形的墙；比如德国的柏林墙。

人从火山灰下，沙漠之下发掘出古代的城邦，那些重见天日的不倒的墙，无不是承重之墙啊！它们沉默地直立着，哪怕在火山灰下，哪怕在沙漠之下，哪怕在地震和飓风之后。

像墙的人是不可爱的。像墙的人将没有爱人，也会使亲人远离。墙的直立意象，高过于任何个人的形象。宏伟的墙所代表的乃是大意象，只有民族、国家这样庄严的概念可与之互喻。

一个时代又一个时代过去了，像新的墙漆覆盖旧的墙漆；一批风云际会的人物融入历史了又一批风云际会的人物也融入历史了，像挂在墙上的相框换了又换；战争过去了，灾难过去了，动荡不安过去了，连辉煌和伟业也将过去，像家具，一些日子挪靠于这一面墙，一些日子挪靠于另一面墙……而墙，始终是墙。沉默地直立着。而承重墙，以它之不可轻视告诉人：人可以做许多事，但人不可以做一切事；人可以有野心，但人不可以没有禁忌，哪怕是对一堵墙……

在西线的列车上

2005年11月，我应邀与中国作家协会的几位领导，前往甘肃天水参加一次民间举办的文化活动。但我和他们乘的不是同一车次——家附近就有代理售票处，购票方便。于是我单独踏上了由北京西站始发的，晚上八点多开往西部的列车……

我已经很少乘长途列车了。

20世纪80年代初，我曾是前北京电影制片厂组稿组的一名编辑。陕西、甘肃、新疆都在我的组稿范围。所以那两三年内，我每年都是要乘坐几次西线的列车的；那时中国西部的农村人口，乘坐过列车的人还是很少的。成千上万西部农村人口向中国其他省份流动的现象还没出现。那时的中国，还是一个按地理区域相对凝固的中国。西部的农民如果要到外省去"讨生活"，大抵靠的还是他们的双脚。正如西部的一种民歌——"走西口"。

20世纪80年代初曾有一篇口碑极佳的短篇小说《麦客》：描写当年因天灾收获自家土地上的劳动成果的希望已成泡影

的西部农民们，为了挣点儿钱将日子继续过下去，成群结队越省跨界，去往中原和南方帮别的省份的农民收割庄稼的经历。在西部蛮荒的山岭之间，在原本没有路而后来被一代一代走西口的中国农民们的脚踩出的蜿蜒的野路上，他们的身影连绵不绝，越聚越多，终于形成一支浩荡的不见首尾的队伍。他们甚至连行李也不带，很可能有的人的家里根本就没有什么可供他带走的行李。除了别在腰间的镰刀和挎在肩上的干粮袋，他们身上再就一无所有。那是中国农民的"长征"，不是为了革命，而是为了糊口。隔年似乎是由兰州电视台将《麦客》拍成了两集的电视剧；在北京，在我的家里，我看得热泪盈眶。记得当年我抑制不住自己的激动，还给电视台写去了一封信，祝贺他们拍出了那么优秀的现实主义风格的电视剧。

当年一个30岁左右的青年出现在列车的卧铺车厢里，那是会引起一些好奇的目光的。因为当年并不是一切长途列车上都有软卧车厢，硬卧已是某种身份的证明。购票前要经领导批准，购票时要出示单位介绍信。故当年的我，从没觉得从北京到西部是怎样难耐的旅程。恰恰相反，在好奇的目光的注视之下，我常会感到优越。自然，想到西部的"麦客"们，心里边也往往会颇觉不安地暗问自己凭什么？当年我们许多中国人的意识方式真是朴实得可爱啊！

两三年后我调到了编剧组。以后竟再没踏上过西线的列车。屈指算来，已然二十余年了。

天水市委对文化活动极为重视，预先在电话里嘱咐——我们知道您身体不好，请您一定要乘软卧。我想到我是去西部，买了一张硬卧。

严重的颈椎病使我的睡眠的适应性极差。夜里不停地辗转反侧，令下两层铺和对面三层铺的乘客深受其扰。他们抗议的方式是擂铺板、大声咳嗽或小声嘟囔些不中听的话。我猛记起旅行袋里似乎带了一贴膏药，爬起一找，果然。反手歪歪扭扭地贴到后背上；用自己的手无法贴在准确的位置，但那也总算起到了一点儿心理作用，于是不再折腾⋯⋯

整个车厢我起得最早，盼着到天水。然而下午一点多钟才到。望着车窗外西部铁路沿线的风光从黎明前的黑暗之中逐渐显现得分明了，我似乎觉得那是我所乘过的车速最慢的一次列车，似乎觉得从北京到西部的途程比二十几年前远多了。列车晚点了一个半小时。然而我知道那不是使我觉得途程变远了的真正原因。真正原因是我自己变了。我早已由当年那个坐硬卧很觉得优越并且心生不安的青年，变成了一个不经常乘坐列车的人了。而中国，也变了。习惯于乘飞机的中国人与乘列车的中国人相比，尤其是与乘西线列车的中国人相比，在许多方面都发生了大的差别。每一座城市都尽量将机场建得更气派、更现代，因为它意味着也是一座城市面向国际敞开的窗口。而每一座城市的列车站，则空前的人群云集了。特殊的月份，往往满目皆是背井离乡的中国农民的身影。在大都市的机场候机厅里，一些人感受到的是一种关于中国的概念；而在某些时候，在某些城市包括大都市的列车站里，另一些人将感受到关于中国的另一些概念……

沿线西部的乡村，它们为什么一处处那么地小？黄土抹墙的房舍，灰黑的鱼鳞瓦，家门前没有栅栏的平场，房舍后为数不多的苹果树或柿树；坎坡上放着几只羊的老人，在一小块一小块地里干着农活的老妪和孩子……一切仍在诉说着西部的贫困。

八月是萧瑟的季节。西部的景象裸露在萧瑟之中，如同干墨笔触勾勒在生宣纸上的绘画草图。偶见红的瓦和刷了白灰或贴了白瓷砖的墙，竟使我有眼前一亮的感觉。尽管白瓷砖贴在农家房舍的外墙体上是那么不伦不类，然而一想到有西部的农家肯花那一份钱，还是不禁有些感动。西部农民希望过上好日子的那种世代不泯的追求，像杨白劳给喜儿买了并亲手扎在女儿辫上的红头绳——父女俩自是喜悦着；看着那情形的人，倘对人世间的贫富差距还保留着点儿忧患，则就会难免地心生愀然……

从西部返回时，我登上了一次特别的列车。因为还要中途到广州去，故我得在咸阳下车，再去机场。

我持的是一张无座号的票，原以为注定是得在列车上站五六个小时了；却幸运得很，偏巧登上了一节空着几排座位的车厢。刚刚落座，列车已经开动。定睛扫视，发现自己置身在民工之间。手往小桌板上一放，觉得黏。细看桌板，遍布油污，显然很久没被人擦过了。于是顾惜起衣袖来，往起抬胳膊时，衣袖和桌板，业已由于油污的缘故，难舍难分了。于是进而顾惜衣服和裤子，往起站时，衣服和裤子也不那么情愿与座椅分开了，那座椅也显然早该有人擦擦却很久没被人擦过了。好在布袋里是有些纸的，于是取出来细细地擦。最后一张纸也用了，擦过后却依然是污黑的。这时我注意到对面有好奇的目光在默默打量我，便有几分不自然了——一个人和某些跟自己有些不一样的人置身在同一环境，他对那环境的敏感，是会令那某些人大不以为然的。这一点，我定个写小说的人是心中有数的。当年我是连队生产一线的知青时，甚至以同样冷的目光，默默打量过陪着首长对连队进行视察的团部或师部的机关知青。那一种冷的目光中，具有知青与知青之间的嫌恶意味。何况，在那一节车厢里，我和我周围的人们之间的关系，连大命运相同的知青们之间的关系都不是。我将一堆污黑的纸团用手绢兜着，走过车厢扔入垃圾桶，回来垂着目光又坐下了。原来这一节车厢的绝大部分座位也都有人坐着，只我坐的那地方空着两三排座位而已。座位、桌板、窗子、地面、四壁、厕所、洗漱池——那列车的一切都肮脏极了。

我将手绢铺在桌板上，取出一册杂志来看。偶一抬头，见一个站在过道里的中等身材的青年还在打量我。他脸颊消瘦，十一月份了穿得还那么少。一件T恤衫，外加一件摊上买的迷彩服而已。T恤衫的领子和迷彩服的领子，都已被汗渍镶上了黑边。我并没太在意他对我的打量，垂下目光接着看手中的杂志。倏忽后我抬起头来，冲那年轻的民工微微一笑。因为我第一次抬起头时，觉得他的目光并不多么冷。我想，我对一个看我时目光并不多么冷的人，理应做出友好的反应——尤其在这一节车厢里，尤其我以显然的另类的外形而存在于某些同类之间的时候。是的，他们当然是我的同类，或者反过来说也是一样。而且，还是我的同胞。而我对于他们，却分明地是一个另类。我所体会的中国，那是一个概念，一个与从前的中国不能同日而语的概念；他们所体会的中国，乃是另一个概念，一个与从前的中国没什么两样的概念。

我笑后，那年轻的民工也微微一笑。果然，他的眼的深处，非但不怎么冷，还竟有几分柔情。但是，它们太忧郁了。所以，给予我无底之井一样的印象。倘他好好洗个澡，再穿上我的一身衣服，再将他蓬乱的头发剪剪、吹吹，那么，我敢肯定他是一个帅小伙子。尽管我的一身衣服实在是一身普通得很的衣服。

他说："你坐过来吧。"我回头看，身后无人。断定了他是在跟我说话。我犹豫。"你还是坐过来吧！列车从新疆开入甘肃的时候，有一个人喝醉了酒，把那几排座位吐得哪儿都是……"他始终微微地笑着，目光也始终望着我。

我早已嗅到了一股难闻的气味儿，只是不清楚发自于何处罢了。他既给了我个明白，我当然不愿继续在那儿坐下去了。我起身向他走过去时，他用手指着我说："你的手绢！"

而我说："不要了。"我本打算像他一样站在过道里，但是他请我坐在他的座位上。他一路从新疆坐过来；他说他腿坐肿了，宁肯多站会儿。那儿的人们都在打扑克，没谁注意我们。他又说："我知道你是谁。我上初中的时候作文挺好的，经常受到老师的称赞。那时候我以为我将来也能……"我小声请求说："那就当你不知道我是谁，好吗？"他点了点头，又问："你看的是什么？"我说："《读者》。"我看《读者》历来被不少知识分子耻笑。他们认为真正的知识分子是不应看《读者》这么"低"层次的刊物的。但我以我的眼，在中国知识分子们认为是"高"层次的刊物上，越来越看不到对另一半中国的感受了。那另一半，才是中国的大半！并且，每每因而联想到杜甫《八月秋高风怒号》中的诗句——"茅飞渡江洒江郊，高者挂罥长林梢，低者飘转沉塘凹"。挂卷长林梢，虽高，不也还是茅吗？我倒宁愿入塘凹。毕竟和泥和水在一起，可以早点儿沤烂，做大地的肥料。

年轻的民工听了我的话，点了点头。于是我们一个坐着，一个站着，聊了起来。

他说这一车次是"民工车"，也可以说是西北农民工们乘的"专列"，票价极便宜。在高峰运载季节，有时超载百分之一百几十。因为它实际上已经等于是一次民工专列了，不是民工的人们，是不太愿意乘坐这一车次的……

他说这一节车厢有人吐过，有一股难闻的气味，所以才有几排空座。说别的车厢里，没票站着的人照例很多……

忽然一阵煤灰飘飞过来，我赶紧闭上眼睛低下头去；抬起头时，身上落了一层。年轻的民工身上也落了一层黑白混杂的煤灰，他却懒得抚一下；笑笑，说车上烧水的不是电炉，仍是大煤炉，显然又有乘务员在捅火了……

他说，他心情很不好——他本在新疆打工来着，同村的人给他传了个信儿，有一个省的煤矿急需采煤工，于是他匆匆前往。去晚了怕就没有缺额了。说一个多小时以前，他透过车厢望见了他的家园——西线铁路旁的一个小小的自然村……

他说，他的父亲几年前死于矿难；几年前死一个采煤的农民工，矿主才补偿给一万多元钱。他说他没下车回家去看一看，也是因为怕见了母亲不知该怎么说；他说家里只有母亲、妹妹和爷爷。爷爷已经老得快干不动地里的活儿了；而妹妹，患着精神病……

我，竟寻找不到一句适当的话可以对这个年轻的农民工说。连一句安慰他的话也寻找不到……

"现在，死一个矿工，真的补偿给20万吗？农民采煤工和正式的矿工，都能一律平等地补偿给20万吗？……"

我从他的话中，听出了他对平等的极强烈的要求，以及对20万人民币的极强烈的渴望。

"这……我不是太清楚……也许……是的吧……可是现在，矿难发生的次数太频繁了，你最好还是不要去……非去……没有比当采煤工挣钱更多的活了吗？……"我语无伦次，反问着不是人话的话。

"还用问吗？对我们，那是肯定没有的喽！"不知何时，玩扑克的都不玩了，都在注意听我和那年轻的农民工的谈话了。"我记得有一份报上登过赔偿的数额……""一条农民采煤工的命是赔偿20万的，这肯定没错！""你怎么能那么肯定？是法律条文了吗？什么时候公布过了？""不会20万那么高吧？现如今车祸撞死一个农民，法院一般不是才判赔偿几万吗？""那是车祸，和采煤不同的。目前正是国家发展需要煤的时候，所以咱们的命也就比以往值钱多了！……""会不会一个省一个价呢？"年轻的农民工说，他和他们是一起的，都是要去同一个省的矿区的。有的是打工时认识的工友，有的是在这一次列车上认识的。他毫不客气地将别人拽了起来，自己坐在腾出的座位上了。接着又说："但愿我们去的地方，一条命也值20万元……"

被他拽起来的民工说："有人倒下去，那就得有人补上去，好比冲锋陷阵，得有下定决心不怕牺牲的精神！"那样子，那语气，很是光荣，还有点儿悲壮。

我听着，心里不禁联想到了两句诗——"风萧萧兮易水寒，壮士一去兮不复还！"我问："你们要去的是哪个省？"他们相互望着，交换着耐人寻味的眼色，就都不说话了。分明地，他们不愿让我知道。仿佛那是一个他们共同的福音，也是一个需要他们共同保守的大秘密。一旦被旁人所知，尤其是被我这样的旁人所知，大好的机会就会遭到破坏似的。

为了取悦于他们，我说："啊，我想起来了，有一份文件，规定了哪儿都是20万，一律平等。"他们都很信我的话，脸上的疑虑一扫而光，就都高兴起来。这个说有文件就好，那个说平等才对。他们一高兴，对我的态度也亲近了，

请我嗑瓜子，吃花生、枣子，还向我敬烟。我没吃什么，却极想吸烟，又没有烟了，便很高兴地接过了烟。一只按着打火机的手及时向我伸过来，我刚吸了一口，劣质的烟呛得我几乎咳嗽……

后来玩扑克的人接着玩扑克，那眼神忧郁的年轻的农民工也不再开口了，呆呆地望着窗外想他的心事。没人理睬我了，我低下头仍看我的《读者》。

玉顺嫂的股

九月出头，北方已有些凉。

我在村外的河边散步时，晨雾从对岸铺过来。庄稼地里，割倒的苞谷秸不见了，一节卡车的挂斗车厢也被隐去了轮，像江面上的一条船。

这边的河岸葳生着狗尾草，草穗的长绒毛吸着显而易见的露珠，刚浇过水似的。四五只红色或黄色的蜻蜓落在上边，翅子低垂，有一只的翅膀几乎是在搂抱着草穗。它们肯定昨晚就那么落着了，一夜的霜露弄湿了翅膀，分明也冻得够呛。不等到太阳出来晒干双翅，大约是飞不起来的。我竟信手捏住了一只的翅膀，指尖感觉到了微微的水湿。可怜的小东西们接近着麻木了，由麻木而极其麻痹。那一只在我手中听天由命地缓缓地转动着玻璃球似的头，我看着这种世界上眼睛最大的昆虫因为秋寒到来而丧失了起码的警觉，一时心生出忧伤来。"穿花蛱蝶深深见，点水蜻蜓款款飞"的季节过去了，它们的好日子已然不多，这是确定无疑的。它们不变得那样还能怎样呢？我轻轻将那只蜻蜓放在草穗上，而小东西随即又垂拢翅膀搂抱着草穗了。河边土地肥沃且水分充足，狗尾草占尽生长优势，草穗粗长，草籽饱满，看去更像狗尾巴了。

"梁先生……"

我一转身，见是个少年。雾已漫过河来，他如在云中，我也是。我在村中见到过他。

我问："有事？"

他说："我干妈派我，请您到她家去一次。"

我又问："你干妈是谁？"

他腼腆了，讷讷地说："就是……就是……村里的大人都叫她玉顺嫂那个……我干妈说您认识她……"

我立刻就知道他干妈是谁了。

这是个极寻常的小村，才三十几户人家，不起眼。除了村外这条河算是特点，此外再没什么吸引人的方面。我来到这里，是由于盛情难却。我的一位朋友在此出生，他的老父母还生活在村里。村里有一位民间医生善推拿，朋友说治颈椎病是他的"绝招"。我每次回哈尔滨，那朋友是必定得见的。而每次见后，他总是极其热情地陪我回来治疗颈椎病。效果姑且不谈，其盛情却是只有服从的。算这一次，我已来过三次，已认识不少村人了。玉顺嫂是我第二次来时认识的——那是冬季，也在河边。我要过河那边去，她要过河这边来，我俩相遇在桥中间。

"是梁先生吧？"——她背一大捆苞谷秸，望着我站住，一脸的虔敬。

我说是。她说要向我请教问题。我说那您放下苞谷秸吧。她说背着没事儿，不太沉，就几句话。

"你们北京人知道的情况多，据你看来，咱们国家的股市，前景到底会怎么样呢？"

我不由一愣，如同鲁迅在听祥林嫂问他：人死后究竟是有灵魂的吗？

她问得我心里咯噔一下。

我是从不炒股的。然每天不想听也会听到几耳，所以也算了解点儿情况。

我说："不怎么乐观。"

"是吗？"——她的双眉顿时紧皱起来了。同时，她的身子似乎顿时矮了，仿佛背着的苞谷秸一下子沉了几十斤。那不是由于弯腰所致，事实上她仍尽量在我面前挺直着腰。给我的感觉不是她的腰弯了，而是她的骨架转瞬间缩巴了。

她又说："是吗？"——目光牢牢地锁定我，竟有些发直，我一时后悔。

"您……也炒股？"

"是啊，可……你说不怎么乐观是什么意思呢？不怎么好？还是很糟糕？就算暂时不好，以后必定又会好的吧？村里人都说会的。他们说专家们一致是看好的。你的话，使我不知该信谁了……只要沉住气，最终还是会好的吧？"

她一连串的发问，使我根本无言以对，也根本料想不到，在这么一个仅三十几户人家的小村里，会一不小心遇到一名股民，还是农妇！

我明智地又说："当然，别人们的看法肯定是对的……至于专家们，他们比我有眼光。我对股市行情太缺乏研究，完全是外行，您千万别把我的话当回事儿……否极泰来，否极泰来……"

"我不明白……"

"就是……总而言之，要镇定，保持乐观的心态是正确的……"

我敷衍了几句，匆匆走过桥去，接近着逃掉。

在朋友家，他听我讲了经过，颇为不安地说："肯定是玉顺嫂，你说了不该那么说的话……"

朋友的老父母也不安了，都说那可咋办？那可咋办？

朋友告诉我，村里人家多是王姓，如果从爷爷辈论，皆五服内的亲戚关系，也皆闯关东的山东人后代，祖父辈的人将五服内的亲戚关系带到了东北。排论起来，他得叫玉顺嫂姑。只不过，如今不那么细论了，概以近便的乡亲关系相处。三年前，玉顺嫂的丈夫王玉顺在自家地里起土豆时，一头栽倒死去了。那一年他们的儿子在上技校，他们夫妻已攒下了八万多元钱，是预备翻盖房子的钱。村里大部分人家的房子都翻盖过了，只她家和另外三四家住的还是从前的土坯房。丈夫一死，玉顺嫂没了翻盖房子的心思。偏偏那时，村里人家几乎都炒起股来。村里的炒股热，是由一个叫王仪的人煽乎起来的。那王仪曾是某大村里的中学的老师，教数学，且教得一向极有水平，培养出了不少尖子生，他们屡屡在全县甚至全省的数学竞赛中取得名次及获奖。他退休后，几名考上了大学的学生表达师恩，凑钱买了一台挺高级的笔记本电脑送给他。不知从何日起，他便靠那台电脑在家炒起股来，逢人每喜滋滋地说：赚了一笔又赚了一笔。村人们被他的话拨弄得眼红心动，于是有人就将存款委托给他代炒。他则一一爽诺，表示肯定会使乡亲们都富起来。委托之人渐多，玉顺嫂最终也把持不住欲望，将自家的八万多元钱悉数交付给他全权代理了。起初人们还是相信他经常报告的好消息的。但消息再闭塞的一个小村，还是会有些外界的情况说法挤入的。于是有人起疑了，天天晚上也看起电视里的《财经频道》来。以前，人们是从不看那类频道的，每晚只选电视剧看。开始看那类频道了，疑心难免增大，有天晚上大家便相约了到王仪家郑重"咨询"。王仪倒也态度老实，坦率承认他代每一户人家买的股票全都损失惨重。还承认，其实他自己也将他们两口子多年辛苦挣下的十几万全赔进去了。他煽乎大家参与炒股，是想运用大家的钱将自家损失的钱捞回来……

他这么替自己辩护：我真的赚过！一次没赚过我也不会有那种想法。我利用了大家的钱确实不对，但从理论上讲，我和大家双赢的可能也不是一点儿没有！

愤怒了的大家哪里还愿多听他"从理论上"讲什么呢？就在他家里，当着他老婆孩子的面，委托给他的钱数大或较大的人，对他采取了暴烈的行动，把他揍得也挺惨。即使对于农民，当今也非仓里有粮，心中不慌的时代，而同样是钱钞为王的时代了。他们是中国挣钱最不容易的人。明知钱钞天天在贬值已够忧心忡忡的，一听说各家的血汗钱几乎等于打了水漂儿，又怎么可能不急眼呢？兹事体大，什么"五服"内"五服"外的关系，当时对于拳脚丝毫不是障碍了。第二天王仪离家出走了，以后就再没在村里出现过。他的家人说，连他们也不知他的下落了。各家惶惶地将所剩无几的股渣清了仓。

从此，这小村的农民们闻股变色，如同真实存在的股市是真真实实的蟒蛇精，专化形成性感异常的美女，生吞活咽幻想"共享富裕"的人。但人们转而一想，也就只有认命。可不嘛，些个农民炒的什么股呢？说到底自己被忽悠了也得怨自己，好比自己割肉喂猛兽了，而且是猛兽并没扑向自己，自己主动割上赶着喂的，疼得要哭叫起来也只能背着人哭到旷野上去叫呀！

有的人，一见到或一想到玉顺嫂，心里还会倍受道义的拷问与折磨一大家是都认命清仓了，却唯独玉顺嫂仍蒙在鼓里！仍在做着股票升值的美梦！仍整天沉浸于她当初那八万多元已经涨到了二十多万的幸福感之中。告诉她八万多元已损失到一万多了也赶紧清仓吧，于心不忍，怕死了丈夫不久的她承受不住真话的沉重打击；不告诉呢，又都觉得自己简直不是人了！我的朋友及他的老父母尤其受此折磨，因为他们家与玉顺嫂的关系真的在"五服"之内，是更亲近的。

朋友正讲着，玉顺嫂来了。朋友一反常态，当着玉顺嫂的面一句接一句数落我，极尽讽刺挖苦之能事，无非说我这个人一向不懂装懂，自以为是，由于长期被严重的颈椎病所纠缠，看什么事都变成了不可救药的悲观主义者云云。朋友的老父母也参与演戏，说我也曾炒过股，亏了几次，所以一谈到股市心里就没好气，自然念衰败经。我呢，只有嘿嘿讪笑，尽量表现出承认自己正是那样的。

玉顺嫂是很容易骗的女人。她高兴了，劝我要多住几天。说大冬天的，按摩加上每晚睡热乎乎的火炕，颈椎病会有减轻。

我说是的是的，我感觉痛苦症状减轻多了，这个村简直是我的吉祥地……

　　玉顺嫂走后，我和朋友互相看看，良久无话。我想苦笑，却连一个苦的笑都没笑成。朋友的老父母则都喃喃自语。一个说："这算干什么？这算干什么……"另一个说："往后还咋办？还咋办……"我跟那礼貌的少年来到玉顺嫂家，见她躺在炕上。她一边坐起来一边说："还真把你给请来了，我病着，不下炕了，你别见怪啊……"那少年将桌前的一把椅子摆正，我看出那是让我坐的地方，笑笑，坐了下去。我说不知道她病了。如果知道，会主动来探望她的。她叹口气，说她得了风湿性心脏病，一检查出来已很严重，地里的活儿是根本干不了啦，只能慢慢腾腾地自己给自己弄口饭吃了。我心一沉，问她儿子目前在哪儿。她说儿子已从技校毕业，在南方打工。知道家里把钱买成了股票后，跟她吵了一架，赌气又一走，连电话也很少打给她了。我心不但一沉，竟还疼了一下。她望着少年又说，多亏有他这个干儿子，经常来帮她做点儿事。

　　接着问少年："是叫的梁先生吗？"我替少年回答是的，夸了他一句。玉顺嫂也夸了他几句，话题一转，说她是请我来写遗嘱的。我一愕，急安慰她不要悲观，不要思虑太多，没必要嘛。玉顺嫂又叹口气，坚决地说：有必要啊！你别安慰我了，安慰我的话我听多了，没一句能对我起作用的。何况你梁先生是一个悲观的人，悲观的人劝别人不要悲观，那更不起作用了！你来都来了，便耽误你点儿时间，这会儿就替我把遗嘱写完吧……

那少年从抽屉里取出纸、笔以及印泥盒，一一摆在桌上。在玉顺嫂那种充满信赖的目光的注视之下，我犹犹豫豫地拿起了笔。按照她的遗嘱，子虚乌有的二十二万多元钱，20万留给她的儿子，一万元捐给村里的小学，一万元办她的葬事，包括修修她丈夫的坟，余下三千多元，归她的干儿子……

我接着替她给儿子写了封遗书，她嘱咐儿子务必用那20万元给自己修一处农村的家园，说在农村没了家园的农民的儿子，人生总归是堪忧的。并嘱咐儿子千万不要也炒股，那份儿提心吊胆的滋味实在不好……我回到朋友家里，将写遗嘱之事一说，朋友长叹道："我的任务总算完成了。希望由你这位作家替她写遗嘱，成了她最大的心愿……"我张张嘴，一个字也没说出来。序、家信、情书、起诉状、辩护书，我都替人写过不少。连悼词，也曾写过几次的。遗嘱却是第一次写，然而是多么不靠谱的一份遗嘱啊！值得欣慰的是，同时代人写了一封语重心长的遗书，一位母亲留给儿子的遗书，一封对得住作家的文字水平的遗书……

这么一想，我心情稍好了点儿。第二天下起了雨。第三天也是雨天。第四天上午，天终于放晴，朋友正欲陪我回哈尔滨，几个村人匆匆来了，他们说玉顺嫂死在炕上。朋友说：

"我不能陪你走了……"他眼睛红了。我说:"那我也留下来送玉顺嫂入土吧,我毕竟是替她写过遗嘱的人。"

村人们凑钱将玉顺嫂埋在了她自家的地头她丈夫的坟旁,也凑钱替她丈夫修了坟。她儿子没赶回来,唯一能与之联系的手机号码被告诉停机了。

没人敢做主取出玉顺嫂的股钱来用,怕被她那脾气不好的儿子回来时问责,惹出麻烦。那是一场极简单的丧事,却还是有人哭了。丧事结束,我见那少年悄悄问我的朋友:"叔,干妈留给我的那份儿钱,我该跟谁要呢?"朋友默默看着少年,仿佛聋了,哑了。他求助地将目光望向我。我胸中一大团纠结,郁闷得有些透不过气来,同样不知说什么好。路边草丛之下,遍地死蜻蜓。一场秋雨一场寒…

三平方米的金融海啸

这雨，可说场大雨了；小街上，便不见人影。然而，却还是有人的，都躲到人行道两侧避雨的地方去了。所谓避雨的地方，自然是那些没有门窗，竟也叫门面的菜摊或水果摊的屋顶下……

在北京的三环和四环之间，这条小街真是够脏够乱的。路宽不足十米，两侧一辆挨一辆停满了各种卧车、菜农或果农开来的大卡车、小卡车、厢式小货车以及小贩们的三轮平板车，马车也是常见的。今天是星期日，有三辆马车夹在机动辆之间——一辆载满蔬菜，另一辆载满瓜果，还有一辆载的是成袋的大米；幸而已及时罩上了雨布。那情形看去颇为荒诞，仿佛这条街上有处加油站；仿佛这是一个汽油短缺的月份，一概车辆皆在排队加油；马车也不例外……

阿伟坐的地方，是雨淋不着的。不但雨淋不着他，夏季的炎日也晒不着他。而且，只要他想坐在那儿，是可以从早到晚一直坐在那儿的。那儿是一个小区的门旁，有台阶。台阶半圆形，为了美观，向两边延伸出几米，看上去像有帽翅的古代的官帽。阿伟呢，就坐在左边的"帽翅"上，臀下垫块纸板。那是他合法的蹲坐之处。右边的"帽翅"，连着一家美发店的台阶。如果他坐到右边去，就不合法了，美发店的老板是有理由也有权力驱赶他离开的。当然，他若真坐到右边去，美发店的专利权那也断不至于撵他。他们已很熟。并且，广义言之，阿伟也是老板。

阿伟姓赵，原名赵韦，河南农民；已婚，并有一子。他的家庭成员，皆农民。他们祖祖辈辈是农民，已经十几代之久了。到他这一代，按名谱排下来，都逢上了韦字。韦字是没什么讲头的字，几位盼着家庭兴旺的长者一商量，就将他这一代人的韦字，加上了单立人。于是他的名，就也从赵韦，改成赵伟了。伟字自然是很有讲头了，但阿伟的人生，还没沾到伟字的什么大光。

阿伟在这条街上收废品。面前，有三平方米的合法地盘，用绿色的，两尺高的硬塑板围着。硬塑板上，自字印着北京某环保部门的名称。除此之外，他还有执照。为这一种合法性，阿伟每年须向有关部门交六千多元管理费，平均每月五百多元。

在那"官帽"的"帽翅"上，阿伟已经坐到第四年了。多垫两块纸板，他便也能够躺下。但腿是伸不开的。"帽翅"没那么长。若他躺下去，只有屈起双膝来。阿伟不常躺下，他对自己的职业形象还是挺在乎的。铁门内，有几幢二十余层的高楼。楼里人家都将废品卖给阿伟。阿伟自然也是有手机的，许多楼里人家知道他的手机号码。倘那些人家积攒的废品多了，一打他的手机，阿伟转眼便会拎着麻袋和秤出现在那些人家的门口。阿伟和小区里的人们关系处得不错……

前三年，阿伟的业务充满光明。起码，他自己是心满意足的。想想吧，一个年轻农民，在北京这一条很脏很乱的小街上，一旦取得了三平方米那么一小块合法坐守的地方，刨去应缴的管理费，一年竟能有两万多元的收入，还不应该谢天谢地么？所以他总是对北京心怀着几分虔诚的感激。并且总是这么想——如果全中国的大小城市都能有北京这么多照顾穷人的挣钱机会，那么中国的农民就几乎算是熬到了共产主义啦！一个中国农民，不论是哪个省的，即使一年到头辛辛苦苦地侍弄了十几亩地，也未必就能有两万多元的回报啊！而他，几乎就是坐守罢了。这钱怎么说也算挣得容易啊！第二年他的妻子带着儿子也来到北京了，他以每月300元的便宜价格租下了一间地下室，就在背后的小区里……

那时两口子对于生活都开始心生出有点儿伟大的憧憬来——他们盘算过攒下多少钱便足以推倒农村的旧屋盖新房了，也盘算过攒下多少钱就可以在小街上租下一间门面，经营一种什么小生意了。那有点儿伟大的憧憬需要用两个五年计划来实现。两个五年计划不才十年么？他们都年轻着，有那份耐心。

不料好景不长，今年以来，业务每况愈下，都是金融海啸给闹的。

他每日所收的废报和过期刊物的封面上，几乎随时都能扫视到"金融海啸"四个字。那四个字每每作为黑体标题，有时大得离谱，然而他只当那是和自己毫无关系的事。似乎，也和每日出现在这条小街上的人们没什么关系。一切摊位上的蔬菜瓜果并没明显地涨价。理发的价格从八元涨到了十元，然而他并没听到什么抱怨之声。但是不久，"金融海啸"竟啸到了他这一行。虽然不曾见海，其啸却来势汹汹。废品的回收价格都降了一半，而那意味着他们的收入每天，每月，每年便也减少了一半……

某天夜里，妻子轻轻推了他两次。他说："我没睡着。"躺下以后，他就不曾合过眼睛。而妻子，却是睡着了一阵又醒来的。她已经在两个月前开始做钟点工了，做钟点工不能带着小孩。白天，他们4岁的儿子跟他一起守摊。简直可以说，小小的儿子也开始打工生涯了。

妻子没头没脑地问："咋办？"但他一听就明白她在问什么。他说："挺。"妻子沉默一会儿，低声哭了。他摸索到她一只手，握了握，又说："别哭醒儿子。"儿子不知道有什么金融海啸，当然也不觉得有什么危机正压迫着他们一家三口。

儿子挺乐于跟他一块坦然自若守摊的，困了就偎在他怀里睡一觉。第二天，他与妻子统一了意见；妻子当晚将儿子送回老家去了……雨仍在下，丝毫没有停的迹象。菜摊的主人们也都躲到避雨的地方去了，隔街望着各自的菜摊而已。他们成心不罩他们的菜——萝卜、土豆、柿子、黄瓜、各类青菜，被大雨一淋，红的更红，紫的更紫，白的更白，绿的更绿了，正中摊主们的下怀。他们倒是都有点儿感激金融海啸的。"贵？金融海啸了，不涨价格，我们还有活路吗？"——他们每说这一类话。嫌贵的人听他们那么一说，就不好意思讨价还价了。

阿伟羡慕他们，然而并不后悔。毕竟，他所占据的三平方米地面是合法的。2009年六千多元的管理费，他在年初如数交了。而他们，城管人员一来到这条小街上，便顷刻作鸟兽散。

雨虽然将菜淋得更新鲜了似的，但街面上流淌着的水却那么污浊，各种各样的垃圾顺流而漂。阿伟却一向以极亲切的眼光来看这一条小街，包括此刻。因为，他视自己那三平方米地面为宝地。在过去的三年多里，他靠它挣了六七万元啊！农村里哪儿有这么宝贵的一小块地啊！

"你手机响了。"——站在铁门旁的保安对他大声说。他赶紧掏出手机。"响了两次了。""是吗？谢谢，我没听到。"手机里传出一个小伙子的声音，催他到一幢楼里去收废品。他本想说等雨停了再去，听出小伙子很急，张张嘴没那么说……

　　给他开门的是个二十六七岁的小女子，看样刚迈出大学校门不久；一个三十多岁的男子在屋里对着手机大声嚷嚷："那不行！有规定不能随便裁人！我给公司出了多年的力了，凭什么找个借口就想一脚踢开我？少废话！我不管什么金融海啸不海啸，法庭上见！……"

　　想必，便是他以为的小伙子。小女子刚将一纸箱塑料瓶放在门外，那男子一步跨到门口，对他大发其火："你他妈怎么回事儿？拨过你两次手机了！"他愣了愣，低声说："下雨，没听到。保安告诉我才听到的，对不起。""你他妈聋了？"他又说："对不起。"小女子默默将那男子推开，催促他："快点，快点儿。"他数了数瓶子，忍气吞声地说："总共七角。""七角？！"——那男子又冲到了门口，指着他声色俱厉："多少钱？再说一遍！""八个小瓶，每个五分，五八四角。三个大瓶，每个一角，三角。四角加三角，七角。信不过我你亲自再数一遍。""你骗谁你？！当我们没卖过瓶子啊？明明小瓶子一角，大瓶子两角，你怎么按五分收？按一角收？……""那是去年的价。去年就是我收的……今年，你们也知道的，金融海啸了……""啸你妈的头啊！你个收破烂儿的，也他妈敢打着金融海啸的幌子呀？你配吗你？！……七角钱！老子宁肯扔了也不卖了！……"那男子气呼呼地跨将出来，捧起纸箱，几步走到公共垃圾筒前，将纸箱扔入。之后，看也不看他一眼，返入家门，将门呼地关上……

阿伟生气地望着那门。他记得以前也来这一户收过废品，主人并非刚才那一对男女。显然，主人将房子租出去了。为了上门来收废品，他淋得落汤鸡似的。那些瓶子一扔进垃圾筒里，捡它们的权利便属于这幢楼的清洁工了。这是小区里的规定。任何别人捡，等于侵权。侵犯别人权益之事，阿伟是做不来的。尽管，他这会儿将纸箱子从垃圾筒里捧出来，没人会看到。他有点儿想那么做，但也只是一念闪过而已。这幢楼的女清洁工，也是从农村出来的。他认识她，他俩常在一起聊农村人进城打工的不容易。他俩同命相怜。他觉得他如果照自己那一闪念去做了，未免太可耻。

他也特想踹开门，将那男子也狗血喷头地骂一顿。如果对方敢跟他动手，他才不怕。打就打，都是高矮胖瘦一般般的男人，谁怕谁？却同样是一闪念而已。听了那男子对着手机嚷嚷的话，他不愿和对方一般见识了。

落汤鸡般的阿伟是在十五层楼。电梯迟迟不上来，他等不及，索性下楼梯。外边，雨终于变小。阿伟出现在楼口台阶上时，天空已经有些见晴。他抬头望望天空，郁闷情绪因之稍释。

"挺。"他喃喃自语，不料脚下一滑，从台阶上跌了下去。他站了几次，没站起来……在医院，妻子见他一条腿上了夹板，立刻就哭了。"咋办？""挺。""你都这样了，还怎么挺啊……""世上从来没有一直不过去的事儿……咱们那三平方米宝地得坚守住！

不放弃，绝不放弃！哪怕把以前挣的钱再贴进去，也要守住！守住了那三平方米地方，盖新房子就还有希望，供儿子将来上学的费用就不愁！……"这农村年轻人的脸上流下泪来；然而，那话语却说得掷地有声。

"听说，不久这条街要改造了……""咱不怕。不管怎么改造，城市人家总还是有废品的。咱那地方，是合法的！"

几天以后，阿伟又出现在他的宝地旁。由于一条腿上了夹板，他只能侧身而坐。那样，他上了夹板的腿就可以平放在水泥台上。那是很累的一种坐法。

在小区的广告板上，新贴了一张纸，上写几行字是：

由于金融海啸的影响，废品收购价格全都下降了百分之五十，请大家理解。又由于本人跌断了腿，一段时期内不能上门收购，也请多多原谅！特殊时期，让我们共渡难关，朝前看。希望在前边！……

2009年5月14日于北京

小垃圾女

　　我第一次见到她，是在元月下旬的一个日子，刮着五六级风。家居对面，元大都遗址上的高树矮树，皆低俯着它们光秃秃的树冠，表示对冬季之厉色的臣服。偏偏十点左右，商场来电话，通知安装抽油烟机的师傅往我家出发了……

　　前一天我就将旧的抽油烟机卸下来丢弃在楼口外了。它已为我家厨房服役十余年，油污得不成样子。我早就对它腻歪透了。一除去它，上下左右的油污彻底暴露，我得赶在安装师傅到来之前刮擦干净。洗涤灵去污粉之类难起作用，我想到了用湿抹布滚粘了沙子去污的办法。我在外边寻找到些沙子用小盆往回端时，见个十一二岁的女孩儿，站在铁栅栏旁。我丢弃的那台脏兮兮的抽油烟机，已被她弄到那儿。并且，一半已从栅栏底下弄到栅栏外；另一半，被突出的部分卡住。

　　女孩儿正使劲跺踏着。她穿得很单薄，衣服裤子旧而且小。脚上是一双夏天穿的扣绊布鞋，破袜子露脚面。两条齐肩小辫，用不同颜色的头绳扎着。她一看见我，立刻停止跺踏，双手攥一根栅栏，双脚蹬在栅栏的横条上，悠荡着身子，仿佛在那儿玩的样子。那儿少了一根铁栅，传达室的朱师傅用粗铁丝拦了几道。对于那女孩儿来说，钻进钻出仍是很容易的。分明，只要我使她感到害怕，她便会一下子钻出去逃之夭夭。而我为了不使她感到害怕，主动说："孩子，你是没法弄走它的呀！"——倘她由于害怕我仓皇钻出时刮破了衣服，甚或刮伤了哪儿，我内心里肯定会觉得不安的。

她却说："是一个叔叔给我的。"——又开始用她的一只小脚踩踏。

果而有什么"叔叔"给她的话，那么只能是我。我当然没有。

我说："是吗？"

她说："真的。"

我说："你可小心……"

我的话还没说完，她已弯下腰去，一手捂着脚腕了。破裂了的塑料是很锋利的。我说："唉，扎着了吧？你倒是要这么脏兮兮的东西干什么呢？"她说："卖钱。"其声细小。说罢抬头望我，泪汪汪的。显然疼的。接着低头看自己捂过脚腕的小手，手掌心上染血了。我端着半盆沙子，一时因我的明知故问和她小手上的血而呆在那儿。她又说："我是穷人的女儿。"——其声更细小了。她的话使我那么的始料不及，我张张嘴，竟不知再说什么好。而商场派来的师傅到了，我只有引领他们回家。他们安装时，我翻出一片创口贴，去给那女孩儿，却见她蹲在那儿哭，脏兮兮的抽油烟机不见了。我问哪儿去了？

她说被两个蹬手板车收破烂儿的大男人抢去了。说他们中一个跳过栅栏，一接一递，没费什么事儿就成他们的了……我问能卖多少钱？她说十元都不止呢，哭得更伤心了。我替她用创口贴护上了脚腕的伤口，又问："谁教你对人说你是穷人的女儿？"她说："没人教，我本来就是。"我不相信没人教她，但也不再问什么。我将她带到家门口，给了她几件不久前清理的旧衣物。她说："穷人的女儿谢谢您了叔叔。"我又始料不及，觉得脸上发烧。我兜里有些零钱，本打算掏出全给了她的。但一只手虽已插入兜里，却没往外掏。那女孩儿的眼，希冀地盯着我那只手和那衣兜。我说："不用谢，去吧。"她单肩背起小布包下楼时，我又说："过几天再来，我还有些书刊给你。"听着她的脚步声消失在外边我才抽出手，不知不觉中竟出了一手的汗。我当时真不明白我是怎么了……

事实上我早已察觉到了那女孩儿对我的生活空间的"入侵"。那是一种诡秘的行径。但仅仅诡秘而已，绝不具有任何冒犯的意味。更不具有什么危险的性质。无非是些打算送给朱师傅去卖，暂且放在门外过道的旧物，每每再一出门就不翼而飞了。左邻右舍都曾说撞见过一个小小年纪的"女贼"在偷东西。我想，便是那"穷人的女儿"无疑了……

四五天后的一个早晨我去散步，刚出楼口又一眼看见了她。仍在第一次见到她的地方，她仍然悠荡着身子在玩儿似的。她也同时看见了我，语调亲昵地叫了声叔叔。而我，若未见她，已将她这一个穷人的女儿忘了。

我驻足问："你怎么又来了？"她说："我在等您呀叔叔。"——语调中掺入了怯怯的，自感卑贱似的成分。我说："等我？等我干什么？"她说："您不是答应再给我些您家不要的东西么？"我这才想起对她的许诺，搪塞地说："挺多呢，你也拎不动啊！""喏"——她朝一旁翘了翘下巴，一个小车就在她脚旁。说那是"车"，很牵强，只不过是一块带轮子的车底板。显然也是别人家扔的，被她捡了。我问她脚好了么？她说还贴着创可贴呢，但已经不怎么疼了。之后，一双大眼瞪着我又强调地说："我都等了您几个早晨了。"

我说："女孩儿，你得知道，我家要处理的东西，一向都是给传达室朱师傅的。已经给了几年了。"——我的言下之意是，不能由于你改变了啊！

她那双大眼睛微微一眯，凝视我片刻说："他家里有个十八九岁的残疾女儿，你喜欢她是不是？"我不禁笑着点了一下头。"那，一次给她家，一次给我，行不？"——她专执一念地对我进行说服。我又笑了。我说："前几天刚给过你一次，再有不是该给她家了么？"她眨眨眼说："那，你已经给她家几年了。也多轮我几次吧！"我又想笑，却怎么也笑不起来了。心里一时的很觉酸楚，替眼前花蕾之龄的女孩儿，也替她那张能说会道的小嘴儿。我终不忍令她太过失望，二次使她满足……我第三次见到那女孩儿，日子已快临近春节了。我开口便道："这次可没什么东西打发你了。"女孩儿说："我不是来要东西的。"——她说从我给她的旧书刊中发现了一个信封，怕我找不到着急，所以接连两三天带在身上，要当面交我。那信封封着口，无字。我撕开一看，是稿费单及税单而已。她问："很重要吧？"我说："是的，很重要，谢谢你。"她笑了："咱俩之间还谢什么。"她那窃喜的模样，如同受到了庄严的表彰。而我却看出了破绽——封口处，留下了两个小小的脏手印儿。夹在书刊里寄给我的单据，从来是不封信封口的。好一个狡黠的"穷人的女儿"啊！她对我动的小心眼令我心疼她。"看"——她将一只脚伸过栅栏，我发现她脚上已穿着双新的棉鞋了，摊儿上卖的那一种。并且，她一偏她的头，故意让我瞧见她的两只小辫已扎着红绫了。我说："你今天真漂亮。"她悠荡着身子说："我妈妈决定，今年春节我们不回老家了。""爸爸是干什么的？"她略一愣，遂低下了头。我正后悔自己不该问，她抬起头说："叔叔，初一早晨我会给您拜年。"我说不必。她说一定。我说我也许会睡懒觉。
她说那她就等。说您不会初一整天不出家门的呀。说她连拜年
的话都想好了："叔叔马年吉祥，恭喜发财！""叔叔我一定
来给你拜年！"说完，猛转身一蹦一跳地跑了。两只小辫上扎
的红绫，像两只蝴蝶在她左右肩翻飞……

　　初一我起得很早。倒并不是因为和那"穷人的女儿"有个
比较郑重的约会，而是由于三十儿夜晚看一本书看得失眠了。
我是个越失眠反而越早起的人。却也不能说与那个比较郑重的
约会毫无关系。其实我挺希望初一一大早走出家门，一眼看见
一个一身簇新，手儿脸儿洗得干干净净，两条齐肩小辫扎得精
精神神的小姑娘快活地大声给我拜年："叔叔马年吉祥，恭喜
发财！"——尽管我不相信那真能给我带来什么财运……

　　一上午，我多次伫立窗口朝下望，却始终不见那"穷人的
女儿"的小身影。下午也是。到今天为止，我再没见过她。却
时而想到她。每一想到，便不由得在内心默默祈祷：小姑娘，
马年吉祥，恭喜发财！……

玻璃匠和他的儿子

20世纪80年代以前，城市里每能见到一类游走匠人——他们背着一个简陋的木架走街串巷；架子上分格装着些尺寸不等，厚薄不同的玻璃。他们一边走一边招徕生意："镶——窗户！……镶——镜框！……镶——相框！……"

他们被叫作"玻璃匠"。

有时，人们甚至直接这么叫他们："哎，镶玻璃的！"

他们一旦被叫住，他们就有点儿钱可挣了。或一角，或几角。总之，除了成本，也就是一块玻璃的原价。他们一次所挣的钱，绝不会超过几角去。一次能挣五角钱的活，那就是"大活儿"了。他们一个月遇不上几次大活儿的。一年四季，他们风里来雨里去，冒酷暑，顶严寒，为的是一家人的生活。他们大抵是些由于这样或那样的原因而被拒在"国营"体制以外的人。按今天的说法，是些当年"自谋生路"的人。有"玻璃匠"的年代，城市百姓的日子都过得很拮据，也特别仔细。不论窗玻璃裂碎了，还是相框玻璃或镜子裂碎了；那大块儿的，是舍不得扔的，专等玻璃匠来了，给切割一番，拼对一番。要知道，那是连破了一只瓷盆都舍不得扔，专等铜匠来了给铜上的穷困年代啊！……

玻璃匠开始切割玻璃时，每每吸引不少好奇的孩子围观。孩子们的好奇心，主要是由"玻璃匠"那一把玻璃刀引起的。玻璃刀本身当然不是玻璃的。玻璃刀看上去都是样子差不了哪儿去的刃具，像临帖的毛笔。刀头一般长方而扁，其上固定着极小极小的一粒钻石。玻璃刀之所以能切割玻璃，完全靠那一粒钻石。没有了那一粒小之又小的钻石，一把玻璃刀便一钱不值了。玻璃匠也就只得改行，除非他再买一把玻璃刀。而从前一把玻璃刀一百几十元，相当于一辆新自行车的价格，对于靠镶玻璃养家糊口的人，谈何容易！并且，也极难买到。因为在从前，在中国，钻石本身太稀缺了。所以，从前中国的玻璃匠们，用的几乎全是从前的从前也即解放前的玻璃刀，大抵是外国货。解放前的中国还造不出玻璃刀来。将一粒小之又小的钻石固定在铜或钢的刀头上，是一种特殊的工艺。可想而知，玻璃匠们是多么爱惜他们的玻璃刀！与侠客对自己们的兵器的爱惜程度相比，也是不算夸张的。每一位玻璃匠都一定为他们的玻璃刀做了套子，像从前的中学女生每为自己心爱的钢笔织一个笔套。有的玻璃匠，甚至为他们的玻璃刀做了双层的套子。一层保护刀头，另一层连刀身都套进去，再用一条链子系在内衣兜里，像系着一块宝贵的怀表似的。当他们从套中抽出玻璃刀，好奇的孩子们就将一双双眼睛瞪大了。玻璃刀贴着尺在玻璃上轻轻一划，随之出现一道纹，再经玻璃匠的双手有把握地一掰，玻璃就沿纹齐整地分开了，在孩子们看来那是不可思议的……

我的一位中年朋友的父亲，便是从前年代的一名玻璃匠。他的父亲有一把德国造的玻璃刀。那把玻璃刀上的钻石，比许多玻璃刀上的钻石都大，约半个芝麻粒儿那么大。它对于他的父亲和他一家，意味着什么不必细说。

有次，我这一位朋友在我家里望着我父亲的遗像，聊起了自己曾是玻璃匠的父亲，聊起了他父亲那一把视如宝物的玻璃刀。我听他娓娓道来，心中感慨万千：

他说他父亲一向身体不好，脾气也不好。他10岁那一年，他母亲去世了，从此他父亲的脾气就更不好了。而他是长子，下边有一个弟弟一个妹妹。父亲一发脾气，他就首先成了出气筒。年纪小小的他，和父亲的关系越来越紧张，也越来越冷漠。他认为他的父亲一点儿也不关爱他和弟弟妹妹。他暗想，自己因而也有理由不爱父亲。他承认，少年时的他，心里竟有点儿恨自己的父亲……

有一年夏季，父亲回老家去办理祖父的丧事。父亲临走，指着一个小木匣严厉地说："谁也不许动那里边的东西！"——他知道父亲的话主要是说给他听的，同时猜到，父亲的玻璃刀放在那个小木匣里了。但他毕竟是个孩子啊！别的孩子感兴趣的东西，他也免不了会对之发生好奇心的呀！何况那东西是自己家里的，就放在一个没有锁的，普普通通的小木匣里！于是父亲走后的第二天他打开了那小木匣，父亲的玻璃刀果然在内。但他只不过将玻璃刀从双层的绒布的套子里抽出来欣赏一番，比划几下而已。他以为他的好奇心会就此满足。却没有。第三天他又将玻璃刀拿在手中，好奇心更大了。找到块碎玻璃试着在上边划了一下，一掰，碎玻璃分为两半，他就觉得更好玩了。以后的几天里，他也成了一名小玻璃匠，用东捡西拾的碎玻璃，为同学们切割出了一些玻璃的直尺和三角尺，大受欢迎。然而最后一次。那把玻璃刀没能从玻璃上划出纹来，仔细一看。刀头上的钻石不见了！他这一惊非同小可，心里毛了，手也被玻璃割破了。他怎么也没想到，使用不得法。刀头上那粒小之又小的钻石，是会被弄掉的。他完全搞不清楚是什么时候掉的，可能掉在哪儿了？就算清楚，又哪里会找得到呢？就算找到了，凭他，又如何安到刀头上去呢？他对我说，那是他人生中所面临的第一次重大事件。甚至，是唯一的一次重大事件。以后他所面临过的某些烦恼之事的性质，都不及当年那一件事严峻。他当时可以说是吓傻了……由于恐惧，那一天夜里，他想出了一个卑劣的方法——第二天他向同学借了一把小镊子。将一小块碎玻璃在石块上仔仔细细捣得粉碎，夹起半个芝麻粒儿那么小的一个玻璃碴儿，用胶水粘在玻璃刀的刀头上了。那一年是1972年，他14岁……

三十余年后，在我家里，想到他的父亲时，他一边回忆一边对我说："当年，我并不觉得我的办法卑劣。甚至，还觉得挺高明。我希望父亲发现玻璃刀上的钻石粒儿掉了时，以为是他自己使用不慎弄掉的。那么小的东西，一旦掉了，满地哪儿去找呢？即使找不到，哪怕怀疑是我搞坏的，也没有什么根据。只能是怀疑啊！……"

他的父亲回到家里后，吃饭时见他手上缠着布条，问他手指怎么了？他搪塞地回答，生火时不小心被烫了一下。父亲没再多问他什么。

翌日，父亲一早背着玻璃箱出门挣钱去，才一个多小时后就回来了。脸上阴云密布。他和他的弟弟妹妹吓得大气儿都不敢出一口。然而父亲并没问玻璃刀的事，只不过仰躺在床上，闷声不响地接连吸烟……

下午，父亲将他和弟弟妹妹叫到跟前，依然阴沉着脸但却语调平静地说："镶玻璃这种营生是越来越不好干了。哪儿哪儿都停产，连玻璃厂都不生产玻璃了。玻璃匠买不到玻璃，给别人家镶什么呢？我要把那玻璃箱连同剩下的几块玻璃都卖了。我以后不做玻璃匠了，我得另找一种活儿挣钱养活你们……"

他的父亲说完，真的背起玻璃箱出门卖去了……

以后，他的父亲就不再是一个靠手艺挣钱的男人了，而是一个靠力气挣钱养活自己儿女的男人了。他说，以后他的父亲做过临时搬运工，做过临时仓库看守员，还做过公共浴堂的临时搓澡人；居然还放弃一个中年男人的自尊，正正式式地拜师为徒，在公共浴堂里学过修脚……

而且，他父亲的暴脾气，不知为什么竟一天天变好了，不管在外边受了多大委屈和欺辱，再也没回到家里冲他和弟弟妹妹宣泄过。那当父亲的，对于自己的儿女们，也很懂得问饥问寒地关爱着了。这一点一直是他和弟弟妹妹们心中的一个谜，虽然都不免奇怪，却并没有哪一个当面问过他们的父亲。

到了我的朋友34岁那一年也就是90年代初，他的父亲因积劳成疾，才六十多岁就患了绝症。在医院里，在曾做过玻璃匠的父亲的生命之烛快燃尽的日子里。我的朋友对他的父亲孝敬倍增。那时。他们父子的关系已变得非常深厚了。一天，趁父亲精神还可以，儿子终于向父亲承认，二十几年前，父亲那一把宝贵的玻璃刀是自己弄坏的，也坦白了自己当时那一种卑劣的想法……

不料他父亲说："当年我就断定是你小子弄坏的！"

儿子惊讶了："为什么父亲？难道你从地上找到了……那

么小那么小的东西啊，怎么可能呢？"

他的老父亲微微一笑，语调幽默地说："你以为你那种法子高明啊？你以为你爸就那么容易受骗呀？你又哪里会知道，我每次给人家割玻璃时，总是习惯用大拇指抹抹刀头。那天，我一抹，你粘在刀头上的玻璃碴子，扎进我大拇指肚里去了。我只得把揣进自己兜里的五角钱又掏出来退给人家了。我当时那种难堪的样子就别提了，好些个大人孩子围着我看呢！儿子你就不想想。你那么做，不是等于要成心当众出你爸爸的洋相么？……"

儿子愣了愣，低声又问："那你，当年怎么没暴打我一顿？"

他那老父亲注视着他，目光一时变得极为温柔，语调缓慢地说："当年，我是那么想来着。恨不得几步就走回家里，见着你，掀翻就打。可走着走着，似乎有谁在我耳边对我说，你这个当爸的男人啊，你怪谁呢？你的儿子弄坏了你的东西不敢对你说，还不是因为你平日对他太凶么？你如果平日使他感到你对于他是最可亲爱的一个人。他至于那么做吗？一个14岁的孩子，那么做成是容易的吗？换成大人也不容易啊！不信你回家试试，看你自己把玻璃捣得那么碎，再把那么小那么小的玻璃碴粘在金属上容易不容易？你儿子的做法，是怕你怕的呀！……

我走着走着，我就流泪了。那一天，是我当父亲以来，第一次知道心疼孩子。以前呢，我的心都被穷日子累糙了，顾不上关怀自己的孩子们了……"

"那，爸你也不是因为镶玻璃的活儿不好干了才……"

"唉，儿子你这话问的！这还用问么？……"我的朋友，一个三十五六岁的儿子，伏在他老父亲身上，无声地哭了。几天后。那父亲在他的两个儿子一个女儿的守护之下，安详而逝……我的朋友对我讲述完了，我和他不约而同地吸起烟来，长久无话。那时，夕照洒进屋里，洒了一地，洒了一墙。我老父亲的遗像，沐浴着夕照，他在对我微笑。他也曾是一位脾气很大的父亲，也曾使我们当儿女的都很惧怕。可是从某一年开始，他忽然似的判若两人，变成了一位性情温良的父亲。

我望着父亲的遗像，陷入默默地回忆——在我们几个儿女和我们的老父亲之间，想必也曾发生过类似的事吧？那究竟是一件什么事呢？——可我却没有我的朋友那么幸运，至今也不知道。而且，也不可能知道了，将永远是一个谜了……

关于情感

世界上没人能对"情感"二字进行周详的诠释。迄今为止所有一切关于"情感"的解说加在一起，也还是无法将人性这复杂而又多彩的现象全部包含。正如迄今为止所有一切关于自然界的解说加在一起，并不能将自然界的种种现象分析得明明白白。

所以便有了这样的诗句：

比陆地更广大的是海洋，比海洋更广大的是天空，比天空更广大的是宇宙，和宇宙一样广大的，是人的心灵。

在这样的诗句中，"广大"一词的意思，据我想来，不仅仅是一种"维"的概念，或许更意味着其难以全面探究的无限性。

和"情感"二字联系得最紧密的是"心灵"一词，正如鱼必然使我们联想到水。

我们有心脏，心脏是实在的器官，解剖学早已证明了这一点。但解剖学从未在人身上发现过"心灵"是什么，也永远不可能发现。它根本就不存在。虽然它根本就不存在，人类却宁可信其有，不愿信其无。因为情感它需要有一个家。这比较符合人性之逻辑。故缺乏情感的人，常被形容为心灵冷漠。故倡导情感教育的人士们每每如此强调——谁都有心脏，但并非谁都有心灵可言。这意味着强调心灵是后天的，是某种人不重视其有无，便就似有似无的事物，或曰"东西"。而情感却是先天的，它分布在人性中，如江河之分布在大地上。环境的污染足以使江河淤塞，甚至断流，干涸。于是不但需要有清污船，还需要有水库。心灵是情感的水库；情感教育是情感的清污船。其实没谁强迫人类对自己进行什么情感教育。这纯粹源于人性的一种自觉。这自觉最初体现于宗教，也可以认为体现于一种恐惧——种人类对人性恶的恐惧。人类在蒙昧时期恐惧自然界对自己的危害。人类越文明则越清楚地意识到——其实更值得恐惧的是人性自身的恶。人类尝此恶果远甚于自然界对自己的危害，于是人类只得靠了宗教来威吓自身。与从前的教规相比，后来的法律真是温和多了，也实事求是多了。

尽管我们难以对"情感"二字进行周详的诠释，却起码可以指出有些表现在许多时候所呈现的并非情感现象。

比如疼痛如果仅仅反应在肉体上，一般情况之下不是什么情感的现象，只有反应在心灵里的时候才是。

比如饮食的快感一般情况之下那不是什么情感的现象，但当宗教徒作餐前祷告之时，或流浪汉跪饮异域的泉水，倏忽间怀念起家院中的井以及父母亲人时，情况就大为不同了。

比如孩子独自在家看一般恐怖片的碟时害怕了，一般情况之下不是什么情感的现象；只有当听到父母回家的脚步声临近家门一跃而起跑去开门时，本能才刹那间转化为情感。

比如中了彩券的百万大奖高兴得眉开眼笑，一般情况之下不是什么情感的现象；随即想到要与最亲爱的人们共同分享那一幸运的时候才是。倘竟没有一个亲爱之人值得相告，那么那一种高兴和一头食肉动物偶获一餐时的"快乐"嚎叫没什么区别。

比如《卖火柴的小女孩》在冻死之前幻想到了老祖母在天堂向她伸出拥抱的手臂当然是情感的现象；孔乙己赊酒数茴香豆时也体现出丰富又微妙的情感现象——而婴儿的啼哭却是与情感二字没什么直接关系的。

现代的人类在本欲方面的要求是越来越强烈越来越多种多样五花八门了，但在情感的丰富和细腻方面，一个不争的事实是——似乎越来越退化了。

现代的人类企图回避这一真相，结果是越加的用本欲代替情感，并且进一步企图将二者混淆，以为就会在本欲大大满足的同时，也解决了情感匮乏的危机。

而这是自欺欺人的，只有人性才有自欺欺人的现象。

现代人的心灵，已不再像宇宙，倒有点儿像碳，什么都吸收，但自身不变。

在未来的时代，中国的一代代独生子女长大成人，渐渐主宰中国。人类情感质量退化的现象，呈现于中国，也许比呈现于世界任何国家都更咄咄逼人吧？

情感教育，对于中国，当是民族的必修之课。如果我们能觉悟到这一点，为时还不算晚……

感觉日本

——初识日本人

现在，我逼近了日本。它已经就在我的下边……

我的意思当然是——它已经就在我的视线下边。

从飞机上俯瞰日本，更准确地说——俯瞰东京，与从高空俯瞰任何一座城市没什么两样。在我看来只不过是地球上的一块"溃疡"罢了。白天乘飞机抵达任何一座城市，无论国内的也罢，国外的也罢，如果你有兴致凑向小小的舷窗俯瞰，你除了能想象它们是地球上的一块"溃疡"，还会想象它们是别的什么吗？

夜晚，肯定就是另外一种情形了。去年我出访马来西亚，飞机抵达首都吉隆坡，最先看到的是一条灯光的"河流"。那显然是一条在夜晚也车流量稠密的公路。车灯仿佛一对对灯笼，等距离排列，一对连接一对。等速流动，似乎缓缓地引导着飞机的航向。夜间，一片灯光烂漫！什么别的轮廓和幢影都不存在，唯有一片灯光烂漫。如同你根本不是在接近一座城市，而是在接近一场规模无比盛大的秉烛狂欢。尽管听不到狂欢之声，但那时无声胜有声……

　　东京是地球上屈指可数的大都市之一。其大其繁华当然非吉隆坡可比。但遗憾的是我所乘的是下午三点多抵达的班次。在阳光的照耀下，丛丛密布的建筑群，像是上帝在地球上摆过的一片多米诺骨牌，一片高矮不一的多米诺骨牌，一片没涂上鲜艳色彩的多米诺骨牌，一片骨质风化了的多米诺骨牌。我当然知道多米诺骨牌其实一般都是用木块制作的。我的意思是，从高空俯瞰，在阳光的照耀下，我们人类都市的那些水泥建筑，尤其是那些未被反光物装饰过的"裸体"水泥建筑，使人感到是用被风化过了的骨头打磨成的……

　　尽管我觉得自己正从高空向一片地球的"溃疡"降落，但我还是希望立刻就降落在那一片"溃疡"上。人非鸟，没翅膀，在空中运行久了，心里总不那么踏实。哪怕是一片沙漠我也愿先降落一下，定定心。

　　何况我知道，真正迎接我的，将是一部分人类创造的大都市的繁华与文明……

　　早在七月我面临一种选择——或者随中国作家代表团赴香

港进行文学交流活动，或者随中国电影家代表团出访日本。日期都确定在九月份。香港和日本，都是我未曾去过的，都想去。由于时间的冲突，我最后决定放弃去香港的机会。我心中竟产生一种强烈而又明确的意识——了解日本。了解这个曾经在半世纪前侵略并占领了几乎整个中国的民族。它在我心中一直是一个野心勃勃的，凶悍得难以彻底制服的，在"二战"结束以后不得不变得温良，委曲求全，却又时时刻刻企图一纵而起，重新跃上世界舞台中心的国家。我将它比作红狼——那一种狼的异种，攻击性极强，有时居然胆敢围猎狮子，不将狮子咬死吃掉誓不罢休……

然而我去日本之前接触过的日本人，却又是一些绝顶"温良恭俭让"的男人和女人。起码是一些彬彬有礼的男人和女人。有的甚至是堪称情意深长的男人和女人。我下面将我和他们的接触，一一介绍给读者：

池田寿龟先生我和他相识于20世纪八六或八七年。当年他是中国外文局聘请的日文翻译专家。我是北京电影制片厂的编剧。当年他大约六十六七岁，那么现在应该是七十四五岁的人了。对我而言，的确是位日本老先生了。

我和他的相识，得感谢我们的"一位"中国同胞，却至今无缘与那"一位"中国同胞相识。而且以后也肯定无缘的了……

十月里的某一天，我接到一次电话。对方女性。

"你是梁晓声？"

我说正是。

"我怎么听着不像你的声音啊？"

我问那么你又是谁呢？

她说我装听不出她是谁。

我说我真的听不出她是谁。

她便说出了一个女人的爱称。当然便是专供男人们叫的，她自己的爱称。

我想了想，终究还是想不起她是谁。"你怎么可以这样呢？"

我懵懂地问我怎么了？她说："你怎么可以不理我了呢？你打算从我的生活中如此消失么？"我说我根本不认识你啊！觉得无聊，将电话挂断了。当年我住在北影院内十九号楼。那是最肮脏不堪的一幢筒子楼。

只二楼有一部公用电话。谁感到电话铃吵耳，接了，便充当义务传呼员。一旦充当了，只有扯着嗓门儿喊。我放下电话还没走到家，电话铃又响了，又被义务传呼员扯着嗓门儿喊住……

"你真是梁晓声么？"还是那一位女性。我说我真是。她认识的那梁晓声，肯定不是我。她说没错儿，就是你。作家梁晓声不是全北京乃至全中国只有一个么？她说梁晓声你休想抵赖！伪装声音是没有用的。否认我们之间的关系也是办不到的！……她已经开始对我进行威胁了。我第二次挂断电话，并嘱咐那充当义务传呼员的邻居，倘电话铃再响，接了还是一个女的找我，放下不予理睬便是……翌日，我们北影文学部主任遇见我，唤住问我："晓声，你是在友谊宾馆交上了一位女友么？"我说胡扯！那是冒名的我。她就笑了。又说："听来那是个难缠的女人。这一猜就是冒名的。你自己妥善处理好。她还给厂办打了电话，别让她继续滋扰下去就行……"文学部主任替我向厂办解释了，厂办也就没将这件事当成一件事儿。下午我在家中写作时，一个陌生的女人来访了，三十多岁，高挑的身材，衣着颇时髦，形象也还看得过去的那一类女人。端正的高鼻梁上架一副银边眼镜，斯文又矜持的模样。她不待坐下，就急迫且怀疑地问："你真是作家梁晓声？"我反问："那么您就是和另一位作家梁晓声交上朋友的女士啰？"她不回答我的话，两眼直勾勾地盯着我看，连说："不像！不像！他高高的个子，挺英俊的。"环视着我那不足十二平米的唯一的房间，又说："他住在兆龙饭店！他怎么会住这种地方呢？"

听她那口吻，倒好像我是冒牌儿货。

我不再说什么，低了头默默写我的，巴望她识趣儿些，不要继续侵占我的时间。

"那么你不是上将的儿子？"

我说："我是建筑工人的儿子。"

"那么你家里也没给你留下值30万美金的房产和值四五十万美金的名人字画？"

我说："对。"

"你也没有日本护照？没有可以在日本长期居住的资格？"

我说："没有。"——仍不抬头看她，不过一边写一边简短地回答而已。

"可他说，他在日本早稻田大学任正教授，介绍中国近当代文学。他此次回国，是因为有美国人要买他家的房产和字画……已经成交了，住在兆龙饭店专等着收到从美国寄来的支票……"

我说："女士，你起码应该相信你自己的眼睛。我不是那位作家梁晓声，这已经是一个无可争议的事实。而且我对那位作家梁晓声也不感兴趣。请不要再跟我说他了吧！"——我还是不抬头看她，懒得抬头看她。

"他对女人说话也比你温柔，语调很多情，目光更那样儿。我在友谊商店买衣服，他一直从旁打量我。后来就走到我身边，建议我应该买另一件，说另一件的色彩和款式更适合我。我本来只不过看看，并不想买的。经他一说，倒不好意思不买了。钱不够，他还替我垫了二十多元，后来就请我吃饭……难道……"

我终于抬起头，望着她冷冷地说："毫无疑问，女士，您遇到了骗子。"

"这怎么可能？这怎么可能呢？好好儿的一件事儿，怎么会变成这样了呢？……"

她失落极了！意思分明的是——我也并非一个容易上当受骗的女人啊！可我却想到了样板戏《林海雪原》那句流传广泛的台词——狐狸再狡猾，也斗不过好猎手！

我并不将她视为狡猾的狐狸那一类女人。恰恰相反，我觉得她整个儿一个傻大姐！不可思议的自我感觉良好的傻大姐！骗她这样的女人，那冒名的作家梁晓声甚至在"战略战术"上未免太"正规化"了。

也许玩儿闹着似的，就足以将她骗了。"梁晓声还借了我6000元钱……"我一听，心里可就幸灾乐祸。我半点儿也不同情她，半点儿也同情不起来。正如没法儿不幸灾乐祸起来。分明的，她的损失不仅在金钱方面。"那可是我好不容易攒的6000元钱……"一个女人，如果能将自己"好不容易攒的6000元钱"，给予一个才认识了没几天，根本谈不上有什么了解的男人，那么他进而把她弄到床上去，也就是既顺理成章又顺便儿的事了。

我心想——活该！你又不是不谙世事、天真无邪的少女，那么简单那么"程式化"的伎俩就把你从钱和性两方面都骗了，只能怪你自己。我心中还是半点儿也同情不起她来，只觉得她令我鄙视和厌恶。

我问："那个梁晓声答应带你去日本吧？"她微微点了一下头。"还答应和你结婚？"她又微微点了一下头。我站起身，冷冷地说："那么你就别在我这儿耽误时间了呀！快满北京寻找他去呀！正如你自己说的——好好儿的一件事儿。找不到他，不就是美梦一场了么？"我一边说一边走出家，站在家门外，一手拉住门不使门关上，一手做向外恭请她的手势……她当然明白了我是在向她下逐客令。她一边低了头往外走，一边嘟哝："怎么会是这样，怎么会是这样，好好儿的一件事儿……"我见她已泪眼汪汪。她走后，我静下心一想，我这作家梁晓声，明知另有"一位"很帅的，善于奉迎女人心理的，是上将独生子的，在日本早稻田大学任正教授的，马上就有一张近百万美元的支票到手的"梁晓声"，兴许正在别的什么地方又以同样的伎俩对别的女人行骗，我这儿"事不关己，高高挂起"，似乎也太没起码的社会责任了……

于是我简单地将这件事写成七八百字，郑重地征得文学部主任同意，盖上了文学部的公章，寄往了《北京晚报》。

这就是当年《北京晚报》上登的"梁晓声告诫'警惕梁晓声！'"

标题不是我拟的，是报社加的。当年一些文学界朋友还议论纷纷，以为我不甘寂寞，哗众取宠，自己想出一个"点子"，意在替自己制造"社会新闻"，抬高知名度……

其实我当时哪儿有这么复杂的动机呢。而且这么一桩事儿，又算是什么"社会新闻"呢！

我倒是生平第一次体验到了自己的名字和"花边文字"连在一起带来的心理滋扰。

但是我当年也并未责怪报社编辑何必加那么一个怪里怪气的标题。试想编辑也必是和我一样很有社会责任感的啊！反正以后再没有被那另一位"梁晓声"骗了的女人来找过我，于是，于报社编辑，目的也就算达到了。

"梁晓声告诫'警惕梁晓声'"，这一"花边文字"，却使池田寿龟老先生非要"拜访"我不可了。

他先打电话与我联系，说他接受了外文出版社交给他的任务，正在翻译我的《从复旦到北影》和《京华见闻录》两篇自述体文章。本打算初步翻译完了再"拜访我"。见了晚报上那篇文章，禁不住希望立刻见到我了……

几天后我在家里接待了他，很矮，肤色很黑，头发花白的一位日本老先生。脸上皱纹多而且深。看去比他的实际年龄要老。记得他当时穿了一件旧风衣。一条很普通的线围脖差不多是胡乱地缠在脖子上。一副不修边幅甚至有几分邋遢的样子。那一天外边刮大风。他在北影门口就下了出租车。北影院内到处正在营建。他走走问问，走了十五六分钟才走到我住的十九号楼。待我见到他，他已浑身灰土。灰土藏进他脸上多而且深的皱纹里，看去蓬头垢面的。

他进了门，不停地搓着双手说："好冷，好冷，冷得'邪乎'！……"

一口中国话说得挺流利。

那一天的确很冷。他穿的也太单薄。

我先请他站在走廊里，替他前前后后上上下下一通扫。扫尽他身上的灰土，又对了盆热水，带着毛巾香皂，请他到筒子楼的公共洗脸池那儿洗把热水脸。他脸上灰土太多，几把脸洗过，水已浑了。他的目光便望向我拎在手中的暖水瓶。心中有请求又不便开口。我看出了他的意思，又替他对了一大盆热水，他这才得以将他的脸洗得干干净净。一边从内衣兜里掏出柄小梳子梳他那被风刮得乱蓬蓬的花白的头发，一边环视着公共洗脸池四周。不消说，那是我们那幢筒子楼最有碍观瞻的地方。垃圾触目皆是。水池子里沉淀了一层油腻腻黏糊糊的污浊。

他问："你们全楼的人每天都在这儿洗脸？"我说："只

有住二层的人在这儿洗脸。也不只在这儿洗脸啊！刷牙漱口，洗衣服洗菜淘米。总之一切用水的方面，都得在这儿进行……"他说："那……"沉吟之际，将"那"字拖得老长。我看出他想说的是——"那为什么不将这儿搞得干净点儿，卫生点儿？"但他在拖得老长的"那"字之后，说出的却是"这儿挺冷的，到你家去吧！"那儿的确并不比外边暖和。外面的大风扬着灰土，正从没了玻璃的窗口一阵阵扑入……我赶紧挽着他回家。他一手拿盆，我一手拎暖水瓶。不挽着他，怕他磕了绊了摔一跤。我家也不比外边暖和多少。我住阴面儿。还没来暖气，窗户也透风。我见他仍紧缩着身子，知道他还是觉得冷，便打开衣橱，取出我的呢大衣请他披在身上。接着为他沏上一杯热茶，并插上电暖气摆在他近前……于是我们的交谈渐渐开始。池田老先生就我原著中的一些字、词、句和时代背景提了一些翻译方面的技术性问题，我也一一作了回答之后，他合上他的记录本儿，满意地笑了笑，试探地问："我能不能再就晚报上那篇文章提几个问题？"

我愣了愣，一时不明白他何以对那一篇"花边文字"感兴趣。我也笑了笑……不待我开口，他又补充说："我是不是有点儿太冒昧了？用你们中国人的话来讲，是'哪壶不开提哪壶'？你若不愿回答，可以不回答的。已经超出了咱们谈话的正题嘛！我不会因为你不愿回答就不高兴的。"

我说："请问吧池田先生。您提出的什么问题我都乐于回答。"

我觉得他是一位既和善可亲又平易近人的日本老人，就像一位我早已熟悉的，既和善可亲又平易近人的中国老人。我内心里已经开始喜欢他了。

"那我就问了，好吗？"

"好的，您请问吧。"

"你认为，对那个受骗的女人而言，上将的独生子、中国作家的身份，和可以到日本去定居生活，嫁给一位早稻田大学的正教授，哪一方面的诱惑力更大些？"

他问得我不禁一怔。但那仅是片刻之间的事儿。我随即回答："也许后一方面的诱惑力更大些吧！"

"我也是这么想的。但我不明白为什么，一位上将的独生子，身份又是作家，仅仅这两点，在中国已经不太能使那些爱虚荣的女人们上当受骗了么？我曾听一些中国人说，前几年，只要一个骗子自称是高干子弟，而且骗术高明，那么几乎就可以骗遍大半个中国的啊！"

他问得很恳切。我看出他的困惑是真的困惑。

我不假思索地说："对于某些中国的骗子，前几年行骗的'大好形势'已经过去了。如果一个男子，仅仅是什么上将的独生子，对某些虚荣的女子并不够。关键还在于他的父亲是否仍活着，是否仍掌握实权。如果已经死了，或者已经无实权在握，上将的儿子就远不如能将一个女子带出国的男子了。比如您吧池田先生，在某些中国女子眼里，就远比一个并不能将她们带出国的上将的独生子更有魅力。你可以将某些中国女子带出国是不是？"

池田老先生不好意思地笑了："是的是的。但是我没那种念头儿。我十分警惕中国的爱虚荣的女子。你告诫她们不要上当受骗，同时也告诫了我不要上她们的当受她们的骗。用你们毛主席的话说——我要谨防'糖衣炮弹'呢！"

我也笑了。

我说："对。您是得谨防着她们点儿。那个骗子行骗的伎俩，虽然并不高明，可却是'全方位'的。上将的独生子这是一种高贵的出身。作家是一种在中国仍较受尊敬的职业。近百万美元是一种优越物质生活的保障。日本早稻田大学的正教授是许多中国男子可望而不可即的。出国定居是一种时髦，是摇身一变仿佛成为高等华人的途径。这几方面综合起来，对某些虚荣的女子，男子行骗的实力就相当强大了。不是什么'糖衣炮弹，简直是'糖衣原子弹'了！而某些中国女子是很爱吃甜食的。"

池田老先生又笑了。他微饮一口茶后，再问："但是你能否向我解释清楚，究竟为什么，那个骗子非要说他是日本早稻田大学的正教授，美国人要来买他家的房产和字画，而不反过来，说他是美国某名牌大学的正教授，日本人要来买他家的房产和字画？这两种说法，对于一个爱虚荣的中国女子，有什么不同的意义么？"

我凝视着他的脸，咀嚼着他的话，忽然明白了——明白这日本老人，何冒着大风来见我，何以对一篇比豆腐块儿大不了多少的"花边文章"感兴趣……

在中国人的心目中，在"改革开放"后的中国人的心目中，美国和日本，究竟哪一个国家对中国的影响更举足轻重？美国人和日本人，究竟哪一国人对中国人更具有心理亲和性？

他要由我获得到的，是最后这个"题中之题"的答案吧？

而我没思考过他的疑问。

我只好说："也许由于美元一向比日元更坚挺啊！"……

后来池田老先生又到我家来过一次。我原本想请他吃甲鱼。甲鱼当年四十多元一斤。我打算将炖甲鱼作为我请他的家宴的"压轴菜"。他一听，连连摆手说："免了免了。"

我说："一只几斤重的甲鱼，中国作家诚心请客还是完全买得起的。"

他说："可是你别忘了我的名字叫寿龟啊！我怎么能自己吃自己呢？用你们中国话讲，这犯忌对吧？"

于是我向他解释："甲鱼是甲鱼。龟是龟。中国人只吃甲鱼，很少吃龟。但是您既然觉得犯忌，那么'压轴菜'就只好请您吃鸡了。想当年，你们大日本的皇军，每到我们的一个村子就抢村民的鸡。你们日本人那么爱吃鸡？"

说者无意，闻者顿窘。

他一时竟默默无言起来，目光盯着电视看他未必就多么喜欢看的中国歌舞节目，一副聚精会神的样子，再不开口。

直至吃饭时，他才没头没脑地说了一句："要是不曾发生过多好。"

我问："什么事啊？"——以为他又提那一篇"花边文字"呢。

他低下头说："日本侵华战争。"

许久未抬头。

······

池田寿龟老先生，是我结识的第一位日本人。我经由他而感到，某些日本人，对于日本与"改革开放"后的中国的关系，是比普遍的中国人更在乎的。某些日本人非常明白，日本若想在西方世界的国际关系中获得好感，树立优良的国家形象，目前仍是相当难的。日本若想在亚洲的国际关系中获得好感，那么首先必须获得中国的好感。而这又必须从日本人能获得中国人的好感开始。舍此，日本不能在亚洲树立起优良的国家形象。那么也就意味着它不能在全世界树立这一形象。我不够清楚明白这一点的日本人究竟有多少。但池田寿龟老先生肯定是其中的一位。他和他们，无疑是些日本的"忧国之士"。起码是他们这一代人中的"忧国之士"。我并未和他就这些话题展开来坦率交谈过。我仅仅是凭着我的敏锐的理解力感觉到，以上那些对中日关系的关注，进一步说是日本人出于本能而对日本的忧患，肯定存在于他的头脑中……

我到他住的友谊宾馆外国专家公寓去看望过他一次——因为受到他两次真挚又热情的邀请。他的老伴儿亲自做了日本小点心款待我。是些好看又好吃的小点心……

春节前，他留下译稿，携老伴儿回日本去了。他谢绝了外文出版社的送行，却在电话里希望"麻烦"我一次。

我也就"当仁不让"了。

毕竟是两位异国老人，对北京机场不熟，带的东西又多，整个儿全懵。在出境口还受到了开箱检查，虽然并没检查出任何违禁的东西，但老伴儿俩已汗滚滚下了。因为已经开始登机了，我们这儿还要重新收拾皮箱。

临别之际他从风衣兜里掏出一个卷着的信封，往我手里塞。我以为是钱，坚拒不受。他急得直跺脚，连说："一点儿心意，一点儿心意……"他老伴儿也在一旁不停地鞠着躬说："谢谢！谢谢！……"

我只得违心收了。众目睽睽之下，觉得极不好意思，觉得四面八方投注过来的目光，都是那么意味深长那么怪怪的。大概人们都以为那信封内装的是美元或日元。当时我自己也这么以为。仿佛当众接受小费，心里别别扭扭的。暗想我是送客，又不是杂役啊！

坐在回家的出租车上，我撕开了那封口的信封——却并非美元或日元。而是一双灰色的男袜。

我不禁徒自失笑……

至今，一到秋季，我仍常穿它。

日本袜子就是禁穿。这一点不承认是不行的。

池田老先生回到日本不久，便给我写来情深谊长的信。他的汉字写得很有特点，方方正正的，隶书笔体。

以后，每至新年前几天，我都会收到池田老先生寄来的贺卡。贺卡上总是写满了他那方方正正的隶书笔体的字。他仍记得我儿子和妻子的名。贺卡上总不会忘记对我儿子和妻子的祝福。又总是少不了这样一句话——"我虽然又老了一岁，但还在为增强日中友好做着力所能及的事。"

可是我一次也没给他回过信。一次也没给他寄过贺卡。第一年第二年收到他的贺卡，以为不过是日本人的礼节。但是第三年第四年直至去年，年年都收到，已有七八份。它们在我心中就渐渐沉甸甸的了。哪怕完全是一种礼节，对这种礼节的顾全态度，在我们中国人之间也是不多见的。何况我已经不将那些贺卡仅仅当成礼节，而开始视为真挚的友情了。真挚的反义词是虚伪。人不太可能将一种虚伪延长七八年之久。我是中国的普通公民，他是日本的普通公民，正如我对他无所求一样，他对我也是无所求的。生活在两个国家里的互无所求的男人，这一种友情是值得珍视的。池田老先生是很珍视了，我也要像他一样珍视起来。今年我一定要买最美的贺卡寄给他，并写上对他和对他夫人的衷心祝福……

彬本达夫先生我结识的第二位日本人，是早稻田大学的彬本达夫教授，名副其实的正教授。不是那个冒牌的"梁晓声"所自我吹嘘的什么正教授。彬本达夫先生还是早稻田大学近当代中国文学研究所所长。他译过我的《这是一片神奇的土地》《父亲》《母亲》《黑纽扣》，皆发表在《当代中国文学季刊》上。我们的交往当然是从他译我的小说开始的。而我见到他是在1992年或1993年。他来北京参加"老舍作品国际研讨会"。

"我是中国方面正式邀请的唯一的日本代表"——他在电话里这么对我说，语调中充满着自豪感。我请他到家里来做客，他愉快地答应了。

他来那一天我在中国儿童电影制片厂门口迎候他，却没想到他是乘公共汽车来的。那一天极热，太阳很毒。这他可就自找苦吃了。又提前一站下车，在太阳的暴晒之下走了二十多分钟。

　　我见到的是一位斯文儒雅的日本男人。看去完全不像五十五六岁，比实际年龄要年轻五六岁，四十八九岁的样子。穿一件白色的绸质的拉链衫。襟怀敞开着，内里是圆领背心。肩挎一个旅行兜。就是被我们中国人叫作"马粪兜"的那一种。手里攥着手绢儿，一边匆匆走一边不停擦汗。他使我联想到一位从外地、从南方某地到北京开会的语文教师。他衣着也随便得不能再随便。

　　完全是凭着一种直觉，我认定了从远处匆匆走来的他便是彬本达夫先生，于是迎上去……"你怎么会一眼就看出是我？你也没见过我的照片啊？难道我这

样子还不像是一个普普通通的中国男人么？"他"友邦惊诧"了。我笑了，说："别人告诉我，日本人走路，都像在赶时间一样急急忙忙的。"

　　他也笑了，连说："对对。"——低头看了一眼手表，"还好，比我们约定的时间提前三分钟。"听他那口吻，仿佛如果迟了三分钟，就必铸成什么大错似的。

　　我奇怪地问他为什么不乘出租车？他说："在中国，我当然更喜欢像普通的中国人似的挤公共汽车。那种感觉对我很重要，机不可失。"和我一起走着，他也走得很快。快得我有点儿跟不上他的步子。我说："我家不远。"他歉意地说："那

么我是应该走得慢一点儿。"然而我发现他似乎不会慢走。或者太不习惯于慢走。上身微微向后倾，仿佛企图牵制住一条我所看不见的大狗，而它带着股蛮劲儿企图挣脱了往前冲。当时谌容大姐正坐在我家里。她那一日为了什么事儿到北影，顺便来我家坐坐。

走进我们童影宿舍楼的院子，我才告诉彬本先生家中还有另一位客人。

"是吗？"——他的脚步停住了，沉吟片刻，断然地说，"如果你觉得同时接待两位客人不太方便的话，我可以先回避的。街对面的土岗就是元大都的城墙遗址吧？那么我先去吊古。体会体会中国古诗中'六朝文物草连空，天淡云闲今古同'的襟怀也不虚此行……"

我说："没什么不方便的。我的另一位客人是中国著名的女作家。以你对中国当代文学的熟悉，最多猜三次，准能猜得到。"果然，他只猜三次，便猜到了是谌容大姐。"能见到她我太高兴了！我读过她许多作品！"我说："她也很高兴见到你啊，否则早就走了，不等在我家里了。"我和彬本先生和谌容大姐互谈了一个多小时。彬本先生频频为我们拍照。我也频频为他和谌容大姐拍照。

他因还有事先告辞了。我陪谌容大姐又聊了半个多小时，送她走至路口，却又迎头碰见了彬本先生。我以为他将相机忘在我家了。不料他有些窘地对谌容大姐说："真对不起，我竟将您的扇子带走了。坐上了出租汽车才发现手中的扇子……"

谌容大姐愣了愣说："不是我的是晓声家的……"那是一把旧纸扇，已破了多处。飞机上赠给乘客的。我望着他满头大汗的样子，一时不知说什么好。"嗨，为这么一把破扇子，扔道上都没人捡！……"谌容大姐几步快走到路边，招手替彬本先生拦住了一辆出租车。望着出租车载彬本先生驶远，谌容大姐自言自语："这就叫'生活细节'啊！彬本达夫，我以后会记住这位日本文人的名字的。"——沉思地望着我又说，"咱们都可以和这个日本人交朋友。他再来北京你一定通知我。我要请他到我家做客！"

我知道谌容大姐的交往原则一向太过严谨。彬本先生显然给她留下了极良好的印象。于是我说："我交往的人嘛，无论中国人还是外国人，质量是肯定没问题的。"彬本先生再没来过中国。

但是像池田老先生一样，年年寄贺卡给我。今年五月，他在执教之余，译毕我的小说《黑纽扣》，依然发表在《中国当代小说季刊》上。它是他和几位热爱中国文学的同仁们自费创办的。谈不上什么经济效益。他们没稿酬可言。有时还要自己掏腰包补贴印刷费。所以，尽管他已经译了我十余万字的作品，我却从未向他讨过原著费。至今我仅收到过十五美元，还是他主动寄来的……

日本穷人家的女儿我见过的第三位日本人是年轻女性，当年外语学院的留学生。名字我已经忘记了。她也没有名片留给我。彼此没什么友情基础，故只能算是见过。

但她印在我记忆中的印象却是较深的。

她属于不漂亮的那一类女性。实事求是地说，是那类其貌不扬的女性。不高的个子，短腿，稀疏的长发。我见到她是在一月里的一个日子，一个干冷的天光阴郁的日子。在我的办公室里。

听到轻轻的敲门声，我放下笔，起身去开了门，以为她是一个来自中国偏远山区的姑娘。她的脸冻得红红的，双唇干裂，鼻子还有些肿似的，使我联想到了某些在春季里对花粉过敏的女人的脸。当年北京还没"劳务市场"。不少来自外省农村或山区的穷家女，常到北影来碰运气。倘运气不错，就会被谁家雇佣了去做"小阿姨"。我不止三五次地接待过她们。尽管我家当年并不打算雇用"小阿姨"。我暗想——得，又须陪着聊聊。起码得让人家进门喝杯热水，暖暖身子吧！

她有几分恓惶地掏出了证件，双手呈递给我看，一边怯怯地说："我是日本留学生……这是，我的学生证……"

日本留学生？

她穿一件旧的、褐色的、很瘦的呢大衣。分明是那种秋季穿的而非冬季御寒的呢大衣。而呢大衣内穿的却是一件中式棉袄。所以那呢大衣仅能扣最上边的两颗扣子。腰际的一颗扣不上，衣摆燕尾服似的分开在身体两边。裤子长，在足腕那儿堆了几层褶儿。脚上是一双显然比她的脚大许多的布棉鞋。

我犹豫了一下，不禁接过学生证看，当然没看出什么破绽。

"打扰了，对不起！请多关照，请多关照……"

她在门外不停地向我鞠躬。

我还给她学生证，立刻往房间里让她。暖气供暖不足，我的办公室一点儿也不温暖。我将一只沙发挪近暖气，又将电炉子摆在她跟前插上，接着为她冲了一杯咖啡。然后归坐在椅子上，望着她问有什么需要我帮助的。

她焐着双手，垂下目光瞧自己的鞋儿；局促不安地说——她在外语学院读过我的几篇小说。现在学校放假了，宿舍里就剩她自己了。她感到很寂寞。她想找点儿"中译日"的文字翻译工作，既可以打发寒假漫长的日子，又可以实践实践。说她的中国同学建议她来找我。说她们告诉她，我是个很热心又很乐于帮助别人的人，几乎有求必应……

我见她局促得快哭了。

我暗恨她那几个怂恿她来找我的中国同学。而她那种局促不安的模样，又顿时使我心慈意善到了极点。我将椅子搬近她，和她面对面坐着，促她先喝完那杯咖啡。咖啡已经不太热了。她喝完后，我又为她沏了一杯。

我问她为什么放了寒假也不回日本去。

她说舍不得来回那一笔路费。说她到中国留学，完全是靠自己几年打工挣的钱。

我问她家里难道在经济方面就一点儿也帮不上她？

她摇摇头说帮不上。沉默了一会儿，似乎觉得这么回答了我还不能理解，又低声说："我家是日本的穷人之家。"

我第一次听一个日本人当着我，一个中国人的面承认自己在日本是"穷人之家"。池田老先生当然不是日本的穷人。他给我看过在横滨他家的照片。一幢美观的小二楼。有院子。院子里有红花和绿树。院门口停着小汽车。他的子女们都已成家立业了。他和老伴儿过着无忧无虑的晚年生活。他是个再没什么心可操的较幸福的日本老人。彬本先生当然也非穷人。早稻田大学的正教授，"中国近当代文学研究所"所长，这两点保障他即使在退休以后，也能过着体面的日本水准的中产阶级生活。

"那么你父亲是从事什么职业的呢？"

"我父亲从小腿不好。患小儿麻痹留下了后遗症。没念过几年书，所以一生都在做杂役。现在快老了，说不定哪一天就做不了杂役了。那时，他的抚恤金将够维持他自己的温饱了……"

她的声音依然很低，但是不再那么局促了。也许由于身上暖了些，屋里也暖了些，她捧着杯子的手臂不发抖了。

"你母亲呢？她是不是也有份儿工作呢？"

"我母亲年轻时也做过杂役。生了我以后，就不再工作，一心一意抚养我。日本儿童的入托费很高。这是许多妇女一有了小孩儿就不再工作的原因之一。极少数的妇女小孩儿大了之后仍能重新找到一份工作，而我的母亲很难。"

"为什么？"

"她也只念了几年书。没有长技，人也长得不漂亮……"

于是轮到我同情地望着她，久久沉默了。

"我的父母都是北海道农村的人。后来到小市去的。我生在那个小市，长大在那个小市。我说了你也许不太相信，我因为到中国来留学，得在东京乘国际飞机，才去过东京。我们北海道人常常觉得，仿佛被日本遗忘了。而我觉得东京一定是排斥我这样的女孩儿的，尽管它实际上不是我想的那样，可我还是免不了总那么想……"

我说："我家也是中国的穷人之家。靠写小说并不能使一个中国人由穷变富。起码，从我身上看，目前仍证明着这一点（当年乃八六或八七年，国家规定最高稿酬每千字二十余元）。你瞧，这虽是我的办公室，可是却不得不摆两张床。晚上我和我的老父睡在这儿。这儿晚上很冷。我是北方人。我们中国北方人，也常有种仿佛被中国遗忘了的感觉。尽管事实上也不是那样。中国太大，只不过'改革开放'使中国南方和北方的发展，显出很大的差距了。而且我敢断言，差距还将扩大下去……"

她终于缓缓抬起头望着我了。

见她眼中已没了闪耀的泪水，我微笑了。我希望她能明白，我是多么同情她又是多么理解她。我想她是明白了。一个人，尤其一个年轻姑娘，倘在我面前感到局促，也会使我变得局促起来，内心里非常别扭。不仅是那两杯咖啡打消了她的局促，显然也还是由于我的话，而我正是因此才那么说的……

我陪她聊了一个多小时。

她走时，我将所有能找到的，我自己的书一一找出，签了名，盖了印章，送给她。还送给她一只漂亮的景泰蓝花瓶，我的一篇获奖小说的奖品。

并且，我给当年的"日本文学研究所"的朋友写了一封信，鼓励她去推荐自己。一半诚心诚意的，一半是虚与委蛇。但我想，哪怕使她在中国感受到几分人对人的热情也好啊！

大约半年后，我收到了她一封信。寄自日本。信中说了不少感激的话。说她自忖希望不大，并没带着我那封信去找我的朋友。说她已没有经济条件继续在中国留学了。说她认真想了想，就算自己把中国话学得顶呱呱的，又能对谋到一份理想的职业起几分作用呢？也许恰恰相反，反而使自己的谋职范围变得狭小了。说她又回到了北海道，在一家小餐馆挣钱。不过不是在前堂当招待，而是在后厨当杂役……

字里行间，几处出现"像我这样的日本姑娘"一语——自怜而又无奈之衷，甚于对面忧忧言表。

她写下了住址。写下了电话号码。寄了一份北海道交通图，用红笔在图上圈出了她那个小市镇。并在半张白纸上，标出她的住处，她打工的那小餐馆，在那小市镇的方位……

然而，我没回信。

她也没寄过贺卡来。

但我对她的记忆之深，甚至可以说超过了我对池田老先生和彬本达夫先生的记忆。

堀江先生和荒井先生我接触过的最后两位日本人，都是中年男人了。一位是《朝日新闻》北京支局长堀江义人，一位是《读卖新闻》北京支局长荒井利明。他们都是通过全国"记协"与我联系并要求采访的。所以我和他们的关系也只能说是"接触"过。而且仅仅是被采访过那一次。而且主要是他们希望通过我了解北京，了解中国，了解中国的当代文学、电影、电视艺术和"改革开放"；尽管我也希望通过被采访经由他们了解我所没去过的日本社会的方方面面，但在有限的时间内，回答了十句之后才有机会反问一句，当然是他们的收获比我的收获多。他们的收获"大大的"，我的收获"小小的"。我不知他们究竟会不会说中国话，反正他们都带着翻译。而且是中国方面的翻译。

如果我们认为"读卖"与"朝日"两家日本大报驻北京的支局长，也可以算作是日本的"新闻官员"的话，那么我觉得，他们是特别"遵纪守法"的。遵中国之"纪"，守中国之"法"。这从他们并不擅自与我本人联系，而要经过"记协"与"作协"与我联系，是足以证明的。我强调陪同他们的翻译是"中国方面"的，意思非仅仅是说翻译是中国人，而是说翻译是专职的，直接隶属于某些中国新闻机构的。这又足以证明，他们是很重视中国"国情"，很在意他们的采访的"合法性"的。与香港、台湾、西方其他国家和地区，尤其美国的某些记者们是大不一样的。后者们似乎更热衷于"民间私访"，更强调记者们的"自由"。全不顾在中国，我们的政府对"自由"二字的理解——比如新闻自由啦、出版自由啦、言论自由啦，与他们的理解和诠释是有很大歧义的。

堀江先生和荒井先生对我的采访，都不免显得有些拘谨。他们都首先彬彬有礼地声明——如果他们问了什么我觉得不便回答的问题，那绝非他们存心使我为难，而是他们不慎超越了"采访禁区"，希望预先得到最大程度的谅解。

　　我一开始都对他们说过这样的话："我对我的国家不怀有任何恶意。热爱我们的人民。无论我的国家贫穷还是落后，我都爱它。因为，不管面对哪一国家的记者，我都不会认为，我对我的国家的言论是必须谨小慎微地打什么折扣的。他们想了解什么尽可以开诚布公地问。我也将开诚布公地回答。我不知道任何国家机密。我没有泄密的可能。所以他们对我的采访应该是没有所谓'禁区'的。我的回答也将没有所谓'禁区'。如果我批评我的国家的某一方面，那只能证明那些方面太糟糕，早已引起广大中国民众普遍的不满了！先生，请开口问吧！"

　　我的话当时都使他们感到出乎预料。

　　而实际上，他们所问，从始到终，都半点儿没有使我觉得不便回答，感到为难过。

　　他们很关心中国会否"长治久安"。

　　而我觉得，他们尤其关心的是，中国的"安"与"不安"，对日中关系，主要是日中经济关系，究竟会产生多大程度的影响。其影响又会导致日本的经济前景发生怎样的、多大程度的变化。

　　毋庸置疑，堀江先生和荒井先生，也是两位极爱国的日本先生，也是两位可敬的日本的"忧国之士"。他们的心中似乎充满了对他们的国的远忧和近虑。

我以为，"日中关系"，对许多中年以上的日本人而言，实际上是"日中经济关系"。进而是足以深刻影响日本在亚洲，乃至在世界的经济地位的一种"国际关系"。

而"美中关系"，对许多中年以上的美国人而言，则很可能更主要的是"美中的政治关系"了。进而是足以深刻影响美国在亚洲，乃至在全世界的政治地位的一种"国际关系"。美国佬是靠了在全世界的国际政治实力，而证明自己是世界强国的。它的国际政治的一翼和国家经济的一翼，都是羽毛丰满，齐飞共翔的。

日本则是靠了在全世界的经济实力，而证明自己是世界强国的。它的国家经济的一翼，虽足以与美国匹敌，但国际政治的一翼，却退化得极其短小。这只怪鸟是靠了单翼的不停地扇动，才得以腾旋在世界的天空之上的。

日本是那么在乎它对中国这个巨大的潜力无穷的"市场"的占有率。而美国佬似乎相当不在乎。即使内心里挺看重，表面上也要装出不屑于的样子。我接受过美国记者的采访。他们总是围绕着"民主和人权"与你谈。他们毫不掩饰地表示他们对其他问题的索然。而日本记者们几乎从不与中国的被采访者谈什么"民主和人权"。日本人差不多都是中国"改革开放"的竭诚的拥护者吧？——我常这么想。"如果中国乱了，将会怎样？"堀江和荒井两位先生都这么问过我。而我都这么反问过："我没理解错的话，先生是不是在问——如果中国乱了，日货在中国市场上的命运将会怎样？""中国千万不要乱起来！"堀江先生这么说过。荒井先生也这么说过。他们说此话时，都表现出由衷的忧患意识。一如我自己在这方面常常表现出的忧患意识。区别也许仅仅在于，我并不同时替日本忧患什么。而他们的忧患的出发之点，首先是他们的国的得失，其次才是……我觉得没有什么"其次"。

美国佬对这个问题的提问方式是特别耐人寻味的。他们不像日本人那么问。他们这样问："作为一个中国人，你觉得中国目前的稳定状态还能维持多久？"

仿佛他们早已替中国预测过——目前的稳定不过是暂时的。

你从他们的话中，多少总能咀嚼出点儿类乎幸灾乐祸的意味儿。也许他们并不真的幸灾乐祸，只不过对他们的估计和判断太自信，觉得他们是在以更坦率更接近"事实"的方式提出问题。

美国人环顾全世界，仿佛总在寻思——现在哪一个国家还是美国最主要的敌人？

日本人环顾全世界，仿佛总在考虑——现在哪一个国家还可开辟为日本的经济市场？

而我作为一个中国人却常在想——他妈的美国佬也罢，日本人也罢，中国将来会怎样，全在于十二亿中国人对中国的感觉如何！忽视了这一种感觉，就等于忽视了季节谈天气！……

　　飞机载着我，和我这一种纯粹中国人的想法，平稳地着落在东京机场……

图书在版编目（CIP）数据

我与橘皮的往事 / 梁晓声著 . —北京：民主与建
设出版社，2017. 10
　（名家散文自选集）
　ISBN 978-7-5139-1728-5

　Ⅰ . ①我… Ⅱ . ①梁… Ⅲ . ①散文集—中国—当代
Ⅳ . ① I267

中国版本图书馆 CIP 数据核字（2017）第 243262 号

我与橘皮的往事

WO YU JUPI DE WANGSHI

出 版 人	许久文
总 策 划	李继勇
责任编辑	刘树民
封面设计	宋双成
出版发行	民主与建设出版社有限责任公司
电　　话	（010）59417747　59419778
社　　址	北京市海淀区西三环中路 10 号望海楼 E 座 7 层
邮　　编	100142
印　　刷	三河市腾飞印务有限公司
版　　次	2017 年 10 月第 1 版　2017 年 11·月第 2 次印刷
开　　本	787mm×960mm　1/16
印　　张	22 印张
字　　数	200 千字
书　　号	ISBN 978-7-5139-1728-5
定　　价	39.80 元